문학 텍스트의 정신분석

문학 텍스트의 정신분석

JEAN BELLEMIN-NOËL

La Psychanalyse du Texte Littéraire

Introduction aux lectures critiques
inspirées de Freud

서 문

　대학에 갓 들어온 학생들용의 총서 속에 포함된《문학 텍스트의 정신분석》이라는 제목의 책에는 아마도 약간의 설명이 필요하겠다. 제일 먼저 해야 할 일은, 용어들의 설명을 통하여 그러한 책의 타당성이 원리적인 수준에서 어떻게 증명되는지를 분명하게 밝히고, 또 그 책이 문학 공부를 하는 사람에게 어떤 도움을 줄 수 있는지를 제시해 보이는 것이다. 감추어진 정서적인 문제 때문에 삶의 장애를 겪고 있는 사람들에게 도움을 주고자 정신의 기제(機制)를 이해하는 것을 목표로 삼는 심리 이론이, 문학 작품에 대한 비평적인 접근에 어떤 식으로 도움을 줄 수 있을지 모두들 의아해하기 때문이다.

　우선 아주 엄밀한 의미에서 '정신분석'이 무엇인지에 대한 합의가 이루어져야 할 것이다. 그러기 위해서 우리는, 교양 있는 대중들 속에서조차 아주 막연하고 개괄적인 몇 가지 이해가 통용되고 있는 그 이론(또한 임상 요법이기도 한)이 어떤 것인지를, 최소한의 분량 안에 최대한 명확하게 정리해 보려 애쓸 것이다. 그것이 이 책의 첫번째 장의 목표이다. 인간 정신의 복합성, 그에 대한 명확한 이해의 어려움, 어느 정도 신뢰할 수 있는 탐색 도구를 만들어야 할 필요성 등을 감안한다면, 첫번째 장이 길어진 것은 당연한 일이다.

　통상적인 관행이라면 문학 '작품'이라고 말할 자리에 사용된 '텍스트'라는 용어가 뭘 의미하는지도 문제가 될까? 그에 대한 대답은 간단하다. 텍스트를 말한다는 것은, 정신분석을 원용하는 이 비평 작업이 작가를 주된 관심사로 하지 않는다는 것을 의미한다. 텍스트가

《적과 흑》이라면, 작품이란 차라리 자신의 일련의 글들 배후에 있는 스탕달이 될 것이다. 그럴 때의 비평 작업은 어떤 것인가? 물론 환자를 정신분석하듯이 '텍스트를 정신분석한다'는 생각에는 어딘가 엉뚱하고 막연해 보이는 구석이 있다. 그러나 사실 우리의 관심사는, 프로이트에 근거하여 무의식의 효과들을 고려함으로써 텍스트를 보다 잘 읽어내는 데 있을 뿐이다.

이 점은 분명히 해둘 필요가 있다. 왜냐하면 프로이트를 비롯한 초기의 정신분석가들은(2장에서도 보겠지만) 당연하다는 듯이 작가들의 무의식에 많은 관심을 기울였기 때문이다. 그런 방식으로부터 검토되어야 할 여러 가지 오해들과 오류들, 그릇된 태도들이 생겨났다.

그러나 3,40년 전부터 관점이 바뀌었다. 세번째 장은 작품에 대한 정신분석적인 접근의 조정(調整)이 어떤 여건 속에서 이루어졌는지를 보여 줄 것이다. 전기적이고 의학적이기까지 한 관점으로 말미암아 작품의 가치를 이루는 모든 것, 다시 말해서 작품의 문학성이 정신분석적인 접근에서 배제되어 왔었다. 이제 발언권은 더 이상 문학사가나 정신분석가가 아니라 텍스트와 사랑에 빠져 있는 비평가에게 주어질 것이다.

마지막 단계에서 우리는 보들레르에게서 빌려 온 예를 통하여 무의식에 대한 고려가 실제로 텍스트를 어떻게 조명해 줄 수 있는지를 시험해 볼 것이다. '텍스트의' 의미가 아니라(원칙적으로 텍스트의 의미는 무한하니까) 보통 우리가 놓치고 있는 어떤 의미를 무의식에 대한 고려가 어떻게 텍스트에 부여해 줄 수 있는지를 확인하고, 그럼으로써 문학에 있어서나 다른 예술에 있어서 걸작들이 어떻게, 왜 우리에게 아름답게 보이고 우리를 즐겁게 만들며 마음속 깊이 우리를 감동시키는지를 엿보는 기회를 갖게 될 것이다.

정신분석의 개념들

1. 윤곽

정신분석의 대상

알다시피 정신분석은 정신의 어떤 이상(異常) 현상들을 치료하는 한 방법이다. 정신분석은 치유의 기술('말에 의한 치료')이면서 정신 장애의 원인과 기제를 해명하는 일련의 가정들(병인론과 정신병리학)이기도 하고, 정신의 기능에 대한 전반적인 이해('메타심리학')이기도 하다. 거두절미하고 프로이트의 이론과 임상, 그리고 실천을 따로따로 분리하여 연구할 수는 없다는 점을 강조해 두자. 이는 역사에 대한 지나친 존중의 태도가 아니라, 원리적인 문제들과 실제 현실에 두루 관련되어 있는 태도이다.

정신분석의 핵심 대상인 무의식은 직접적으로 관찰이 가능한 어떤 현상(의식이 그런 것처럼)이 아니라 일종의 관념적인 대상, 어떤 경험 사실들에 대한 일련의 연역과 귀납의 결과로서 존재하고 정의되는 실체를 가리킨다. 무의식이라 지칭되는 것이 이론의 수립을 낳는 지식의 대상이 되려면, 그 무의식이라는 것은 **정신 현상** 내에 **결핍되어** 있는 어떤 것, 임상 검사가 음각으로 그려낼 수 있고 치료가 그 결핍을 메우려고 애쓰는 어떤 것으로 가정되고 이해될 필요가 있다. 따라서 무의식은 삭제하는 힘인 동시에 일군의 삭제된 '심적 현실'이기도 하다. 정신분석 이론은 그 기제를 **억압**[1]이라는 말로, 그 결과는 **억압된**

것[2]이라는 말로 지칭하고 있어서, 일상 어법에서 '무의식(적)'과 '억압'·'억압된 것'은 거의 동의어에 가깝다. '**억압하다**'라는 동사의 함축적인 이미지는, 빨아올리면서 동시에 자기가 빨아올리는 것을 저 멀리로 보내 버리는 펌프를 연상시킨다. 무의식은 그 오만한 부재 속에서 두 개의 현존, 과거에 존재하였던 현존과 현재의 장애가 드러내 보이는 현존(과거의 현존이 어딘가에 몰래 보존되어 있었던 것이다) 사이의 연결을 확보해 준다. 펌프질은 결코 증발해 버리는 법이 없는 내용물을 이동시킬 뿐이다.[3]

따라서 무의식은 이렇게 정의된다: 1) 무의식은 의식과는 다른 우리 정신의 작동 양식으로 2) 의식과는 떨어진 곳에 우리 과거의 어떤 삽화들을 보존한다. 3) 우리는 그 과거를 다시 보고 싶지 않지만 그 과거는 우리에게서 떠나지 않으며, 4) 환영처럼 알아볼 수 없는 어떤 다른 형태로 언제라도 모습을 드러낼 채비가 되어 있다. 이 마지막 명제는 두 가지 새로운 사실을 함축하고 있다. 즉 **억압된 것**은 항구적으로 회귀를 모색하기 때문에(우리의 삶에 재개입하거나 의식에 재귀하려 모색하기 때문에) 반드시 **재출현한다**는 것, 그리고 언제나 **변장**을 하고 돌아온다는 것이다. 억압된 것은 최초의 자기 모습을 우리에게 결코 다시 보여 주지 않는다. 기껏해야 그에 대한 '표상'을 제공해 줄 뿐이다.

또는 골격-해석이라고 불러도 좋을 것이다. 왜냐하면 모든 사정이 유아기의 아이가 이해 능력의 결핍으로 인해 자신에게 장애를 유발하는 인상들(장 라플랑슈는 '수수께끼들'이라는 비유적인 표현을 쓴다)을 수용할 때와 유사하기 때문이다. 말하자면 그 인상들을 중화(中和)시키기 위해서, 아이는 점차 생겨날 자신만의 용도로 쓸 수 있도록 그 인상들을 심리적인 흔적들로 변형시키고 번역한다. 그리고 평생토록 어떠한 합리성으로도 설명이 되지 않는 독특한 **연상**(聯想)에 따라서, 그 흔적들을 역시 마찬가지로 이차적이고 애매한 이미지들로 다시 전위(傳位)시키게 된다. 그 시초에서부터 인간은 의미를 부여하는 기계, 처음에는 사물들처럼 완강한 '무의미'를 지니고 있어서 인간을 속수무책으로 만드는 불투명하고 침묵하는 사건들까지 포함하여, 자신에게 일어나는 모든 것에 의미를 부여하는 기계이다. 그리고 생애 내내 수수께끼로 머무는 그 연속적인 순간들 속에 지능이 배치하는 의미의 선택과 풍요로움에 바로 인간 지능의 척도가 있다.

보편적 무의식과 무의식

우리 내면의 의식적인 것(지금 우리의 의식에 현전하는 것) 옆에는 우리의 의식에 되돌아올 수 있는(예컨대 되살아난 추억이나 다시 기억이 난 날짜처럼) 잠재의식적이라 불리는 심적 현실이 있고, 언젠가 한 번 의식에 나타났던 그 모습으로는 결코 다시 의식에 떠오르는 법이 없기 때문에 무의식적이라 불러 마땅한 또 다른 심적 현실이 있다. 흔히 Cs, Pcs, $Ics(Ucs)$라는 약자로 표기되는 그 세 가지 심급(審級)이 1900년에 프로이트가 제시한 '첫번째 위상학'의 내용이다. 1920년부터 프로이트는 정신 기구에 대한 새로운 공간적 도식 하나를 만들어 냈는데, 그것 역시 이제는 누구나가 알고 있는 '그것($Ça$, Id, Es)'·자아·초자아라는 세 가지 심급을 병렬시키고 있다. 이 '두번째 위상학'은 첫번째 위상학을 무효화시키는 것이 아니라 그것과 중첩된다. 왜냐하면 '그것'이 전적으로 무의식적이라면, 사회·물리적인 현실의 요구와 충동 욕구 사이의 교차점에 위치하는 자아와 초자아는 무의식과 의식에 양다리를 걸치고 있기 때문이다.

그러니까 우리에게 탄생은, 다시 말해서 미지근한 액체 속의 나태한 삶으로부터 차가운 공기 속의 고단한 실존으로의 이행은 거의 상상이 불가능할 정도로 고통스러운 경험이었던 것이다. 사유를 통해서는 결코 그 경험을 다시 체험할 수 없지만, 우리의 내면에는 그 경험의 지워지지 않는 흔적들이 남아 있다. 행복을 잃는 두려움과 미지 앞에서의 공포(이것이 바로 불안의 전형인데)를 동시에 유발하는 그 변화를, 삶의 최초 시기에 우리의 정신에 흔적을 남긴 **충격적인 사건**(trauma, traumatisme)의 원형이라고 말할 수 있을 것이다. 우리는 그 정신적인 상처에 대해서 아이들이 오랫동안 의문을 품는 배꼽처럼, 그 지워지지 않는 상흔만을 짐작할 수 있을 뿐이다. 무의식이란 회상하기조차 끔찍한 그 정신적 충격을 직시하지 않으려는 몸짓인 동시에 우리가 겪은, 우리가 겪어낸, 그래서 타인들 속에서 우리 각자를 유일한 존재로 만들어 주는 정신적 특징을 우리에게 부여해 준 일련의 유사한 정신적 충격들 전부이다. 왜냐하면 탄생이라는 충격적인 사건은 모든 사람에게 거의 동일한 반면에, 우리의 애정에 대한 응답으로 우리가 애정의 징표를 받기도 하고 받지 못하기도 하는 다양한 사람들로부터 우리를 떼어 놓는 이후의 단절들은, 사람마다 점점 더 독특한 성격을 띠게 되기 때문이다.

요컨대 사유하고 말하는 인간 존재에게 남아 있는, 아직 말을 못하고 그래서 당연히 사유할 수도 없었던 시기의 정신적인 자국을 우리는 **보편적 무의식**이라고 부른다. '아이'라는 단어의 라틴어 어원인 'infans'는, 어원적으로 '말을 하지 못하는 자'라는 뜻이다. 보편적 무의식은 인간이 지니고 있는 **유아기**(infantia)의 각인, 다시 말해서 불가피한 만큼 고통스럽기도 한 정신적 불안을 말로써 제어할 수 없었던 무능력함의 각인이다. 반면에 나의 무의식은 유년 시절로부터 지금의 나를 만든 것이다.[4] 거기에는 내가 결코 읽어볼 수 없을 내 내면 역사의 페이지들이 들어 있고, 그 페이지들에는 문단들과 문장들·단어들, 때로는 음소들이 기록되어 있는데, 그 기록들이 없다면 내 실존의 드리워진 자락 전체가 불가해한 것으로 남게 된다. 게다가 무의식에 완전히 다가간다 할지라도, 나의 정신은 정서적인 과부하를 견디지 못하고 와해되고 말 것이다. 그렇지만 어느 날인가 몇몇 핵심 단어들의 결핍 때문에 내 삶의 즐거움이 훼손되고 삶의 의욕이 손상될 지경이라면, 정신분석의 도움을 받아 그 단어들이 결핍되어 있는 지점, 그 단어들의 공백을 '재구성'할 수는——관찰은 물론이고 인지할 수도 없지만——있을 것이다. 불안 속에 좌초하는 것을 피할 수 있는 그외의 다른 방법은 없다.

그렇지만 배의 바닥짐처럼 내 정신 현상의 무게 중심 역할을 하고 있는, 정면 대응이 불가능한 그 정신적 상처의 핵은, 불활성의 납 덩어리라기보다는 자기의 자장권 안에 들어오는 모든 쇳조각들을 끌어당기는 일종의 자석이라고 할 수 있다. 한편으로는 그 형태를 이루는 최근의 요소들로 덮여 있으면서도 다른 한편으로는 무한한 가소성(可塑性)을 지녀서, 그 핵은 결정적으로 구조화되어 있는 동시에 끊임없는 변형과 재구성을 겪는다. 그것은 나의 내면의 도처에, 나의 육체적인 상태, 나의 기억, 나의 언어, 나의 개인적 사회적 태도 등등에 개입하고 영향을 미친다. 그것은 내 운명을 짓누른다. 내 밤과 낮의 가장 비밀스러운 영역들을 골라 내 앞에 모습을 드러내고, 말할 수도 볼 수도 없는 자기 존재의 반향을 울리고, 드리워진 제 그림자에 주름을 낸다. 사람들이 무의식의 욕망이라고 부르는 것이 바로 그 반향이고 실루엣이다. 프로이트의 용어 'Wunsch'를 프랑스어로 제대로 옮기자면 아마도 'vœu(소망)'이라고 해야 하겠지만, 우리는 'désir(욕망)'이라고 번역하고 있다.[5] 매력적인 어떤 대상 앞에서 그것을 자기 것으로 만들 수 있는 방법을 상상하는 것이 아니라, 요정(妖精)이 만들어 준 소망처럼 매력적인 대상과 그 대상의 환희에 찬 소유를 불현듯 동시에 (마음속에) 존재케 하는 것이기 때문이다.

우리 정신 기구의 이 커다란 세 체제는 다시 두 개의 체계로 나누어진다. 그 중 잘 알려져 있는 체계에 논리와 언어로 가공되는 합리적 사고의 과정, 소위 **이차** 과정에 따라 작동하는 의식과 전의식의 심급이 포함된다. 프로이트가 생각한 바대로의 무의식은 소위 **일차** 과정에 따른다. 일차 체계는 마치 무성 영화처럼 이미지 표상들로 표현이 되는데, 자유로운 우리 욕망의 취중 언어인 꿈이 그 상당한 근사치를 제공해 준다.

2. 원리들

'리비도' : 충동과 쾌락

프로이트 자신이 제일 먼저 고백하였듯이, 그의 이론을 이루는 지식 체계의 토대에는 신화적인 요소가 하나 있다. 그 신화적인 요소의 이름이 **충동**이다. 그것은 생명 유기체 내에서 작용하는 생명 에너지(정신분석에서는 소위 **리비도**)의 불가해한 충동을 일컫는다. 그 충동이 인간에게 있어서는 점차 분화하게 될(이미지들로부터 관념들로) 심적 '표상들'로 변형되는 반면에, 여타 생명체에서는 **본능**의 생물학적인 불투명성을 유지한다. 본능은 단번에 모든 것이 결정되어 있고, 자동적이며, 억누를 수 없다. 그렇지만 충동은 절대적인 속박은 아니다. 예컨대 잠자고 먹고 마시는 것은 생명 유지에 필수적이지만, 짝짓기는 그렇지 않다. 충동은 욕구보다는 차라리 욕망의 지배를 받는다. 짐승은 영양 섭취를 위해서 먹지만 인간은 충분한 양 이상으로 과식을 하고, 계절적인 발정은 오로지 수태가 목적이지만 인간에게 사랑은 항상 가능할 뿐 아니라 무엇보다도 쾌락을 위한 것이다. 충동의 뿌리는 육체적인 것에, 그리고 정신적인 것에 드리워진 육체적인 것의 잎가지에 있지만, 물질적인 양(量)으로부터 정신적인 질(質)로의 그 변화를 담당하는 줄기나 가지에 대해서 우리는 아무것도 알지 못한다. 우리가 아는 것은 육체와 정신이라는 그 두 가지 '세계 내 존재 방식' 사이에 단절이나 단락은 없다는 사실뿐이다.

게다가 충동은 유연하고 변화무쌍해서 차라리 충동들이라고 말하는 편이 나을 것이고, 그 합이 우리가 '그것'이라고 지칭하는 것을 구성한다. 충동들은 서로 교대하고 서로 뒤섞이기 때문에(흔히들 얽혀 있다고 말하는데), 예컨대 젖빨기는 영양 섭취 욕구와 빨려는 욕구, 엄마의 몸에 접촉하려는 욕구에 동시에 관련되어 있다. 말하자면 인간은 그 종잡을 수 없는 욕구에 따라서(인간의 환상에 대해서는 뒤에 다시 언급할 것이다) 충동들을 드러낸다. 뒤쫓아갈 절대적인 필요성 없이도 엿보려는 충동, 아무 쓰잘데없는 이야기를 하기 위해서 말하려는 충동 같은 것들이 그런 예들이다. 충동은 부분적인('국소적인') 신체 자극에 **연원**을 두고 있고, 그 자극은 긴장으로 나타난다. 충동의 **목표**는 **불쾌**로 간주되는 그 긴장을 리비도 에너지의 방출을 통해서 해소하는 것이고, 리비도 에너지의 방출이 바로 정확한 의미에서의 **쾌락**을 형성한다. 그와 관련된 에너지 양의 소위 **경제적인** 측면을 잊지 말아야 할 것이다. 지금 문제가 되고 있는 것은 단절 없이 고통스러움에서부터 유쾌함으로 이어지는 자극들의 단일한 계(界)이기 때문이다. 그래서 프로이트는 자주 그 두 단어를 '쾌-불쾌'로 결합해서 쓰고 있다. 고통스러운 긴장으로부터 벗어났다고 느낄 때 우리는 희열의 움직임을 경험하는 것이고, 없어지는 쪽을 강조하느냐 생기는 쪽을 강조하느냐는 단지 관점의 차이일 뿐이다. 다른 한편으로 쾌락과 **성적 희열**을 혼동하지 말아야 한다. 성적 희열은 부분 충동의 차원이 아니라 전(全) 주체의 차원에 속하는 것이어서, 그 경우의 급격한 긴장 감소는 혼수 상태와 비슷하다. 오르가슴 속에서, 삶이 더없이 강렬하게 느껴지고 공유되는 그 순간에, 우리는 죽음을 흉내내고 죽음에 가 닿는 듯한 느낌을 받는다.

모든 충동은 그 목표를 달성하기 위해서 특유한 대상을, 충동에 부합하는 어떤 **부분적인 대상**을 필요로 한다. 그 대상에 충동의 **투자**(이 용어는 원래 금융에서 쓰이는 용어인데, 원칙적으로 수량화할 수 있는 물질적인 현실의 측면을 잘 반영해 준다) 능력이 집중되는데, 우리가 충동에 이름을 붙일 수 있는 것도 그 대상의 존재 때문이다. 그렇지만 바로 그런 점에서 충동은 근본적으로 본능과 구별되며, 충동의 만족은 기관(器官)의 작용을 필요로 하지 않는다는 특성을 지닌다. 충동들은 한결같이 마음속의 광경으로 주어지는, 순전히 심리적인 실현으로 만족한다. 그 광경들이 분리되어 있을 때 우리는 그것들을 이미지라고 부르고, 여러 개의 광경들이 모여서 우리가 장본인이 될 수도 있고 목격자가 될 수도 있는 하나의 시나리오를 이룰 때 **환상이**라고 부른다. 그렇다고는 해도 이런 심리적인 방식의 욕망 해소가 충동의 기원이 되는 욕구는 물론이고, 실제적인 만족의 추구를 결코 말소시킬 수는 없다. 젖의 환각을 보는 것도 젖을 상상하는 것도 아기를 배부르게 해주지는 않으며, 설혹 그런다고 해도 그것이 오래 갈 수는 없기 때문이다. 다만 그 부득이한 임시방편을 집요하게 반복함으로써 아기의 정신 구조가 발달하기 시작하는 것이다.

심적 표상들

프로이트에 의하면, 바로 그 점이 인간의 유적인 독자성을 이룬다. 유권자들을 대신해서 말하는 대표자라는 일차적 의미에서, 그리고 표상이라는 단어의 좀더 심리적인 의미에서, 충동은 자기 권한을 '심적 대리자들'에게 위임한다. 때때로 '대리-표상'이라는 좀더 정확한 표현이 사용되기도 하는데, 충동은 사실상 두 가지의 심적 대리자, 즉 말 그대로의 표상과 표상에 동반되는 **정서**, 다시 말하면 그 경험의 유쾌하거나 고통스러운 측면을 지니기 때문이다. 사유의 출발은 일종의 **환각**, 즉 신경의 말단에서 생기는 일이 역투사되어 출발점에 있는 외적 현실로 간주되게끔 감각의 자연스러운 과정(사물에서부터 뇌로 거슬러 올라가는)을 역전시키는 기제일 것이다. 그래서 엄마의 젖가슴에 대한 욕망에 사로잡힌 아이는, 엄마의 젖가슴이 없을 경우 자기 엄지손가락에서 그 첫번째 대체물을 찾아낸다. 그 다음에는 자기 입술을 쪽쪽 빠는 것으로 만족할 것이고, 이윽고는 만족을 주는 대상의 존재를 환각으로 볼 것이다. 마지막으로 아이는 젖가슴을 상상할 것이다. 우리로서는 본질적으로 병적인 환각이 어떻게 정상적인 것으로 간주되는 상상에 자리를 넘겨 주게 되는지 알 수 없지만, 어쨌든 이러한 가정은 시사해 주는 바가 있다.

그러한 원초적 정신 작용에는 **사물 표상**과 **말 표상**이라는 두 가지 종류가 있다. 사물 표상은 나타나는 최초의 표상들로서 무의식 속에만 모습을 드러내고, 말 표상은 *Pcs-Cs* 체계 속에 나타나서 사물들(혹은 사물 표상)을 상징적으로 대리할 수 있다. 이 부분은 정확한 이해가 필요한데, 꿈에 등장하는 단어는 각성시에 읽었거나 들었던 단어의 단순한 반복일 뿐으로 마치 사물처럼 기능한다는 것이다. 언어학에서 기호의 물질적인 측면을 가리키고 랑그의 기호 체계 내에서 일정한 '기의'와 결합되는 '기표'처럼, 선험적으로는 아무 의미가 없는 이미지처럼 단어가 취급되는 것이다.[6] 나아가서 사물 표상과 말 표상 사이의 이러한 구분은 모든 것이 무성 영화에서처럼 이루어지는 무의식의 시각 영역과, 말에서 그야말로 입의 차원이 강조되는 무의식의 청각 영역 사이의 대립적인 구분과 전반적으로 일치한다. 대부분의 문학적인 은유가 시각적인 것으로부터 차용된다는 점, 그리고 우리의 상상력을 자극하는 것은 무엇보다도 관념들과 경쟁할 수 있는 이미지-광경들을 마음속에 그리도록 우리를 이끄는 것들이라는 점에서, 그 사실은 흥미롭다. 관념들은 덜 물질적이기 때문에, 덜 현전적이고 덜 인상적인 것으로——덜 '자극적'인 것으로 간주된다.

'성(性)'

충동이 육체적인 것이 사유로 변환되는 지점이라면, 정신분석의 주장대로 정신 활동이 그 출발에서부터 **성적**(性的)인 이유를 우리는 납득할 수 있다. 우리의 원초적 감정들과 연결되어 있는 충동은 탄생의 순간에 뿌리를 두고 있다. 탄생의 순간은, 계집아이나 사내아이로 우리를 받아들이는(그리고 계집아이나 사내아이로 우리를 원했던) 사람들의 눈에(그리고 그들의 머릿속에, 따라서 무의식 속에) 대뜸 **성별**을 갖춘 육체를 지니고 우리가 출현하는 순간이다. 탄생은 강렬하게 우리의 생산을 경험한 우리 부모와의 관계 속에, 자신들이 우리를 수

태하여 낳았다는 것과 자신들이 우리를 먹이고 보살피고 키우리라는 것을 아는 부모와의 관계 속에 우리를 위치시킨다. 말하자면 그들의 감정이 우리들의 감정에 윤곽을 부여하는데, 그들 각자는 또 자기 자신의 생산, (사내아이 혹은 계집아이로서의) 자기 자신의 탄생의 흔적을 이미 간직하고 있다. 내가 우리 부모의 육체적인 결합의 표상이자 상징인 까닭에, 또한 내게 이름을 지어 주어서 나의 성(性)을 공표하기 이전에도 우리 부모는 나의 성을(성에 대해서) 꿈꾸어 왔기 때문에 태어나자마자 나는 **성적인 담론의 대상**이 된다.

프로이트가 말하는 성(性)은 협소한 의미의 **생식 능력**, 다시 말해서 성(性) 기관의 활동을 훨씬 넘어서는 것이다. 우리가 경험하는 최초의 충동만족/불만족들은 우리 부모의 최초의 충동만족/불만족들의 다소간 민감한 반향인데, 그와 결부되어 있는 모든 것에 성이 관련될 뿐만 아니라 외부 세계와의 의사소통에도 처음부터 성이 관련되기 때문이다. 그런데 외부 세계와의 의사소통은 우선적으로 우리 신체의 일정한 지점들, 우리 피부 중에 점액질로 되어 있어서 자극에 좀더 민감한 **구멍**들을 통해서 이루어진다. 조금 전에 우리는 시각(관찰) 충동을 언급한 바 있는데, 눈은 신체 내부로 통하는 엄격한 의미의 구멍은 아니지만, '삼킬 듯이 바라본다'든가 하는 표현에서도 알 수 있듯이 우리의 상식은 눈도 입처럼 기능한다는 것을 느낌으로 알고 있다. 성적이라거나 성애적이라는 표현은, 우리의 신체가 이내, 그리고 본질적으로 신체에 스며들거나 신체로부터 빠져 나가는 다양한 액체들이 통과하는 교환의 중심이 된다는 것을 의미한다. 또한 우리가 단어들을 가지고 사유하기 이전에, 우리의 신체는 그 액체들을 수단으로 말을 한다는 사실에 대한 확인이기도 하다.

예상할 수 있는 일이지만, 충동들의 최초의 심적 발현태들에는 예외적이리만큼 특별한 가치가 투여된다. 우리의 최초의 정서 상태에 배어든 그 발현태들은 프로이트가 리비도의 **점착성**이라고 부르는 특성, 변화에 저항하려는 리비도의 경향에 의해서 보존되고, 심지어 강화되기조차 한다. 각자의 리비도는 몇 개의 표현 양식들에 집착하고, 그 양식들에 끈끈하게 들러붙어 있다. 그러한 고착 현상들은 사람들에 관련된 것('원상(原像, imago),' 즉 조상(彫像)처럼 굳어 버린 부모의 상)일 수도 있고, 특별한 매력으로 작용한 만족의 방식들에 관련된 것(담배는 젖병의 대용이다)일 수도 있다. 주체의 발달은 쾌락의 그 자기핵(磁氣核)들이 지니는 지배력과 그것들과의 거리두기를 끊임없이 조합하는데, 그 과정에서 이미 지나간 유년기의 태도로 되돌아갈 위험이 항존한다. (그것을 우리는 **퇴행**이라고 부른다.) 유년기와 무의식이 **쾌-불쾌의 원칙**에 따라서 산다면, 의식과 성숙은 이내 까다로운 **현실 원칙**을 고려하는 법을 배우기 때문이다.

3. 주체의 발달

원초적 단계들

어린아이의 '성(性)-정신적'인 발달을 전체적으로 훑어보면, 그것이 여러 단계에 걸쳐서 이루어진다는 사실을 확인할 수 있다. (그러나 선행하는 단계들이 뒤따르는 단계들에도 존속하기 때문에 계기적(繼起的)인 측면을 강조하지는 말아야 한다.) 그 순간들은 탄생 이후로 우리가 느끼는 강한 심적 동요(動搖)들과 연결되어 있다. 그리고 절대적인 지배는 아니더라도, 특정한 교환 지점의 우위가 각각의 순간들을 특징짓는다. 우리가 극단적으로 과잉 투자하는 신체의 첫번째 구멍은 입이다. 입은 이후로도 계속해서 특권적인 **성감대**로 남게 되는데, 자극원으로서의 입을 가리키는 **구강기**(적인 특성)라는 명칭도 거기에서 유래한다. 그 출발에서부터 아기는 젖을 요구하는 입이다. 젖빨기는 입술과 젖가슴의 접촉, 구강을 가득 채우기, 점막을 따라 느껴지는 액체의 흐름, 그리고 입 속으로 빨아들여지는 것을 먹고 자신이

자라고 있다는 막연한 느낌을 결합시킨다. 사랑받는다는 것은 무엇보다도 채워지는 것이다.

18개월에서 3세 사이에 아이가 괄약근을 조절하는 법을 배우면서 다른 구멍이 무대를 차지하게 된다. 그때를 항문기라고 부른다. 이번에는 자신의 뭔가를 잃고 있다는, 정반대의 감정이 문제가 된다. 그렇지만 우리는 배출 욕망과 보존 욕망 사이에 일종의 양면 감정이 드러나는 것을 볼 수 있다. 그 시기가 고통스러운 학습의 시기인 까닭에, 한편으로 아이는 자기의 최초 생산물을 자신이 감사하고 싶거나 벌하고 싶은 사람들에게 선물하거나 거절하는 식으로 반응하면서, 다른 한편으로는 그 강요된 자기 제어를 자신에게 강요하는 사람들에게 역으로 부과하는 식으로 반응한다. (그것이 소위 **지배** 충동이다.) 생산물을 밀어내거나 자신 속에 가두어둠으로써 그 생산물을 자기가 파괴한다고 상상하는 것이다. 일반적으로 **가학적**이라 지칭되는, 가까운 사람들을 향한 공격성이 아주 거칠게 표출되는 시기가 바로 그 무렵이어서, 흔히들 '가학적-항문기'[7]라는 말을 쓴다. 그 공격성이 타자에 대한 보복의 수단으로 주체 자신을 향하기도 하는데, 그런 경우를 **피학적**[8]이라고 한다.

거울 단계

같은 시기에(그 사실을 제일 먼저 밝힌 자크 라캉에 의하면, 6개월에서 18개월 사이에) 아이가 자기 신체의 통일성을 발견하게 되는 **거울 단계**가 위치한다. 그때까지 아이는 엄마의 부속물이거나 잡다하고 산만한 사지(발, 손)의 집합체였지만, 이제는 자기 주위에 있는 사람들과 마찬가지로 눈에 띄게 완전한 존재가 된다. 상상 속에서 최초의 그 비-집중화 상태를 되풀이하는 것은 대개의 경우 조각난 신체의 **환상**이라는 비극적인 색채를 띠게 되고(정신병에서 흔히 볼 수 있다), 거세 환상이 부분적으로 그 환상을 이어받는다. 주체의 통일성을 발견하는 일은 자아 형성의 조건이 되기 때문에 아주 중요한데, 대개 유아가 어른의 품에 안긴 채(겨우 걸을까말까 한 나이에) 거울 속에서 자기 모습을 알아볼 때 일어난다. 그 경험에는 자신도, 비록 축소판이긴 하지만 모든 미덕을 갖추고 있는 것으로 여겨지는 부모와 같아질 수 있다는 사실에서 오는 강렬한 기쁨이 수반된다. 여기서 우리는 자신이 타인과 비슷하다고 생각하고 싶은, 나아가서 타인과 비슷해지고 싶은 욕망, 즉 **동일시**가 어떻게 **이상화**(온갖 완벽한 장점들과 무한한 능력들로 대상을 치장하는)에 접목되는지를 알 수 있다.

이 단계에서 우선 아이는 자기 자신을 3인칭으로 말할 수 있게 되고, 이름으로 지칭이 가능한 현실들만이 존재하는 세계에서 온전히 살 수 있게 된다. 아이는 곧바로 자기 신체의 상태와 능력들을 좀더 잘 알 수 있는 기회들을 찾기 시작한다. 유모가 없거나 먹을 것이 없어서 촉발된 불안을 상상적인 만족의 이미지들로 달래려고 시도할 때 가장 강렬한 자극을 제공하는 부위도 그에 포함된다. 외부 대상의 실제적인 도움 없이 자기 자신의 신체를 수단으로 자기 자신의 신체에서 만족을 찾아내는 (자위적인) 행위들을 **자기 성애적**이라 일컫는다. 자기 성애는 신체의 일부분에서 도움을 구하고(성기만이 아니라 빨기, 대변 억제 따위), 부분 충동들을 만족시킨다. 그것은 신체 도식 전체에 관련되는 **나르시시즘**의 전조(前兆)이다. 자기애의 이 모든 표현들에는 최초의 근친들을 등장시키는 간단한 광경-이야기들이 수반되는데, 그것이 바로 환상들이다.

3,4세 무렵에 아이는 여러 가지 경험을 통하여, 성기 부위에 두 가지 상이한 신체적 외형이 있다는 것과 아버지와 어머니 사이에는 일상 생활에서의 역할이나 태도, 곁에 있는 시간의 배분 이상으로 중요하게 여겨지는 어떤 차이가 있다는 것을 알게 된다. 사실 **성 차이**의 발견은 또래의 사내아이와 계집아이의 만남을 계기로 문득 이루어진다 할지라도, 이내 자기를 낳아 준 남녀에게 투사됨으로써 그들을 부부(그들은 '서로 사랑한다.' 다시 말하면 아이가 그들 각자를 소유하고

싶어하는 것처럼, 그들은 서로를 소유하고 있다)로, 아이를 낳는 부부(그들이 함께 아이를 '만들었다')로 인식하게 만든다.

남근기와 오이디푸스

자신의 임상적인 관찰과 이론적인 성찰로부터 프로이트가 도달한 결론은, 남근기는, 거칠게 요약하자면 두 성의 차이가 상호 보완적인 성기에 있는 것이 아니라 남근의 유무에 있다는 믿음으로 성립된다는 것이다. 어떤 사람들은 남근이 있고 어떤 사람들은 없다는, 또는 [예전에는 있었지만] 이제는 없다는 믿음이다. 그래서 결국 두 종류의 사람들만이 있게 된다. 눈에 보이는 성기를 가진 사람들과 성기를 박탈당한 사람들, 다시 말해서 '거세된' 사람들이 있는 것이다. 실제로 팔루스의 문제는 거세 문제와 밀접하게 연결되어 있다.

남성/여성의 차이를 남근의 유/무로 요약하는 이러한 단순화의 근거는 무엇인가? 그런 식으로 남성 성기에 부여된 우월성이 '남성우월주의'라는 비난을 핵심 내용으로 하는 프로이트에 대한 숱한 반론을 불러일으켰다. 그렇지만 첫째로, 아무도 그보다 더 만족스러운 이론을 정립하지는 못했다. 둘째로, 프로이트는 남녀 구분 없이 아이들의 성-정신적인 발달의 한 **단계**를 말하고 있을 뿐이라는 점이다. 셋째로, 어떤 경우에도 두 성 사이에 완전한 균형은 존재하지 않는다. 모든 갓난아이들은 어머니에게 집착하지만, 이윽고 사내아이들은 어머니를 다른 여자로 대체하는 반면에 계집아이들은 사랑의 최초 대상을 남자로 대체해야 하는 것이다. 넷째로, 남근에 부여된 우월한 가치는 자신에게 결핍된 것을 과대 평가하는 어머니에 의해서 무의식적으로, 아주 일찍 아이에게 전달된다는 점이다.

아직 이차 성징이 없는 아이의 신체에서 남성의 돌기는 아주 두드러진 구별의 기준이 된다. (눈에 보이고, 모습이 달라지기까지 한다.) 계집아이가 자기한테는 클리토리스가 있다는 것을 안다 해도, 그리고 그것이 아무리 민감할지라도, 클리토리스는 거의 보이지 않기 때문에 구별의 표지가 되기에 필요한 두드러짐이 부족하다. 여기까지는 해부학적인 현실에 속한다. 그러나 좀더 강력한 환상의 가치들이 그러한 사실 확인에 덧붙여진다는 것을 우리는 점점 더 분명하게 보게 될 것이다. 정신 활동과 깊이 연관되어 있는 **상상계와 상징계**(뒤에서 다시 언급하겠지만) 내에서의 팔루스의 가치는, 생물학적인 현실 속에서의 남근의 가치에 해당한다는 정식(定式) 속에 그런 사정이 잘 요약되어 있다. 팔루스는 무엇보다도 하나의 상징이다. 팔루스는 주체 자신을 구별해 주는 기능을 하는데, 간주체적인 관계의 틀 안에서와 마찬가지로 주체는 팔루스와 미묘한 관계를 유지한다. 오이디푸스적인 갈등들은 팔루스의 존재(현혹적인)와 부재(인정할 수 없는)를 둘러싸고 전개되는 것이다.

바로 그러한 문맥 속에서, 이제 오이디푸스 콤플렉스에 대한 정의를 내릴 차례가 되었다. 프로이트는 소포클레스의 비극《오이디푸스 왕》에서 부모에 대한 아이의 감정을 지배하는 보편적인(프로이트에 따르면) 도식 하나를 차용해 왔다. 오이디푸스는 아버지를 죽이고 어머니와 잠자리를 같이한 아들이었다──그런데 그것이 모든 인간이 지닌 욕망의 표본 자체라는 것이다. 여하튼 그것이 흔히 **오이디푸스**라고 불리는 것의 소위 **양성적인 공식**이다.[9] 그리스 신화와 일치하기 때문에 양성적이라고 하는 것인데, 계집아이의 경우에는 사내아이와 사정이 다르다는 것을 우리는 이내 알 수 있다. '오이디푸스'는 '오이디푸스 콤플렉스'라는 표현의 줄임말이라는 것을 분명히 해두자.[10] 그런데 콤플렉스를 거론하는 것은 그 공식이 간단하지가 않기 때문이다. 정도의 차이는 있지만, 사실 호르몬의 차원에서나 성-정신적인 차원에서나 모든 사람은 남자인 동시에 여자이기도 하다. 원칙적으로 사내아이는 오이디푸스의 비극을 앞서 말한 형태 그대로 경험하는 데 비하여, 계집아이는 처음에는 아버지의 경쟁자로서 어머니에게 집착하다가(소위 **음성적인 공식**인데, 양성적인 도식을 전도시키고 있기 때문이다) 아버지를 자기 혼자 소유하기 위하여 어머니의 제거를 소망하기에 이른다.

그것은 계집아이의 오이디푸스가 이중적이며 사내아이의 경우보다 훨씬 복잡하고, 제 자리를 잡기까지 시간이 더 오래 걸린다는 것을 의미한다. 사내아이는 혹시 모르는 거세의 위험과 그 위험의 항구성을 받아들이는 순간, 자신의 오이디푸스를 대부분 '해결'하기 때문이다. 지불해야 할 대가, 달리 말하면 아버지의 법을 인정하고, 자신의 특권 남용, 즉 어머니에 대한 소유를 포기하는 것이다. 계집아이의 경우에는 그러기가 쉽지 않다. 이미 거세가 이루어졌기에 그런 위험이 존재하지 않을 뿐만 아니라 어머니가 여전히 최고의 유일한 사랑의 대상으로 남는 경향이 있고, 아버지는 욕망 만족의 가능성을 제공하기도 하고 빼앗아 가기도 하는 존재로 여겨지기 때문이다. 그렇지만 기원의 그 천국 같은 상황('전적으로 내 것인 어머니')은 모두에게 최초의 좌절이 되고, 욕망은 바로 그 실패를 끊임없이 만회하려 애쓴다. 우리는 아버지처럼 우리의 어머니를 소유한 적이 없고, 부모 중에서 우리가 차지하고 싶은 자리가 어느쪽이든간에, 그리고 능동적인 입장에서든 수동적인 입장에서든 어떠한 형태의 **근친상간도** '실제로'는 결코 실현될 수 없을 것이기 때문이다.

남근기에 이르면 아이는 가정이나 학교, 더 넓은 세상의 집단적인 삶에 필요한 요구들을 수용할 수 있게 된다. 이제 아이는 **잠복기**에 들어가고, 점점 확실하게 자리를 잡는 억압으로부터 최대한의 이득을 이끌어 낸다. 아이는 현실 원칙이 강요하는 것에 맞추어 자신의 쾌락 욕구들을 관리하는 법을 배운다. 또한 필수적인 유용한 지식들(언어, 다양한 관습, 대인 관계의 규범들)을 축적한다. 그러다가 사춘기가 되면 리비도의 강한 활력이 되살아나고, 모든 것이 순조로울 경우 성인의 상태로 귀착된다. 대부분의 경우 이상적인 성인의 상태는 프로이트가 **성기기(性器期)**라고 지칭하는 것으로 구체화되는데, 프로이트는 그 단계를 통합 리비도에 의한 부분 충동들의 수렴으로 정의하고 있다. 통합 리비도는 부모 부부의 예에 맞추어지고, 대등한 상대를 지향하며, 성관계의 중심에 성기 중심의 만족을 위치시킨다.

4. 전형적인 형태들

팔루스의 의미

프로이트가 '무의식적인 감정들'이라는 표현으로 제시한 것을 라캉은 구조의 언어로 되풀이하였다. 라캉에 의하면, 오이디푸스는 (어머니의) 팔루스로 **존재하기**와 (아버지의) 팔루스를 **소유하기** 사이에서 이루어진다. 일찍이 프로이트는 '아이=남근=대변=선물'이라는 등식을 세운 바 있고, 또한 말년에는 신체에서 **분리**될 수 있다는 점을 본질적인 특성으로 하는 '작은 것'·'작은 물건'(das Kleine)이라는 이름으로 남근과 클리토리스를 하나로 연결지어 생각하였다. 태어나기 이전의 아이는 아버지의 성기처럼 어머니의 뱃속을 차지하고 있는데, 이 표현은 문자 그대로 이해되어야 한다. 왜냐하면 어머니는 (자신이 잠시 '소유하는') 그 점유자들을 통하여 자기 아버지의 남근의 상징인 팔루스를 누리는 것이기 때문이다. 그런 점에서 아이는 아들이든 딸이든, 어머니의 무의식에 있어서는 그녀의 팔루스로 '존재'한다. 한편으로는 일시적인 소유가 아니라 절대적인 소유가 문제이고, 다른 한편으로는 하나의 온전한 주체보다는 부분적인 대상이 문제라는 사실을 잘 이해하자. 구조적인 사고의 장점이 드러나는 것이 바로 이 지점인데, 결국 주체의 생성에는 서로 배타적인 두 개의 입장, 즉 **팔루스로 존재하느냐** 아니면 **팔루스를 소유하느냐**만이 가능할 뿐이다. 팔루스로 존재하는 한(달리 말하면, 우리를 아기처럼 보호하는 독점욕 강한 어머니의 영향 밑에 있는 한) 우리는 팔루스를 소유할 수 없으며, 따라서 아버지의 예를 따라 어머니와 비슷한 한 여자와 관계를 맺을 수도 없고, 어머니의 예를 따라 아버지와 비슷한 한 남자의 생식기를 (성적 희열로서든 아이의 형태로든) 자기 안에 받아들일 수도 없다. 그리고 자기 자신의 팔루스를 끊임없이 다시 자기 것으로 만들어야 할 것이다. 그러려면 자신의 팔루스를 아무런 대가 없이 주는 것보다 좋은 방법은 없다. 타인에 대한 진정한 욕망은 타인의 욕망에 대한 욕망으로만 존재하는 것이다.

왜냐하면 '팔루스를 소유하기'는 우리를 불안하게 만드는 두 가지 사실에 대한 앎을 전제하기 때문이다. 첫째로, 우리는 팔루스를 이따금 일시적으로 '소유'하다가 넘겨 줄 수밖에 없다. 나름의 교환 수단이자 통로인 어떤 것을(해부학적인 사실 그대로 아주 정확하게 말하면, 하나의 관(管)이고 따라서 말 그대로 하나의 구멍인) 자기만을 위해 소유하려 하는 것은 막다른 골목의 나르시스적인 만족이다. 둘째로, 우리는 항상 다시 '팔루스로 존재할' 위험을 안고 있다. 우선 우리 각자는 자기 어머니에게서 그녀가 사랑했지만 너무나 금세 사라져 버린 예전의 그 방문자를 다시 자기 안으로 흡수하고자 하는 해소되지 않는 욕구를 느낀다. (이 '팔루스적인 어머니'의 상(像)에 대해서는 뒤에서 다시 언급하겠다.) 또한 남성에게는 자신의 충만한 현존의 상징인 어머니와 동일시되고자 하는 유혹이 존재한다. '정열-사랑'도 같은 종류의 퇴행을 드러내 보이는데, 그 경우에는 주체로서의 자기를 파괴하는 '예속' 속에서 누가 타인의 가장 배타적인 팔루스가 되느냐[11]가 문제이기 때문이다.

거 세

이제 우리는 정신분석에서 거세라는 용어가 보통의 경우보다 훨씬 넓은 의미로 쓰인다는 것을 이해할 수 있다. 물론 기본적으로 아이는, 예컨대 성과 관련된 잘못(정확히 말하면, 자위) 때문에 벌을 받을 때, 자기에게 많은 즐거움을 제공해 주는 신체 기관을 박탈당할까 봐

(예전에 그런 위협의 말을 실제로 들었으니까!) 두려워한다. 사내아이는 아버지와의 유사성을 확보해 주는 동시에 곧바로 어머니와의 상호 보완성으로 인정받는 자신의 차이, 그 차이의 담보물을 잃게 될 것이다. 계집아이는 **남근 선망**이라고 불리는 변이형 속에서, 매번 자신의 본원적인 결핍(상당한 기간 동안 근거 없는, 부당한 열등성의 형태로 여겨지는[12])을 떠올리게 될 것이다. 생물학적인 요인들 이상으로 거세가 우리 무의식의 구조화에서 핵심적인 역할을 하는 것이다. 거세는 **팔루스를 소유하기**와 **팔루스로 존재하기** 사이의 아주 중대한 차이에 개입하며, 우리가 겪는 모든 상실의 무의식적인 원형을 이룬다. 거세는 과거의 비극들을(내게서 어머니의 배를 거세한 탄생, 내게서 젖/유방을 거세한 이유(離乳), 내게서 나의 생산물을 거세하는 괄약근의 조절) 이어받으면서 죽음이라는 주된 비극을 미리 예시한다. ‘무의식은 죽음을 알지 못하지만(주체는 스스로를 불멸한다고 느끼며 시간에 대한 감각이 없다)’ 신체 부위의 절단은 주체 일부의 상실을 통하여 대상 상실의 불안을 표현한다.

그렇다고 해서 우리 모두가 받아들여야 하는 객관적인 상실로서의 **박탈**과(현실은 고집불통이다) 결코 만족을 얻은 적이 없다는 감정, 또는 스스로에 대한 만족의 거부인 **욕구불만**을 혼동하지는 말아야 한다. 특히 실현될 수 없는 능력(제어나 쾌락)의 상상적인 장애(결핍이나 결함)에 해당하는 거세와 박탈을 혼동하는 일은 없어야 할 것이다. 중요한 것은 거세의 위협이 실제로 해부학적인 기관으로서의 남근에 가해지는 것이 아니라, 심적 표상으로서의 팔루스에 가해진다는 사실에 있다. 팔루스는 타자의 영역에서 그것을 인정한다는 조건, 또한 매순간 그것이 사라질 수 있다는 것을 분명하게 받아들인다는 조건하에서, 쾌락을 담보해 주는 모든 것의 상징이자 성적인 식별자로 기능한다.

환상 작용

따라서 거세 표상은 아이에게서나 어른에게서나 가장 흔히 볼 수 있는 무의식의 산물 중의 하나이다. 몇몇 행태들(실패에 대한 두려움, 상실에 대한 불안)의 기저에서도 우리는 거세 표상을 볼 수 있고, 꿈, 특히 몽상 속에서는 다소간 명료한 시나리오의 형태로 그것을 다시 보게 된다. 그런 몽상을 가리키는 독일어 'Phantasien(기발한 상상)'을 우리는 환상[13]이라는 단어로 번역하고 있다. 사실 우리는 주체가 주인공이나 목격자로 등장하는 자유로운 상상의 이야기를 환상이라고 부른다. 환상을 만들어 내는 주체는 **투사**와 **내부 투사**의 과정에 의해 주인공과 관객이라는 두 입장 중의 어느 입장에라도 설 수 있는데, 내부 투사 과정은 타자의 좋은 것을 (입을 통한 흡수의 모델에 따라) 자기 안에 동화시킬 수 있게 해주고, 투사 과정은 자기의 싫은 것을 타자 속으로 배출할 수 있게(항문기적인 배설) 해준다.

그러나 환상을 '자유로운 상상'의 이야기라고 말하는 것은 아주 대략적인 설명의 방식일 뿐이다. 이상야릇한 것(의식의 입장에서는 터무니없는 것)도 **무의식의 욕망에 봉사**하고 있다는 점 때문에, 무의식의 입장에서는 완벽하게 논리적이다. 또한 자유롭고 기발하다는 느낌도 극작술이나 영화 제작술에서 말하는 의미에서의 연출에만 해당되는 느낌이다. 대개의 경우 시나리오 자체는 진정한 독창성을 결여하고 있다.[14] 거기에는 그럴 만한 까닭이 있다. 기쁨의 경험이든 고통의 경험이든, 우리는 모두 최초의 순간에 동일한 경험을 하기 때문이다. 또한 우리의 무의식적 욕망이 그 위에 환상적인 표상들을 수놓는 심적 상처들, 달리 말하면 우리의 욕망이 다시 쓰면서 수정을 가하는 쾌락의 불발탄들은 그 수효가 아주 한정되어 있고, 그 원리에 있어서도 거의 동일하기 때문이다. 그 중에서 우리의 탄생과 직접적으로 연결된 문제들과 관련이 있는 환상들을 우리는 **원초적 환상들**

이라고 부른다.

원초적 환상들

저자에 따라 다르지만, 원초적 환상에는 대략 서너 가지가 있다. '거세'·'유혹'·'근원 장면,'[15] 그리고 프로이트는 '모태 회귀'[16]를 꼽는다. 구조적인 관점에서는 세 가지만이 고려의 대상이 되는데, 보았다시피 거세는 어머니의 팔루스가 되는 것이 문제인 상황 속에 프로이트주의자들이 **모태 회귀** 환상이라고 부르는 것을 은연중 숨기고 있기 때문이다. 이 명칭의 의미는 너무나 자명해서 아무것도 덧붙일 필요가 없을 정도이다. 다만 일반적으로 모태 회귀 환상은 탄생 이전의 에덴 동산, 낙원을 가리키는 것으로 이해되고 있지만, 자궁 내(內) 생활의 고유한 속성인 반-마비 상태의 삶이 그 부정적인 이면이라는 점만은 지적할 필요가 있을 것이다. 열반 상태의 완벽한 평온에 대한 갈망은 어머니 안에 갇히는 것에 대한 불안을 떨쳐 버리지 못한다. 사실상 환상 작용의 모든 형성물들을 일관되게 규정하는 역설은, 고스란히 '다시 체험'된 **'충격적인 장면들'**이 그 내용이라는 사실에 있다. 반복된다는(이번에는 현실적인 위험 없이) 단지 그 사실만으로, 무의식 속에서의 심적인 **반복이 만족의 원천이 되는** 것이다. 정신적인 충격들을 환상으로 떠올리는 것이 즐거운 일이라는 것을 아이들은 알고 있다. 그래서 동화 속에서 '장난으로' 간주되는 혐오스러운 언행들을 아주 즐기는 것이다.

임신과 관련된 이 환상, 그리고 성 차이를 등장시키는 (이미 언급한 바 있는) 거세 환상 이외에, 나머지 두 개의 환상은 주체의 수태 장면과 성의 발견에 각각 관련되어 있다. 근원 장면의 환상은 부모의 성행위, 특히 우리의 수태를 가져온 성행위를 목격하는 환상이다. 물론 두 주인공 중의 한 사람의 자리를 내가 차지하고 있는 것으로(그 한쪽의 성별이나 나 자신의 성별에 관계없이) 상상할 수도 있지만, 시나리오의 핵심은 나를 흥분시키는 성적 결합을 염탐하는 것에 있다. 그 경우에 대개 원초적인 충동들로 되돌려진 주체는, 상징적으로 자신도 모르게 오줌을 누거나 배변을 하게 되고, 또한 그 광경을 방해하기도 한다. 그 장면의 보편적인 특징 중의 하나는, 아버지가 어머니에게 폭력을 가하고 어머니는 신음하면서 그 폭력에 고통스러워하는 것처럼 보인다는 점이다. 아이에게 있어서 그 광경은 아마도 단편적인 이야기들이나 짝짓기하는 짐승들의 광경, 부모나 다른 사람들 사이에서 언뜻 보게 된 실제 장면들로부터 재구성되는 것일 터이다. 또한 그 광경은 아이를 불안하게 만드는 소리들에 상당 부분 의거해 있다.

성 그 자체의 발견은 어른이 아이에게 성애적인 접근을 하는 내용의 삽화적인 사건(유혹이라고 명명되는)으로 환상 처리된다. 아이를 만질 때 부모는 성기 차원의 흥분을 느끼는 것으로 추정되는데, 아직 남근기 이전 단계에 있는 아이로서는 그러한 성적 흥분을 소화해 낼 수 없다. 대개 우리는 유혹의 몸짓이 아이의 몸을 돌볼 때 어머니에 의해서 (무의식적으로) 행해지는 것으로 이해하고 있다. 그러나 이 환상을 처음 발견한 것은 프로이트였는데, 초기에는 히스테리 증세의 여자들(자기 아버지나 삼촌 또는 오빠에게 성희롱을 당했다고 이야기하는)에게서 볼 수 있는 실제의 충격적 사건으로 간주되었다. 그것이 어머니를 모든 혐의에서 벗어나게 하기 위한 **타협의 형성물**이라는 것은 나중에 밝혀졌다. 분명한 것은 아이가 흥분에 사로잡히는 것처럼 보이는데, 그 흥분은 어른이 느낄 것이라고 아이가 짐작하는, 또는 상상하는 흥분의 반향이라는 사실이다.

짐작할 수 있겠지만, 누구에게나 존재하는 이 환상들을 우리는 허구의 작품들 속에서 자주 마주치게 되는데, 허구의 작품이란 사실 예술적 가공의 기회를 갖게 된 몽상과 다르지 않다. 우리는 프로이트가 서술한 바 있는 두 가지의 유사한 형성물들을 그 환상들에 덧붙일 수 있다. 하나는 **가족 소설**이라는 이름으로 불리는데, 아이들에게서 흔히 볼 수 있는, 현실의 부모가 아닌 다른 부모에게서 자기가 태어났다는 생각이다. 현실의 부모를 훌륭한 인물들(대개 왕족)로 대체하는 것이 그 첫번째 시나리오(성 차이를 의식하기 이전의)이고, 어머니는 그대로 둔 채 아버지를 고귀한 인물로 바꾸는 것이 두번째 시나리오이다. 두번째의 경우에 어머니는 남편에 대한 정절을 저버린 채 사생아를 낳은 것이 되고, 그래서 혹독한 모욕을 받아 마땅한 여자가 된다. 나머지 하나의 형성물도 흔히 볼 수 있는데, 프로이트가 자신의 이야기에 붙인 제목인 '한 아이가 매를 맞는다'가 그것을 지칭하는 이름처럼 사용되고 있다. 그 경우에 주체는 겉모습은 다른 (계집)아이지만 자기 자신이 매를 맞고 있다고 상상하거나, 또는 자기 자신이 직접 주고 싶은 벌을 그 아이가 받음으로써 앙갚음하고 있다고 상상하면서 즐거워한다. 피-가학 사이의 동조(同調) 현상이 거의 분명하게 드러나는 것이다.

5· 주변적인 형태들

프로이트의 사유에서 거세 환상에 부여된 특별한 중요성은, 성행동의 몇몇 애매한 특성들(요컨대 성도착증)을 전체적으로 이해할 수 있게 해주는 이점이 있다. 사실 정신 현상이 겪는 이상(異常) 증상들 중에서 성도착 현상에는 그만의 독특한 특성이 있다. 우선 '변태적'이라는 형용사가 (인간의 이념이나 사회·신에 반하여 고의적으로 악을 행한다는 의미에서의) **사악함**과 (범죄자나 정신병자를 가리키는 일상적인 의미에서의) **이상**(異常)-일탈, 그리고 정신의학자나 정신분석가가 관심을 갖는 엄밀한 의미에서의 (성적) 도착에 공통되게 사용된다는 점을 지적해 두자. 그 다음으로는 성도착적인 행동이 그 안에 잠재해 있는 폭력의 위험 때문에 사회적인 차원에서나 때로 법률적인 차원에서 문제가 된다 하더라도, 일반적으로 성적 희열을 느끼는 능력이나 노동 능력에 있어서는 한 개인에게 전혀 영향을 주지 않는다는 사실이다. 그런데 프로이트는 성적인 쾌락을 경험하는 능력과 직업적인 의무를 수행하는 능력, 바로 그 두 가지 능력으로 인간의 정신적인 건강을 정의한다. 그렇다고 한다면, 그러한 탈-전형적인 행위들을 정신병으로 분류하는 것은 온당치 않아 보인다.

성도착증은 무엇보다도 행동들이지만, 정신 생활에서 그것이 차지하는 중요성은 명백하다. 엄밀한 의미에서의 성적 활동에 대한 표상들을 우리의 환상에 제공해 주기 때문이다. 어린아이가 **다형적인 성도착자**라는 프로이트의 정식(定式)은 모두가 알고 있다. 그렇지만 그 정식이 소위 '어린아이의 순진무구함'이라는 끈질기고도 보편적인 편견을 깨뜨리기 위한 것이었다는 사실은 거의 알려져 있지 않다. 비도착적인 방식으로이긴 하지만 도착적인 행위들에 계속 묶여 있다는 의미에서도, 성인은 여전히 자신의 유년에 가까이 있기 때문이다. 아주 특별한 조건하에서만 성적 희열을 느낄 수 있는 주체를 우리는 정확하게 도착적이라 지칭한다. 문제의 도착적인 행동이 좀더 밀접한 상호 결합을 실현하고, 좀더 강렬한 성적 희열을 얻기 위한 성행위의 한 요소(예비 행위들, 부수적인 환상)로 끼어드는 경우에는 더 이상 도착적이라고 말하지 않는 것이다.

배타적 편협성은 성생활에서의 주체의 자율성을 축소시킨다. 요컨대 성도착자는 자신의 **환상을 행동으로 옮기는**[17] 사람, 무의식적인 욕망을 완전히 실천하는 사람이다. 다른 사람들은 성적 흥분을 바탕으로 '환상을 품는' 데 그치는 반면에, 성도착자는 성적 희열을 이끌어내기 위해 그것을 '행'한다. 또한 신경증 환자가(그리고 대개 정상이라고 간주되는 사람도) 실패에 대한 불안이나 죄의식 속에서 쾌락을 느낀다면, 성도착자는 법을 위반하면서, 법을 위반하는 것에서 전적으로 쾌락을 경험한다. 어쨌든 아이들을 대상으로 거론되는 다형성이 오히려 성숙의 요인이나 표지로 나타나는 것이다.

성도착증

배타적 편협성과 위반이라고 하는 이 두 가지 묘사적인 특징들 말고도, 특별히 정신의학자들과 정신분석가들에 의해서 각각 제시되곤 하는 두 가지 특징들이 더 있다. 앞의 것은 정신의학에서 성도착증을 가리키는 데 사용되는 '일탈애'(즉 일탈된 성관계)라는 명칭 자체에 의해 규정된다. 일탈애의 여러 형태들 안에는 '정상' 행위에 대한 정의(우리를 태어나게 해준 부모의 생식 행위를 모방하고 재현하는 행위라는)에 위배되는 모든 것들이 포함된다. (또한 수정(受精)이 될 수 있는 행위가 정상 행위이다. 물론 그러한 목표가 우리의 의식 속에 매번 분명하게 드러나는 것은 아니다. 인간에게 있어서는 욕망이 욕구보다 더 강하다는 사실을 잊지 말자.[18]) 정신의학적인 의미에서의 성도착증을 결정짓는 것은 일정한 행위, 자족적이고 부모의 전범(典範)을 따르지 않으며 폭력의 위험을 내포하는 어떤 행위에 대한 절대적인 의존이다.

정신분석의 입장에서는 성도착증의 모든 것이 두 가지 요소 사이에서 이루어진다. 한편으로는 **결핍된 대상**이 과도하게 가치 부여됨으로써 상대-주체인 **큰 타자**[19]를 최소한 부분적으로라도 대체할 수 있어야 하고, 다른 한편으로는 거울에 비친 그 **동일자-큰 타자**[20]의 이미지를 역시 주체성이 제거된 욕망의 대상으로 변형시켜야 한다.

페티시즘

페티시즘에서 성도착 구조의 뿌리를 읽어낼 수 있을 정도로, 결핍된 대상이 중심이 되는 첫번째 장치 내에서 페티시즘은 각별한 위치를 점하고 있다. 프로이트는 대단한 확신을 가지고 페티시즘의 기제를 분석하였다. 사내아이는(페티시즘은 남자들에게서만 볼 수 있기 때문이다[21]) 언뜻 보는 것 이상으로 자기와 다를 것이라는 추측을 품게 된 여자(아이)들을 엿보는 기회를 통해서, 또는 우연한 기회에 여자들이 남근이 없는 존재들이라는 사실을 목격하게 되면 이내 그 광경을 거부하고 물리쳐 버린다. 예상했던 부위에서 자기 것과 비슷한 성기의 존재를 환각으로 보는 것이다. 실제적인 거세를 목격하는 것은, 자신도 거세당할 수 있다는 위협을 의미하기 때문에(경쟁자인 아버지가 잘라냄으로써 그러한 결함이 생겨날 것으로 아이는 생각한다) 아이로서는 감내할 수 없을 것이다. 그러나 **동시에** 무엇인가가 있으리라고 기대했던 곳에 아무것도 없다는 것을 아이가 **알았다**는 사실에는 변함이 없다. 그렇게 해서 아이는 소위 말하는 **분열**의 희생자, 자신의 충동의 요구와 상반되는 외부 현실에 대한 이중적인 태도의 희생자가 된다. 아이는 둘로 나누어지는데, 한쪽은 명백한 사실을 고려에 넣는 반면에 나머지 한쪽은 그 사실을 부인하면서 대신 그 자리에 자기 욕망을 만족시켜 주는 형성물을 위치시킨다. 그리고 그 두 부분은 서로에게 영향을 미치지 않으면서 아이 속에 공존하게 된다. 지각된 내용을 무효화하는 이러한 움직임은 일반적으로 **현실의 거부**라는 이름으로 불린다. 특별히 페티시즘에 의한 거부의 경우에는 **성차이의 부인**[22]이라는 표현을 쓰기도 한다.

자신의 남근에 가해지는 위협, 결과적으로는 무의식 속에서 남근을 표상하고 남근에 가치를 부여해 주는 팔루스에 가해지는 위협에 대처하기 위해서, 페티시스트는 독특한 해결책을 찾아낸다. 남근의 상(像)을 만들어 내어 성적인 유희의 과정에서 상대방에 **결합**시킴으로써, 확인된 결핍을 보상하거나 현실을 자신이 원하는 모습으로 유지시키는 것이다. 그의 입장에서 그러한 상(像)의 존재는 제의적인 배려들로 감싸진(이는 마술적인 힘을 지니고 있어서 사람들이 떠받드는 숭배의 대상, 즉 물신(物神)이라는 페티시의 일차적 의미와 분명한 연관이 있다) 다양한 형태들로 나타나는데, 그 형태들은 최초의 대체-환각을 생겨나게 만든 광경을 떠올려 준다는 공통점을 갖는다. 흔히 여인이 몸을 웅크린 자세로 은밀한 부분을 노출하는 과정에서 아이가 밑에서부터 성기를 관찰하기 때문에, 일반적으로 속옷이나 양말 따위가 그 순간에 바로 인접해 있었던 부위를 대신하게 된다. 혹은 여성의 음모를 떠올려 주는 물건들(모피)이 그것을 대신하기도 한다. 페티시는 비어 있는 자리, 그러나 사라진 신체 부위에 의해서 상상적으로 다시 채워진 자리의 환유이다. 그렇지만 그 환유는 은유의 흔적들(男根像, phalloïde)로 쉽사리 보강되는 경향이 있어서, 머릿단이나 굽 높은 무도화가 한때 페티시의 대체물로 성가를 누리기도 하였다.

　페티시스트에게는 흥분의 보조물이 한 여자 '전체'를 재-현(현전시키면서 다른 식으로 현전시킨다)한다. 그의 욕망은 욕망하는 주체(결핍 때문에 괴로워하는)를 지향하는 것이 아니라 인공물의 도움으로 전체화된 **대상-사물**, 완전해진 동시에 그런 식으로 완전하게 보충해 주는 자(사물화된 그 완전한 대상의 완벽한 순환성 속에서 결국 자기 자신을 빈틈없이 채우는 것이 유일한 목표인 자)의 환상에 종속되어 있는 사물화된 대상을 지향한다. 그리고 사물화된 그 총체적 대상은, 부득이한 경우에는 자신을 보완하면서 동시에 자신을 압축적으로 요약하는 구체적인 부분적 대상(페티시)에 자리를 넘겨 줄 수 있다. 정도의 차이는 있지만, 모든 성도착증에서 동일한 원칙이 발견된다. 예컨대 고전적인 노출증 환자는 타인에게 자기 남근을 보도록 강제한다. 그런데 그는 자기 남근에 대해서 자부심을 느끼는 그만큼 확신도 별로 없기 때문에, 그런 식으로 타자의 시선을 통하여 그가 '고착'시키고 있는 것은 자기 자신이다. 소위 노출증이 있는 여자는, 우리를 꼼짝 못하게 만드는 팔루스적 광채와 유혹적인 화려함을 부여해 주는 비단이나 치장으로 자신을 감싼 채 몸 전체를 일종의 팔루스처럼 부각시킨다. 관음증 환자는 남근의 부재를 두려워하면서 그 존재를 확인한다. 그래서 몰래 엿본 그 성기(동작중에 있는)는 마치 시간의 바깥이나 영원한 시간 속에 존재하는 것처럼 된다. 주체-아닌-사물의 상태로 타자를 축소시키는 이러한 과정을 우리는 가학적이거나 피학적인 관계 속에서 좀더 분명하게 볼 수 있다. 가학성 변태성욕자가 자신의 희생자를 사물화한다는 것은 분명한 사실이다. 그런데 피학성 변태성욕자의 경우에는 그를 사물화하면서 타자 자신도 사물화되기 때문에 그러한 결과가 배가된다. 결국 남근과는 다른 그 팔루스——우리는 그것을 주는 동안에, 주기 위해서만 소유하기 때문이다. 또한 대가로 자기의 팔루스를 우리에게 제공하는 또 다른 나, 분신(alter ego)에게 우리의 팔루스를 주는 경우에만 그것을 소유하기 때문이다.

사실 성도착적인 세계의 탐색에 필요한 교훈이 있다면 각자 대등하게 욕망하는 주체들, 그리고 서로의 차이와 부족함을 인정하는 주체들 사이에서 일어나는 모든 성행위는 정상적인 성행위라는 사실일 것이다. 그래서 이제 우리는 성기기(性器期)의 성활동에 관한 두 개의 공리(公理)를 제시할 수 있다. 첫째로, 욕망은 오직 타자에 대한 욕망만이 있다. 둘째로, 성적 희열은 타자의 쾌락으로부터, 타자의 쾌락 속에서만 존재한다. 다만 그 쾌락은 결코 우리가 전적으로 수락할 수는 없는, 그래서 각자가 열성을 다해 필사적으로 보완하려 애쓰는 불완전성의 그늘 아래 있다.

6. 체제와 형상들

나르시시즘과 자아

동성애는 '자기'의 이미지가 작동하는 방식과 그 함정들에 대한 탐색을 다시 시작할 수 있는 좋은 시각 하나를 제공해 준다. 충동의 큰 범주들을 분류하면서 프로이트가 연이어 제시한 분할들에 대해서 우리는 아직 언급하지 않았다. 그 첫번째 이원 체계는 주체의 생존을 위한 자기 보존 충동과 종(種)의 생존에 기여하는 성 충동을 구분하고 있다. 두번째 분할은 자기 성애가 존재한다는 것을 프로이트가 인식하게 되었을 때 불가피하게 제기되었다. 또한 그를 계기로 프로이트는 성의학자들이 그리스 신화에서 영감을 얻어 나르시시즘이라고 불러 왔던 것을 자신의 이론 속에 도입하였다.[23]

나르시시즘이라는 개념의 이점은, 자아 속에 투여되는 리비도와 외부적인 사랑의 대상에 결합되는 리비도 사이의 차이(그리고 그 애매함)를 이해할 수 있게 해주는 데 있다. 물론 동일한 하나의 에너지이지만, 그 동일한 에너지가 한쪽에서 분리되어 다른 한쪽과 결합하는 것이다. 이상적인 것은 각각의 영역이 그 에너지의 일정량을 차지함으로써, 주체가 자기 자신의 생성에도 관심을 가지면서(예컨대 우리는 자신의 리비도의 모든 역량을 자기 자신에 집중시키는 갓난아기의 나르시시즘을 **일차적 나르시시즘**이라고 부른다) 동시에 자기 밖의 현실과도 결합할 욕구를 지니는 경우이다. 물론 내부에서 확인된 결핍들을 채워 줄 수 있는 것이 바깥 현실 속에 존재해야 할 것이다. 그러나 **나/자아/비-자아**라는 심리적 영역들이 일목요연하게 분리되어 있는 것은 아니다. 자율적인 존재가 되기 이전에, 주체는 우선 자신을 어머니와 하나로 묶고 있는 **이항**(二項) 관계로부터 벗어나야 한다. 또한 주체는 외적인 것과 내적인 것이 연속되어 있는 **과도기적인 영역** 속에서 발버둥친 연후에야 세계를 외부에 제대로 위치시킬 수 있다.[24] 또한 당연한 일이지만 정신 현상(무의식적인 것이든 의식적인 것이든) 속에서 충동의 움직임들은 현실을 대신하는 **이미지들**에 관계하고, 현실에는 오직 육체만이 영향을 미칠 수 있다. 신화에 의하면, 나르시스가 사랑하는 것은 거울 역할을 하는 수면 위의 자기 영상이다. 마찬가지로 동성애 관계에서 우리가 욕망하는 자는 '심적 대상'인 채로 사랑의 대상이 된 자기 자신이다. 자신의 이미지를 타인에게 투사하거나, 또는 결국 마찬가지이지만 타인을 통해서 자신의 이미지를 찾는 것이다. 이제 우리는 그러한 욕망의 관계가 동시에 이미지들(투영된)의 세계와, 앞서 언급한 바 있는 주체성이 제거된 대상-사물들의 세계에 갇혀 있다는 것을 이해할 수 있다.[25] 왜냐하면 내가 서로 다른 두 장소에서 똑같이 주체일 수는 없기 때문이다. 내가 나를 바라볼 때는, 바라보는 주체-나(그것을 [문법적 주어로서의] 나라고 명명하는 것이 통상적이고 또 적절해 보인다)와 바라보여지는 대상-나가 있는 것이다. 후자를 우리는 자아라고 부른다. 나는 상징계의 영역에 위치하고, 자아는 상상계의 체제 안에 위치한다.

실재계, 상상계, 상징계

이제 우리는 프로이트에게는 없었지만 자크 라캉에 의해서 고안된, 아주 실용적인 한 쌍의 삼원(三元) 개념을 검토할 차례이다. 그 개념들(흔히 *R.I.S.*라는 약자로 표기되는 실재계, 상상계, 상징계)은 현행 정신분석의 어휘 속에 공식적으로 편입되었다. 실재계(현실과 구별되어야 한다)에 대해서는 말할 것이 아무것도 없다. 실재계는 그 깊이에 있어서 온갖 사유의 시도로부터 벗어나 있는 것이고, 무의식의 활동에서 충동적인 것에 신체적인 바탕을 제공해 줄 뿐인 어떤 것이다. 생각도 할 수 없다는 의미에서, 또한 우리가 어떤 사람에 대해서 '견딜 수 없다'라고 말할 때와 유사한 의미에서, 그것은 '불가능'이다. 어느 정도는 프로이트의 '그것'과 유사하지만, 어머니의 신체와 하나를 이루고 있다가 이제는 '환지(幻肢)'(절단 수술을 받은 사람들이 절단 후에도 여전히 고통을 느끼는)와 유사해진 본원적 신체——그 본원적 신체의 제어할 수 없는 흔적들을 '그것'에 합체시키고 있는 어떤 것이다. 요컨대 거울의 안쪽이고, 정신 현상의 바깥이다.

여기서 프로이트의 '그것'을 언급한다고 해서 상상계를 자아에, 상징계를 초자아에 마찬가지로 덧씌울 수 있는 것은 아니다. 그렇지만 어쨌든 상상계는 **이미지**, 나의 이미지(그러니까 어쨌든 **자아**가 있다)와 나와 비슷한 사람(동일시의 원천이자 결과인)의 이미지가 지배적인 체제이다. 상상계라는 개념의 중심에 거울을 위치시키면 사태가 좀더 분명해지는데, 거울은 나르시시즘, 있는 그대로 지각된 자아, 어머니의 형상(주체의 최초의 지각과 맺어져 있는)에 동시에 연결된다. 이어서 상징계는 기호에 속하는 현상들,²⁶⁾ 달리 말하면 소위 언어 속에서 취해지고 조직되는, 사물에 대한 관습적이고 자의적인 표상들(이미지라는 직접적인 유사 대리물과 대조를 이루는)이 지배적인 영역에 해당한다는 사실을 서둘러 말해야 하겠다. 그 두 개의 개념은 상호 대립적으로 기능하기 때문이다. 쉽게 설명해 보자. 우리 정신 현상의 시초에는 한편으로 무한정 마음속에 간직되는, 지울 수 없는, 최초의 매혹적인 광경인 어머니의 상(像)이 있고, 다른 한편으로 적어도 신화적인 차원에서는 아버지의 말이 있다. 아버지의 말은 우리가 그 의미를 학습해야 하는 단어들을 사용하여, 아이가 자신이 애초에 나왔던 장소로 되돌아가서는 안 된다고 선언한다. 이러한 전체적인 윤곽 속에서 우리는 근친상간, 그리고 오이디푸스가 위반을 꿈꾸는 근친상간의 금지를 읽어낼 수 있다.

그러므로 상상계는 여러 가지 기능을 포괄한다. 상상계는 우선 자아의 이미지가 만들어지는 장소이자 이미지들이 독단적으로 군림하는 장소이다. 그런데 알다시피 이미지들은 거의 전염에 가까운 즉각적인 작용력을 지니고 있고(무엇보다도 그 감각적이고 관능적인 특성 때문에 이미지들은 사유 활동의 민감하고 원초적인 부분에 부과된다), 또한 쉽사리 현실의 모사물로 기능하는 까닭에 상상계의 체제는 환각의 체제이기도 하다. 그리고 또 황홀한 자기 응시가 여실히 보여 주듯이, 상상계의 체제는 나르시시즘의 체제이다. 마지막으로, 상상계의 체제는 어머니와의 융합 관계 체제이다. 차후의 융합의 시도들은(가장 대표적인 것이 사랑의 정열인데), 어머니가 갖은 수단을 동원하여 타자를 자아에 동화시키려 애쓴다는 것(이미지는 사람의 눈을 속이기 때문에 미망(迷妄)에 그칠 위험이 항상 존재한다)을 잘 보여 준다. 거울 속의 이미지였던 이 자아는 처음부터 하나의 타자이다. 거세될 수 없는, 훼손될 수 없는 현실성과 견고함을 획득하고자 하는 바

람에서 큰 타자와 완전히 하나로 뒤섞임으로써, 자아는 그러한 소외
로부터 벗어난다고 생각한다——여기에서 우리는 일체(一體)의 방식
으로 우리가 소유하기를 원하거나, 그것으로 존재하기를 바라는 어
떤 것으로서의 팔루스를 볼 수 있다. 나르시스의 영원한 꿈은 그 닮
은 존재와 하나를 이루는 것, 아무런 결함 없이, 결핍 없이 사는 것
이다. 그렇지만 또한 삶이나 사유로 이어지는 아무런 통로 없이 사
는 것이기도 하다. 미소년의 익사는 순환성 혹은 폐색(閉塞)으로서의
광기를 상징적으로 보여 주고 있다. 상상계는 공백을 견뎌내지 못할
뿐 아니라, 아주 미세한 작동 간격조차도 견뎌내지 못한다. 순환의 톱
니바퀴 장치가 이내 멈추어 버리기 때문이다.

  그 체제를 특징짓는 또 하나의 특성이 있다. 상상계는 어머니와의
관계가 지배적으로 우세한 체제이다. 그런데 어머니는 덧없이 사라
져 버리는 이미지여서 아이의 호소에 따르지 않으며, 아이로부터 상
상할 수도 없고 확인할 수도 없는 다른 곳으로 떠나가 버린다. 결국
그 명칭의 환상적인 색채가 떠올려 주는 것과는 반대로, 상상계는 근
본적으로 고통과 위험·불안의 세계이다. 프로이트는 자기 손자를 통
하여 그 불유쾌한 세계로부터 빠져 나가는 모범적인 출구 하나를 생
생하게 관찰할 수 있었다. 모두가 알고 있는 '포르트(Fort)/다(Da)' 놀
이가 그것이다. 아이가 실 끝에 매달린 실패 하나를 갖고 있었는데,
'오!' 하는 소리와 함께 그 실패를 요람 바깥으로 내던졌다가는 '아!'
하는 감탄사와 함께 다시 잡아당기곤 하는 것이었다. 할아버지의 기
지(機智)는 그 소리에서 포르트(저기)와 다(여기)를 읽어냈고, 그것을
어머니의 부재/현존과 관련지어 이해하였다. 장난감 하나와 두 개의
'단어'(아주 초보적인 단어들이지만)를 가지고 아이는 무의식적으로
어머니의 부재/현존을 조작하고 있었던 것이다. 상징계의 본질이 드
러나는 것이 바로 이 지점이다. 라캉이 아주 적절하게 '말하는 존재
들'이라고 다시 명명한 사람들의 경우가 그런 것처럼, 언어를 사용함
으로써 표상들과 정서들을 어떤 의미에서 제어하고 지배할 수 있다는

것을 그 두 살 반짜리 아이가 간파해 낸 셈이 되는 것이다. 단순화하자면 *R.I.S.*는 입 안의 젖, 유방에 대한 심적 이미지(투사-환각), '젖을 빨다' 라는 간단한 단어 사이의 구별로써 요약될 수 있을 것이다.

'아버지의-이름' 과 '남근을-가진-어머니'

왜냐하면 언어, 좀더 정확히 말해서 하나의 개별 언어[27]가 우리를 둘러싸고 있고, 우리에 앞서 존재하고 있기 때문이다. 성(姓)을 부여받고 때로는 미리 이름까지 받는다는 점에서, 우리는 태어나기 이전부터 이미 언어 속에 포획되어 있다. 더구나 어머니와 아이 사이에 개입하는(말 그대로 끼어-드는) 최초의 제삼자, 그리하여 광적이고 치명적인 순환의 운명을 지닌 그 결합 쌍을 깨뜨리는 존재, 즉 아버지를 지명하는 것은 어머니의 몫이다. 모든 아버지는 어머니에 의해서 아버지로 가리켜지고 제시되는 아버지일 뿐이다. 또한 그럼으로써 어머니는 자신이 그에게서 팔루스를 발견하는 그 다른 한 사람(성인)도 자기가 사랑한다는 것, 이제 아이는 자신[어머니]의 팔루스가 아니라는 것, 아이도 아버지처럼 자기만의 팔루스를 가져야 한다는 것을 아이에게 드러내 보여 주어야 한다. 그리고 아이로 하여금 '어머니의 자궁에' (이렇게 말해도 된다면) 아버지 몫의 자리를 남겨 주는 것이 공동체적인 삶의 규범이라는 것을 인정하도록 만드는 것이 아버지의 역할이다. 분리의 법을 공표하고 거세의 위협을 구현하는 자(어머니가 지명하는)가 되는 것, 그것이 상징계가 통용되는 영역의 지배자로 우뚝 선 아버지의 역할이다. 이제 우리는 아버지의-이름과 같은 간결한 정식(定式)의 의미 자장(磁場)을 이해할 수 있는데, 그 표현에서 '아버지의 금지' 라는 의미를 놓치지 말아야 하는 것이다.[28] 또한 **아버지의 은유**와 같은 표현의 이점 역시 이해할 수 있다. 아버지는 팔루스를 표상하는 동시에 제도화된 대체물들의 체계, 사물들에 의미를 부여하고 주체에게 자율성을 부여해 주는 기호들의 체계의 기원에 팔루스를 위치시키기 때문이다.

그렇게 해서 거세를 가할 수 있는 권능과 권리로 무장한 상징적 아버지의 형상이 무의식 속에 세워진다. '성공적인' 오이디푸스 단계 이후에, 상징적 아버지는 공포의 방식으로 어머니를 금기시하던 위협적이고 원초적인 아버지를 계승한다. 스핑크스(그리스어와 라틴어의 표기대로 한다면, 스핑크스는 여성이다[29])가 바로 그 아버지의 아주 시사적인 신화적 표상이다. 그 괴물은 테베의 입구를 지키면서 수수께끼 하나를 풀 것을 요구하였고 풀지 못할 경우 죽음이나 치명적인 폭행의 벌을 내렸는데, 그 수수께끼는 인간에 관한 것이었지 않은가! 오이디푸스에게 죽은 라이오스 왕을 떠올려서, 우리는 때로 그것을 죽은 아버지라고 부르기도 한다. 또는 모든 권능을 부여받은, 그래서 온갖 횡포를 저지를 수 있는 이상화된 아버지라고도 부른다. 마지막으로는, 역시 아들들에 의해서 살육당한 '원시 부족'의 아버지(모든 여자가 그의 차지였다), 그렇게 죽은 다음에 친부 살해에서 촉발된 무질서를 극복하기 위해 맺어진 협약의 보증인으로, 토템으로 변형된 아버지를 연상할 수도 있을 것이다. 그것은 거의 신적인 형상이고, 그 지위는 거세가 받아들여지는 것과 동시에, 거세가 받아들여지는 것과 동일한 이유로 우리 각자에게 인정받는다. 왜냐하면 우리는 자신의 왜소함을 불가피한 것으로 받아들인 연후에만, 전능함에 대한 자신의 꿈을 단념한 연후에만 어른이 될 수 있기 때문이다.

요컨대 팔루스적인 어머니, 혹은 남근을-가진-어머니의 상(像)과 궁극적으로 구별이 되지 않는 '상상적 아버지'의 폭압적인 상(像)을 상징적 아버지가 대체하게 되는 것이다. 남근을-가진-어머니란, 성교 중에 아버지의 음경을 '잘라내어' 자기 것으로 만든 어머니, 혹은 아버지로부터 팔루스의 상징을 '거세'한 어머니이다. 그것은 몹시 두려운 상(像)이다. 어머니가 지니고 있을 때, 그 주술적인 도구는 삶과 질서의 상징이 아니라 횡포와 살육의 수단이 되고, 뱀으로 바뀐 왕홀(王笏)이 되기 때문이다. 사실상 팔루스를 가진 여자란, 나의 견지에

서는 자기 속에 나를 다시 집어넣은, 나를 다시 흡수한, 그래서 나를
자신의 팔루스로, 혹은 무(無)로 환원시켜 버린 내 어머니이다. 그것
은 행복과 죽음의 현혹이다.

'이상(理想)'들

언제까지나 우리 속에 공존하는 그 두 개의 체제 아래 조금씩 조
금씩, 그리고 항구성에 대한 보장 없이 우리의 자율성이 자리를 잡게
된다. 그 과정은 동일시와 이상들의 작용을 통해 이루어진다. 대상들
에 집착함으로써 모든 주체는 자기 속에 자신이 닮기를 바라는 전범
(典範)들을 만들어 내고, 우선은 그 전범의 자리를 차지하는 것에서
부터 시작하여 모든 점에서 그와 완벽하게 일치하는 복제(複製)가 되
고 싶어한다. 주체는 그들의 인격 전체를 자기 것으로 동화시키기 위
하여, 그때그때마다 그들의 다양한 측면들이나 속성들을 차용해 온
다. 물론 문제의 대상들은, 부분적인 대상이든 전체적인 대상이든 사
전에 미리 완벽한 존재로 **이상화되어** 있지만, 그렇다고 해서 이상화
가 곧바로 정신적이거나 사회적인 향상을 가져올 것이라고는 너무
성급하게 추측하지 말아야 한다. 여기서 말하는 완벽함이란 바람직함
의 극치, 그 이상도 그 이하도 아니기 때문이다. 그런데 그 극치가
때로는 결핍을 채워 주는 것에 불과한 경우들이 있고, 또한 앞에서
이미 언급한 바 있는 위험이 그에 수반된다. 예컨대 우리를 애정 속
에 익사시키는, 문자 그대로 '넋을 앗아가는' 남근을-가진-어머니의
상(像)을 구축하는 것이 그러한 위험 중의 하나이다.

정확하게 우리 정신의 두 영역에 따라서 나누어지는 두 개의 이상
이 존재한다. 그 중 이상적 자아는 상상계 속에서 나르시스적인 자기
역할을 수행한다. 그것은 간단히 말해서 팔루스를 이루는 온갖 능력
과 속성들로 장식된, 이상적 존재로 끌어올려진 자아이다. 어떤 의미
에서 나는, 어머니가 자신의 광포한 욕망의 경이로운 대상으로 끔찍

이 사랑하고 있다고 내게 느껴졌던 [과거의] 아이로 되돌아간다. 때로 프로이트의 예를 따라서 이상적 자아를 **아기 폐하**라고도 부르지만, 그것이 우선적으로 지배한 것은 어머니라는 무조건적인 숭배자의 넋을 잃은 시선이었다는 점을 생각해야 한다. 그러니까 주체에게 자신감을 제공해 준다는 점에서는, 이상적 자아는 필수적이고도 긍정적인 형성물이다. 그 자신감이 없으면, 주체는 삶의 현실 속에 발을 딛고 서서 자기 존재를 증명해 보이기가 어렵기 때문이다. (이것이 주체의 **일차적 나르시시즘**에 해당할 것이다.) 그렇지만 거꾸로 자신이 지닌 절대 권능, 보았다시피 팔루스적인 숭배의 대상으로 제시될 때에는 치명적일 수도 있는 절대 권능에 매혹당한 주체를 표상한다는 점에서, 이상적 자아는 퇴행(**이차적 나르시시즘**)의 항구적인 위험이기도 하다. 거세될 수 없는 존재에 대한 환상은 환멸의 늪이나 이카루스적인 비상의 꿈(그 결말은 잘 알려져 있다)으로 이어질 위험이 있는 것이다.

그보다 좀더 늦게 이상적 자아와 대조를 이루는 **자아 이상**(理想)이 상징계의 중심에서 부상한다. 이제 내가 좌대(座臺) 위에 올려 놓는 것은 나 자신이 아니라 타자의 초상(肖像), 내가 닮으려고 애쓰게 될 영웅의 초상이다. 이 전범은 부모의 상(像)과 사회적인 삶의 요구들(프로이트가 '문명'의 각인을 읽어내는) 사이의 교차점에서 만들어진다. 이러한 문명화된 삶의 국면에는 평화로운 협력 관계를 수립하려는 목적의, 무질서와 야만을 낳는 성 충동에 대한 지속적인 제동(制動)이 필연적으로 수반된다. 그때부터 두 개의 힘이 협력하게 되는데, 자아 이상이 긍정적이고 고무적인 쪽이라면 **초자아**는 부정적·억압적인 방식으로 작용한다. 그 둘은 힘을 합하여 규범에 대한 이상적인 적응 형태를 향해 우리를 잡아당기기도 하고 떼밀기도 한다. 그렇게 해서 우리는 편협한 순응주의가 낳는 질식 상태를 모면하게 된다. 한편으로는 금기들(도덕)이 우리를 구속하고, 다른 한편으로는 우리가 모방하고 싶은 그 이상적인 상(像)이 야기하는 충동과 열정이 우리를 고양시키고(윤리) 우리 속의 '탈성화(脫性化)된' 나르시시즘을 조장하기 때문이다.

승화

그 과정에서 초보적인 형태의 승화가 이루어진다. 승화는 욕망의 대상이 된 이미지들에 욕망이 가하는 가공 처리를 가리키는 이상화와 구별되어야 한다. 승화는 유사한 탈성화 작용을 리비도에 가함으로써 리비도의 목표를 변경시키는 데 있다. 문자 그대로 성적인 만족을 제공하는 대상에 투여되는 충동 에너지를 '사회적으로 가치 있는' 목표를 위해 사용하는 것이다. 예를 들면 우리는 관찰 충동을 회화(繪畵)로, 유아적인 성적 호기심을 과학적인 탐구(지식애, épistémophilie)로 승화시킨다.[30] 중요한 것은, 그렇게 우회적으로 획득되는 만족이 집단(아버지의-이름이 우리의 운명 속에 그 집단과의 접목점을 새겨 놓는)에 의해서 잠재적으로 승인되어야 한다는 점이다. 스스로에게 사회적인 임무를 부과한다는 것은, 자신의 욕망을 '위대한 큰 타자'의 욕망으로 만든다는 것을 의미한다. 그 욕망은 상상계가 항상 갈망하는 '왜소한 작은 타자' 즉 우리의 상대, 우리의 동류에 대한 욕망을 훨씬 넘어서는(훨씬 초과하는) 욕망이다.

그렇지만 결국 상징적 거세, 상상계의 유아적이고 소아병적인 공포나 확신에 대한 반작용으로 우리를 성인과 닮게 만들어 주는 상징적 거세는 오직 다음과 같은 것을 의미할 뿐이다. 즉 양적인 한계(투여되는 에너지)와 질적인 한계(대상의 선택)를 공표하는 법이 있다는 것, 우리는 그 법의 한계 안에서만 우리의 쾌락을 찾을(방향지을) 수 있고 또 찾아야 한다는 것, 우리의 쾌락은 전적이고 완전한 만족을, 특히 직접적인 방식으로는 결코 얻지 못하리라는 것이다.

7. 기제들

일차 체계

원칙적으로 욕망은 전적이고 완전하고 직접적인 만족을 획득할 수 없다. 우리는 어머니의 자궁 속으로 돌아갈 수도 없고, 정신적인 충격의 혼란스러운 경험을 다시 체험할 수도 없다. 무의식은 변장을 하고 말을 한다. 좀더 정확히 말하면 '에둘러서,' 지향하지도 지향되지도 않는 간접적인 방식으로 말을 한다. 그것은 자신만의 표현 방식을 통하여 우회적으로 자기를 표현하려는 우리 욕망의 진실, 성-정신적인 진실의 노력이다. 끊임없는 자기 표현의 노력, 영속적인 창조를 모색하는 생명력의 힘과 형식 그 자체인 리비도를, 리비도를 방해꾼으로 생각하고 완강히 거부하는 의식에 **어쨌든** 이끌어들이려는 노력이다. 그런 식의 간헐적이고 우회적인 개입은 우리 행동의 도처에서 일어나는데, 실착(失錯) 행위들, 즉 심리적인 불안이 숨겨진 채로 드러나는 증상들이 그런 경우들이다.[31] 담화의 경우에는 말실수에서 그것이 분명하게 드러나고, 재치 있는 표현에서는 좀더 교묘하게, 예술의 기발한 상상에서는 상대적으로 불분명하게 드러난다. 결국 그것이 확연하게 드러나는 것은 밤의 꿈속에서이다.

일차 체계, 다시 말해서 무의식의 문법은 단순하면서도 교활하다. 이미지들만을(인용된 말을 포함하여) 제시하기 때문에 단 하나의 동사 형태, 즉 직설법 현재만을 안다는 점에서 무의식의 문법은 단순하다. 그러나 필요한 경우에는 자기 식으로 과거를 보여 주고, 바람들·조건들·명령들을 표현할 줄 안다는 점에서 교활하다. 그것들을 실현된 것으로 묘사하는 것이다. 그리고 기원법·조건법·명령법을 복원해 내는 것은 해석자의 몫이다. 또한 그 언어는 형식 논리의 규칙들(동일성의 원칙, 비모순성의 원칙, 인과성의 원칙)을 알지 못한다. 무의

식의 언어에서 우리는 동시에 두 장소에 거주할 수도 있고, 하나의
일화 속에서 어른인 동시에 아이일 수도 있으며, 아무런 동기 없이
행동할 수도 있다. 그 언어는 부정의 표현을 사용할 줄 모른다. 그래
서 누군가가 없거나 이제는 없다고 표현해야 할 경우, 그의 제외 과
정을 보여 준다. 자막 없는 무성 영화의 경우와 아주 유사하다.

　반대로 부재를 환기하는 발언이 존재 확인을 의미할 수도 있다. 어
떤 꿈 이야기를 하면서, 누가 묻지도 않았는데 "그 여자는 분명 내
어머니가 아니었어"라고 내가 말한다면, 나의 그 발언은 내가 어머
니를 생각했다는 그 사실만으로도 그 여자가 내 어머니라는 사실을
확인하고 있는 셈이다. 쉽게 볼 수 있는 이러한 현상을 가리켜 **부정**
이라고 한다. 하지만 가장 흔한 변장의 형태는 변형이다. 변형은 기묘
한 방식으로 이루어지는데, 그 논리적 일관성은(반복하지만 무의식의
논리가 존재한다) 도치나 유연하고 다양한 형태의 연상(聯想)에서 찾
아진다. 도치에는 방향의 **전도**(顚倒; 흔히 능동에서 수동으로의 전도:
내가 가한다/내가 당한다)와 자기 자신에로의 **방향 전환**(타자에게 일
어난 일이 내게 일어난다)이 있고, 연상은 수사학에서 **은유**(유사성을
활용한 대체: 거울 속에 갇힌＝마비된)와 **환유**('마티뇽(Matignon)＝수
상(首相)'처럼 일상적인 인접성을 활용하거나, '잔＝술'처럼 본질적인 소
속 관계를 활용하는)로 구분되는 '변환법'의 일반적인 규칙에 따른다.
그에 더하여 무의식의 언어에는 통상적인 언어 조작보다 유리한 점
이 한 가지 더 있다. 그러한 이행, 미끄러짐이 기의의 차원(앞에서 언
급한 예들처럼)에만 국한되는 것이 아니라 기표의 층위에서도 일어
난다는 사실이다. 예컨대 '바다(mer: 메르)'라는 단어에서 '어머니
(mère: 메르)'로 넘어가고, '지표(repère: 르뻬르)'나 '소굴(repaire: 르
뻬르)'이라는 단어에서 '아버지(père: 뻬르)'를 읽어내는(듣는) 식이
다——말실수, 음절·어순 바꿔치기에 의한 말장난, 동음이의어를 사
용한 말장난 따위에서 우리는 그 경로를 볼 수 있다. 그런 상황에서
는 소리가 의미의 가치를 갖는다.

'꿈의 작업'

당연히 무의식에 대한 이해는, 말하고자 하는 바를 우회적으로 표현하기 위하여 무의식이 밟은 경로를 되밟아 가야 할 것이다. 그 가장 좋은 예를 제공해 주는 것이 꿈이다. 프로이트가 무의식의 과정들에 대한 자신의 생각을 수정하게 된 것도 꿈을 통해서였고, 지금도 여전히 사람들은 **꿈의 작업**에 대한 관찰과 이해가 '무의식에 접근하는 왕도'라고 생각하고 있다. 그 작업은 목표와 전략('사유'라는 단어에 함축되어 있는)을 갖는 어떤 사유의 형태가 아니라, 일련의 변형 과정들이다. 꿈이 '욕망의 실현'이라는 프로이트의 말은, 의식에 전달하고 싶은 어떤 예시적인 이야기를 무의식이 미리 계획한 다음에 이미지로(사물 표상과 말 표상으로) 바꾸어 놓는다는 의미가 아니다. 욕망 그 자체가 이미지로 **실현되는** 것이다.

그리고 무의식은 그 간접적인 이미지들을 배치하여 기발한 이야기를 만들어 냄으로써 **검열**의 감시를 피한다. 프로이트가 검열이라는 단어를 선택하게 된 것은 그 단어의 정치학적인 의미 때문이다. 검열관들에게는 기사를 '시커멓게 삭제할' 권한이 있지만(억압은 욕망의 바람직하지 않은 표현을 지운다), 어느 정도 이력이 붙은 기자라면 그런 삭제를 예측할 수 있고, 따라서 안 그런 척하면서 우회적으로 정보를 '넘겨 줄' 수 있을 것이다. 그런데 꿈이 바로 그런 식으로 일을 한다. 의식은 정신 속에서 일어나는 모든 것이 자신의 규칙과 유사한 규칙들에 따른다고 쉽사리 상상하지만, 바로 그런 식의 관점과 맞서 싸워야 한다. 무의식은 자신이 무엇을 '말하는지' 알지 못하면서, 무엇을 말하는지 알기도 전에 말을 한다. 우리는 무의식이 '말하고' 무의식이 '이야기한다'고 생각하지만, 사실은 '그것'이 (하나의 변함 없는 시나리오에 대한 변주들을) **끝없이 되풀이하는** 것이고, '그것'이 (원초적인 환각을 완곡한 형태로 반복하는 작업을) **실행하는** 것이다. 그리하여 벽이 말라 감에 따라, 그 표면에 일종의 기이한 벽화가 모습을 드러낸다…….

꿈꾸어진 그대로의 꿈이 일련의 이미지들이라는 점에서, 벽화라는 단어는 아주 안성맞춤이다. 그런데 꿈꾸어진 그대로의 꿈에 대해서 우리는 아무것도 알지 못한다. 사실 우리가 아는 것은 꿈 **이야기**일 뿐인데, 꿈 이야기는 이미 비순차적인 일련의 스냅 사진들이 아니라 조금이나마 정돈된 하나의 연속체이기 때문이다. 그리고 바로 이 대목이 꿈의 작업을 특징짓는 네 개의 과정 중의 마지막 과정, 일차 과정에 속하지만 프로이트가 이차 가공이라고 부르는 과정이다. 그렇다면 왜 차라리 '간접 가공'이라거나 그 비슷한 이름으로 부르지 않는가? 혼동의 여지를 남겨두어야 하기 때문이다. 다시 말하면 일차 과정의 네번째 과정이 이차 과정들과의 결합을 향해 나아가며, 그 결합을 지향한다는 사실을 환기시키기 위해서이다. 그 두 체제를 분리하고 있는 것은 다공성(多孔性)의 경계이고――그렇지 않다면, 우리는 무의식에 대해서 전혀 아무것도 간파해 낼 수 없었을 것이다―― 그 경계에서 은밀한 불법 반입(搬入)이 이루어지기 때문이다. 기억을 더듬어 가며 우리 자신에게 이야기하든 아니면 재미삼아 다른 사람에게 이야기하든, 우리의 꿈을 이야기로 말하노라면 우리는 담화의 규칙 자체에 의해 필연적으로 연대기적인 순서를 표시할 수밖에 없다. 다시 말해서, 연결을 짓고 설명하는 듯한 태도를 취할 수밖에 없는 것이다. 모든 것을 한꺼번에 말하고, 동시에 제시할 수는 없는 일이다. '뒤이어'가 '그때부터'와 '그래서'로 우리를 이끌어 가고, 그러한 연속이 인과 관계를 시사하게 되며, 병치(竝置)는 결국 정당화로 결말이 난다. 모든 이야기를 주재하는, 더 이상은 생략할 수 없는 이 최소한의 **이야기화 과정**이 바로 해석자가 바로잡으려고 애써야 할 첫번째 변형 과정이다. 이야기 속에서 우리에게 제시된 질서(시간적이고 위계적인)는 얼마든지 기만적인 편집의 결과일 수 있기 때문이다. 구조물인 동시에 눈속임이라는 의미에서, 프로이트는 때로 그 질서를 '꿈의 전면(前面)'이라고 부른다.

　간단하게 짚고 넘어가자면, 그 첫번째 과정이 **형상화**이다. (프로이트는 좀더 정확하게 '형상화 가능성에 대한 검토'라고 말한다.) 달리 말하면, 그것은 카메라처럼 '보여 주어-말하는(parler-montrer)' 필수적인 과정이다. 두번째 과정은 그보다 좀더 복잡하고 독특한데, **압축**이라는 이름으로 불린다. 압축은 일종의 경제적인 요구(겉보기와는 달리 정신 에너지는 낭비하는 법이 없다)를 **교차-표상** 혹은 **혼합-표상**에 대한 모색과 결합시킨다. 꿈의 어떤 요소들은 여러 계열의 연상들이 교차하는 지점에 위치함으로써 특별히 부각된다. 예를 들면 'bagnole(바뇰, 차)'이라는 단어(꿈 이야기에 등장하는)는 자동차들의 계열(그 자체가 다단식(多段式)으로 조합되는)로 이어지면서, 동시에 내 친족 중의 어떤 사람이 살고 있는 'Bagnolet(바뇰레)' 관문으로도 연결된다. 꿈에 나오는 어떤 얼굴은 연상을 통하여 떠올려지는 현실 속의 상이한 인물들, 눈에 덜 띄는 또 다른 공통점을 지닌 여러 인물들의 특징들로 이루어져 있다. 혹은 꿈에는 나오지 않은 어떤 중요한 사람의 여러 다양한 면모들이 꿈속의 인물들 사이에 나뉘어 부여되기도 한다. 어떤 한 여인이 내 어머니와 누이와 딸을 압축하고 있기도 하고, 한 사람의 대머리에 다른 한 사람의 안경을 씌우기만 하면 내 아버지의 모습이 만들어지는 식이다.

　세번째 과정인 **전치(轉置)**는, 사실상의 위계를 뒤집는 요소 배치와 사진술에서 초점바꾸기라고 부르는 것을 조합한다. 꿈은 눈에 잘 띄는 중앙에 하찮은 것을 위치시키고, 중요한 것은 장면의 가장자리로 밀어낸다. 탐정 소설에서처럼 쿠션에 붙어 있는 머리카락 두 개가 살인범에 대한 혼동을 불러일으키는 것이다. 따라서 꿈 이야기의 풍요로움이자 텍스트의 축자적인 의미층을 이루는 세부적인 요소들과 그 측면 효과에 주의를 기울여야 한다. 꿈은 꿈 이야기의 단어들 자체를 통해서, 그리고 구석구석을 샅샅이 살핌으로써(혹은 구석구석에 귀를 기울임으로써) 해석된다.

전이(轉移)와 해석

　분석 치료의 과정도 그와 같다. 분석가도 언뜻 보기에는 하찮지만 분석 치료 과정을 통하여 '집요하게 반복되는,' 또는 환자가 어떤 이름을 잊었다든가 주저한다든가 말을 더듬는다든가 하는 바람에 느닷없이 부각되는 단어·이미지·상황에 반응한다. 차라리 어떤 사소한 세부 사항이 분석가의 무의식에 충격을 가한다고, 분석가의 무의식을 말 그대로 뒤흔든다고, 동요시킨다고 말해야 할 것이다. 그의 무의식은 환자[32]의 무의식과 차츰 일종의 공모 관계에 들어가기 때문이다. 둘 사이에 형성되는 그 신비로운 관계는 요약이 힘들 정도로 아주 미묘하다. 한 가지만 말한다면, 그 관계가 바로 우리가 일반적으로 전이라고 부르는 쌍방간의 아주 강한 정서적 관계라는 사실이다. 그리고 그 관계는 환자의 **전이**와 분석가의 **역전이**(이때 '역'이라는 접두사는 '반대 방향'·'정반대'·'교환'·'대체' 등을 동시에 의미한다)로 세분된다. 간단하게 요약하자면, 전이는 어떤 특정한 상대를 대상으로 어떤 감정들, 그 골격이 주체의 유년기 속으로 사라져 버리는 감정들을 현실화시킨다. 그렇게 현실화됨으로써 파묻혀 버린 골격들이 다시 발견될 수도 있는 것이다. 나는 (나의 정서들과 표상들을) 큰 타자에게, 그리고 너무나 불투명하고 너무나 짓누르는, 불안하게 만드는, 이해할 수 없게 되어 버린, 과거의 나였던 **작은 타자**에게 전이시킨다.

　구체적으로는 청취(聽取)에 기초한 그러한 이해가 **해석들**을 가능케 한다. 우리가 전이에 관심을 갖는 이유도 바로 거기에 있다. 해석 행위는, 나를 괴롭혔던 수수께끼들에 반응하면서 무의식이 몰래 자신을 구성하느라고 수행한 변장의 작업과 전이에 의한 반복을 통해서 이루어지는 드러냄의 작업(부분적이고 편파적인), 그 이중적인 작업의 흔적들을 되찾는 작업이다. 그러나 이것은 아주 중요한 사항인데

(정신분석의 특성 자체이기도 하다), 주체가 알지 못하고 주체가 몹시 아쉬워하는, 주체에게 결핍되어 있는 그 진실의 조각들에 대한 재인식, 또는 되찾기의 작업은 전이 속에서 전이를 통해서만 이루어질 수 있다. '자기 성찰'을 아무리 멀리까지 밀고 나간다 할지라도, 분석이 나로 하여금 되찾게 해주는 내 과거의 실패들을 나는 결코 내 속에서 볼 수 없다. 나는 그것들에 대해서 맹목이고, 이제 내게 그것들은 결단코 보이지 않는다. 하지만 나는 다른 곳에서 온 단어들 속에서 그것들이 말하는 것을 들을 수 있다. 신들의 통역관인 테이레시아스는 테베에 떠돌던 풍문, 즉 페스트가 그 도시의 중요한 인물이 저지른 중죄에 대한 벌이라는 것을 오이디푸스에게 말해 준다. 그리고 죄의 고백은 늙은 하인의 입을 통해서 이루어지는 것이다……

평소에는 말하지 않는 것들을 나는 입에서 나오는 그대로 최대한 자연스럽게 분석가에게 말하고, 분석가는 **나**와 내 말 사이에 위치한 제삼자로서 내 말에서 다른 것을 듣고 그 다른 것을 내게 가리켜 보인다. 내 속의 타자가 되어 버린 것을 드러내기 위해서는 타자가 필요하기 때문이다. 제삼자로서의 타자는 자기가 들은 것을 들은 그대로 내게 들이미는 것이 아니라, 나 자신이 그것을 다시 표현하도록 부추기고 도와 주어서 결국은 나도 그 본래의 소음들과 소리들과 문장들(내게 강한 충격과 영향을 주게 될)을 들을 수 있게 해준다. 그것들이 이제 **나의** 문장들이 되는 것이다. 자기 배꼽(이 얼마나 신성한 상처인가!)을 들여다보는 것은 아무런 도움이 되지 않는다. 적절하게 던져진 말들과 좋은 귀가 있어야만 우리는 그 오래 되고 강력한 진실들을 되찾을 수 있다. 그리고 일단 되찾고 나면, 그 진실들은 아마도 덜 두려운 것이 될 터이다……

【질병학에 관련된 보충 자료】

질병학은 병적인 상태들에 대한 기술이다. 정신 질환에 관한 한(성도 착은 다시 언급하지 않겠다) 병적인 상태들은 신경증과 정신병이라는 두 가지 범주로 크게 나누어진다. 그렇지만 정신의 '정상적인' 작동과 병적인 장애 사이에 명확한 경계는 없다. 대개의 경우 병적인 상태란 어떤 성격적인 특징이나 경향이 과도해지는 것일 뿐이다. (탐식이나 금욕과 비교하여 병적인 허기증이나 신경성 식욕부진을 떠올리면 되겠다.) 질병은 기본적인 활동들을 방해함으로써 일상 생활을 심각하게 교란시키는 장애와 함께 시작된다.

신경증은 기본적인 콤플렉스들, 즉 오이디푸스와 거세 콤플렉스의 온전치 못한 해결과 관계가 있는 질환이다. 장애성 신경증의 구조는 일반적으로 세 가지로 구분되는데, 각각 히스테리·강박·공포증이라는 이름으로 불린다. **히스테리성 신경증**은 아주 어린 시기(구강기 단계)의 애정 결핍을 보상하기 위한 일종의 병적인 '희극 연출'로 나타난다. 주된 관건은 성(性)의 문제이다. 그에 비해 **강박 신경증**의 핵심은 타자의 죽음에, 그러니까 억압적인 사랑으로부터 자신을 방어하려고 애쓰는 주체의 죄의식에 있다. 그로부터 항문기적인 특성을 지닌 경직된 성격의, 질서나 청결에 집착하는 '광증(狂症) 환자'[33]가 만들어진다. 광증 환자는 자기 자신이 스스로에게 강박적으로 부과하는 속박들하에서만 살아간다. **공포 신경증**(그 발현태는 다양하면서도 잘 알려져 있다: 광장 공포증, 폐소 공포증, 고소 공포증, 동물 공포증, 교통 수단 공포증 등)은 파괴적이고 무의식적인 불안의 위협으로 특징지어지는데, 주체는 단순히 두려워서 어떻게든 마주치지 않으려고 하는 대상이나 상황, 또는 잃을까 봐 염려되는 '공포-방어용 대상'(일종의 호신용 부적)에 투사함으로써 그 불안을 쫓으려고 시도한다. 그리고 심리적인 자기 억제에 시달리기 때문에 주체는 어렴풋하거나 완화된 형태의 만족에 그친다.

정신병 역시 세 항목으로 나누어진다. 대체로 신경증 환자가 (자기 속에) 억압하고 환상을 품는다면, 정신병 환자는 (외부로) 배제하고 망상(妄想)을 일으킨다. 다시 말하면, 환각적인 성격의 사건들을 말이나 행동으로 옮기는 것이다. 일반적으로 정신병 환자들은 오이디푸스 단계가 전혀 극복되지 않았거나 시작조차 되지 않은 경우가 많다. **편집증**은 계통적 망상에 의해 특징지어진다. 추론은 올바르게 하는데, 단지 그 추론을 그릇된 토대 위에 세우는 것이다.[34] **정신 분열**의 공통된 표지는 '유리(遊離)'(내적인, 그리고 외부 세계와의)이다. 현실과 절연된 자폐증 환자, 순간적으로 살인 행위를 할 수도 있는 파과병(破瓜病) 환자, 갑작스런 착란 상태와 긴장 상태가 교대되는 '단순한' 정신 분열증 환자 등이 모두 그에 속한다. 마지막으로 **조울증**의 경우에는 조증(躁症)과 우울증의 시기가 번갈아 이어지는데, 뚜렷한 이유가 없고 과장되기는 어느쪽이나 마찬가지이다.

정신분석은 신경증 환자들과 함께, 다시 말하면 분석 치료의 과정에서 말을 함으로써 자기를 열 수 있고 억압에서 벗어날 수 있는 사람들과 함께 태어났다. 정신분석의 치료 능력으로부터 가장 큰 도움을 받는 것이 그들이다. 사실상 건강하다는 것은 시간의 흐름에 따라 모든 증상들을 **혼적의 상태**로 지니는 것이다. 어느 경우에나 그렇듯이 행복한 사람들, 소위 정상적인 사람들이란 모든 것을 조금씩 지닌 사람들이고, 불행한 사람들, 소위 환자들은 어느 한쪽을 많이, 지나치게 많이 지니고 있는 사람들이다.

II

정신분석과 문학: 초기의 탐색들

1. 프로이트: 예술에 대한 전반적인 입장

의사에서 출발하여 신경생물학자를 거쳐 심리요법치료사가 되기 이전에, 프로이트는 1870년대의 오스트리아에서 탄탄한 고전 교육을 받았다. 그래서 그는 문예(文藝)와 세련된 언어에 관심이 많았고, 독일어 작가로서 괴테 상을 받은 일(1930)은 그의 가장 큰 자랑거리 중의 하나였다. 또한 알다시피 그의 이론에서 가장 중요한 두 개의 형상(오이디푸스와 나르시스)은 고대 신화에서 빌려 온 것이다. 마지막으로, 무의식의 실제와 그 기능에 대한 자신의 가설들을 입증하기 위해서도 그는 허구 작품들의 독서에 도움을 청하였다. 문학과 정신분석의 관계는 쌍방적이다. 피차간에 서로가 빌려 오고 빌려 주면서, 그 교환을 통해 쌍방 모두가 이득을 보는 것이다.

고대의 작가들도 이미 당대 문화 속의 유명한 신화들을 주제로 자신의 연극 작품이나 서사시의 일화들을 썼다. 그래서 프로이트에게는 소포클레스가 《오이디푸스 왕》을 통하여 무대화한 이야기가 모든 인간이 유년기에 경험하는 어떤 모험, 어린아이라는 신분과 관련된 최초의 난관들과 최초의 욕망들이 요약되어 있는 모험을 다시 그리고 있는 것으로 생각되었다. 프로이트에 의하면, 신화는 "민족 전체의 욕망이 만들어 낸 환상의 변형된 흔적들이고, 초기의 인류가 지녔던 아주 **오래 된 꿈들이다.**" 집단의 차원에서 신화라는 생산물은 개인적인 차원의 형성물에 해당한다. 신화들은 그 형식 덕분에 쉽게 기억된다. 신화는 우리의 마음속에 예기치 않게 돌발하는 불안스러운 현상들이 모든 인간에게 존재한다는 것, 따라서 그것들 때문에 너무 지나치게 불안해할 필요가 없다는 것을 느끼게 해준다. 흔히 우리는 무섭지만 '행복하게 결말이 나는' 이야기들을 아이들에게 들려 주는데, 그러면 아이들은 편안하게 잠이 드는 것이다.

우리 마음속의 동기(動機)들과 이해 관계들을 묘사하는 일에 집착하는 학자들보다 상상력을 따라가는 창조자들이 우리의 신비한 정신에 대해 더 많이 알고 있다는 직관이 그에 덧붙여진다. 그리스인들에게 뮈토스(Muthos)는 꾸며낸 말이었다. 그렇지만 신화는 이성과 지식의 담론인 그 유명한 로고스(logos)보다 훨씬 더 훌륭하게 사물들의 숨겨진 진리를 드러낸다. 프로이트는 여러 차례, 정신분석가는 허구의 작품들 속에서 이야기되고 있는 것에 귀를 기울여야 한다고 말하였다. 허구의 작품을 쓰는 사람들은 무의식의 암시에 여전히 예민하다는 특성을 갖고 있기 때문에, 허구의 작품들은 그야말로 상상력의 소산이다. **예술가들은 표현의 능력을 갖춘 아이들이다.** 생래적이라는 의미에서 그들의 담론은 순진하다. 세상에 생겨나는 것들, 존재들의 탄생과 사물들의 본성을 문제삼는 담론이기 때문이다.

세번째 생각은 이렇다. 즉 무의식의 산물들과 우리 의식 사이의 갑작스런 조우는 불쾌감을 자아내기 때문에, 우리는 우리 마음속의 괴물들과 정면으로 마주치는 것을 두려워한다는 것이다. 그런데 예술 작품은, 지금으로서는 자세히 설명하기 어려운 어떤 방법으로 **우리의 숨겨진 불행과의 그 맞닥뜨림을 단순히 참을 수 있는 정도가 아니라 즐거운 것으로까지 만들어 준다.** 쳐다볼 수조차 없던 것이 바라봄의 대상이 될 뿐만 아니라, 말 그대로 우리를 매혹하기까지 하는 것으로 바뀌는 그러한 변화 속에 예술의 신비한 효과가 있다.

다음은 프로이트의 글에서 부분적으로 인용한 것들이다.

"[……] 자기만의 세계를 만들어 낸다는 점에서, 좀더 정확히 말하

면 자기가 살고 있는 이 세계의 사물들을 전적으로 자신의 기호에 맞
는 새로운 체제 속으로 옮겨 놓는다는 점에서, 놀이를 하는 아이들은
모두 시인처럼 행동한다. [……] 아이는 자기가 하는 놀이를 아주 진
지하게 받아들이고, 상당히 많은 양(量)의 정서를 놀이에 동원한다.
놀이의 반대 개념은 진지함이 아니라 현실이다."

"[……] 우리는 그 어떤 것도 포기할 줄 모르며, 단지 어떤 것을 다
른 것과 교환할 줄만 안다. 체념이라고 간주되는 것도 사실은 일종의
대리 형성물이다. 그래서 청소년들은 더 이상 놀이를 하지 않게 되었
을 때 [……] 자기만의 기발한 상상에 열중한다. '스페인에 성(城)을
짓는다'는 식으로 소위 말하는 백일몽을 좇고, 환상을 품는다."

"[……] 만족되지 않은 욕망이 환상의 촉매이고, 모든 환상은 욕망의
실현이며, 환상은 또한 만족스럽지 못한 현실을 수정하는 일을 한다.
[……] 우리 모두가 잘 아는 백일몽이나 꼭 마찬가지로 밤의 꿈들도
욕망의 실현이다."

"[……] 대중적인 이야기들 속에는 우리의 관심이 집중되는 주인공,
작가가 어떻게 해서든 우리의 공감을 이끌어 내려 애쓰고, 또한 어떤
섭리에 의해서 보호를 받고 있는 듯한 주인공이 있기 마련이다. [……]
주인공의 그 불사신 같은 특성에서 우리는 쉽사리…… 모든 몽상의
주인공이자 모든 소설의 주인공이기도 한 자아 폐하를 발견할 수 있다.
[……] 그리고 소설에 등장하는 모든 여인들이 그 주인공을 사랑하게
된다면, 그것은 백일몽의 한 필수 요소이지 실제 현실의 묘사인 것은
아니다."

"[이전의 어떤 경험과 최대한 유사(類似)한 경험인] 현재의 어떤 강렬
한 경험은, 대개 유년기와 관련이 있는 이전의 그 경험을 작가에게 일

깨워 준다. 그리고 문학 작품을 통하여 실현되는 욕망 또한 이전의 그 경험에서 유래한다. 그래서 문학 작품은 최근의 경험과 예전의 기억에 관련된 요소들을 똑같이 보여 준다. [……] 몽상과 마찬가지로 문학적인 창조도 어린아이 적에 하던 놀이의 대체물이자 연장이다."

　"[……] 백일몽을 꾸는 사람은 자신의 환상을 타인들에게 교묘히 감춘다. 뭔가 수치스럽다는 생각을 하기 때문이다. 그가 자신의 환상을 밝힌다고 하더라도, 우리로서는 전혀 쾌감을 느낄 수 없을 것이다. 그런 종류의 환상들과 마주하게 되면, 우리는 반감을 느끼거나 최소한 냉담한 반응을 보인다. 그러나 문학 창조자가 우리를 위해서 자신의 역할에 몰두할 때면, 다시 말해서 우리로서는 그의 개인적인 백일몽이라고 생각하고 싶어지는 것들을 그가 이야기할 때면, 우리는 강한 쾌감을 느끼게 된다. 그 쾌감의 뿌리는 아마도 여러 갈래일 것이다. [……] 진정한 의미의 **시적 기교**는 [……] 우리의 그 반감을 누그러뜨리는 기술에 있다. 그리고 그 기술에는 두 가지 수단이 있는 듯하다. 예술가는 몽상을 변형시키고 은폐함으로써 몽상이 갖는 지나치게 내밀한 분위기를 누그러뜨린다. 또한 순전히 형식적인 쾌감(다시 말해서, 환상을 제시하는 방식을 통해 예술가가 우리에게 선사하는 미학적인 쾌감)을 덤으로 제공함으로써 우리를 속여 넘긴다. 덤으로 주어지는 쾌락, 결국 정신의 좀더 깊숙한 근원에서 유래하는 더 큰 쾌락을 풀어 놓기 위한 매개 수단으로 우리에게 주어지는 쾌락을 우리는 **유혹 프리미엄** 또는 **예비적 쾌락**이라고 부른다. 작가가 우리에게 제공하는 미학적인 쾌감에는 예비적 쾌락과 유사한 특성이 있다고, 그리고 문학 작품 고유의 희열은 정신의 어떤 긴장들이 이완되는 데서 생겨난다고 나는 생각한다. 창조자는 우리로 하여금 죄의식이나 수치심 없이 스스로의 환상을 즐길 수 있게 해준다는 바로 그 사실이 그런 결과와 상당 부분 관계가 있을 것이다."

위의 발췌문들이 실린 텍스트인 〈문학 창조자와 기발한 상상〉이 프로이트가 예술 작품 수용의 무의식적인 조건들에 대해서 언급한 유일한 텍스트이다. 그 이후로 프로이트는 창조자의 무의식적인 작업, 창조의 비법에 관심을 가졌다. 나아가 **독자의 관점에는 신경을 쓰지 않는 것**이 예술 작품을 대하는 정신분석가들의 전반적인 태도, 당연하고도 거의 본능적인 자세가 되어 버렸다. 마치 텍스트가 텍스트의 수신자와는 무관한 것이라는 듯이.

그렇지만 어쨌든 꿈의 작업에서 볼 수 있는 것과 같은 무의식 고유의 수사법을 일상 언어가 어떤 식으로 사용하는지에 대해서 프로이트가 세밀한 연구를 한 것은 사실이다. 위대한 저작인 《꿈의 해석》의 발간에 뒤이어, 《일상 생활의 정신병리학》(1901)에서는 단어나 이름의 망각·말실수와 같은 현상들의 분석을 시도하였고, 《재치 있는 말과 무의식의 관계》(1905)에서는 말장난·농담·유머 등의 기제를 분석하였던 것이다. 작가는 미학적인 풍요로움이 생겨나도록 '말의 유희'를 한다. 하지만 그 노리는 바가 조금 덜 고상한 경우에조차도 (말장난에서는 음란함이 큰 몫을 차지한다), 말장난의 기교는 언어예술가들이 자유롭게 사용하는 기법들에 관해 우리에게 정보를 제공해 준다. 재치 있는 한 마디 말에 터져 나오는 웃음도 시나 산문의 어떤 구절을 보고 우리로 하여금 아름답다는 말을 하게끔 만드는 어떤 것과 별로 다르지 않은, 일정한 형태의 무의식적인 쾌락의 표현이다. 또한 사람들은 '아름다움'이 우리 정신 현상의 깊이 속에 뿌리를 내리고 있기 때문에 설명이 불가능하다고 짐작한다. 그 점에 대해서 프로이트는 단 한 가지만을 지적하였다. 아름다움의 감정은 아이와 어머니의 신체 사이에 맺어지는 최초의 조화로운 관계 속에서 일깨워지리라는 것이다.

2. 프로이트의 문학 비평 연구

그라디바

전문적인 문학비평가가 아닌 까닭에, 프로이트는 문학 작품을 그 자체로서 해석하는 즐거움에는 빠져들지 않았다. 프로이트가 문학 작품에 대해 언급하는 것은 언제나 정신분석의 지식을 확장하기 위한 것이었다. 분석 현장의 내밀함 속에서 태어난 사례 이야기들은 독자의 입장에서 볼 때 믿기지 않는 구석이 있을 수 있었지만, 대부분의 프로이트 독자들이 공유하는 문학과 예술의 경험은 그들에게서 프로이트에 대한 이성적인 공감을 이끌어 낼 수 있었다. 많건적건 '병이 들었다'고 간주되는 사람들한테서 나온 이야기들이라는 점에서, 사례 이야기들은 신빙성과 보편성이 결여되어 있었던 것이다. 흔히 예술가들도 보통의 사람들과는 다르다고 간주되긴 하지만, 예술은 인간성의 검인(檢印), 따라서 정상성의 검인을 작품에 부여한다.

문학 텍스트에 대한 프로이트의 첫번째 중요한 연구인 《빌헬름 옌센의 〈그라디바〉에 나타난 망상과 꿈》은, 그 제목 자체가 이야기 전체를 검토하는 것이 아니라 중심 인물의 **망상과 꿈**을 검토하려 한다는 사실을 명시하고 있다. 요컨대 그것은 우리가 보는 앞에서 인물로 하여금 꿈꾸게 함으로써 작가가 그의 심리를 해명하려 하고 있는 한에서만, 또 인물 자신이 자기가 겪은 모험을 광기의 발작으로 이야기하고 있는 한에서만 인물에 관심을 가져야 한다는 것을 함축한다. 그렇지만 옌센의 《그라디바》라는 작품에는 비평가의 관심을 끌 수 있는 다른 많은 측면들이 있다.[35]

소설가가 재구성해 놓은 그대로 노르베르트 하놀트의 꿈들을 해석하면서, 프로이트는 두 가지를 보여 주고자 한다. 첫째로, 외견상 부조리해 보이지만 그 꿈들은 해석이 가능하다는 것이다. 둘째로, 실제 삶 속의 꿈들처럼 그 꿈들도 꿈꾸는 사람은 알지 못하는 어떤 욕망의 실현이라는 것이다. 이러한 논증은 매우 인상적이다. 지어낸 몽상의 산물에 적용된 방법론이 이성적인 관점에서 유효하고 만족스럽다면, 그 방법은 밤의 꿈들에 대해서도 틀림없이 유용하게 적용될 수 있을 것이다.

소설의 줄거리는 이렇다: "자신도 모르는 사이에 조에 베르트강(= 발랄하고 아름다운 걸음걸이의 여인)이라는 이름의 이웃 처녀를 사랑하고 있는 한 젊은 독일인 고고학자가, 자기가 복사본을 갖고 있는 저부조(低浮彫) 작품 속의 젊은 여인(고고학자는 그 여인에게 '그라디바,' 즉 '걷는 여인'이라는 이름을 붙여 준다)의 발 모양을 실제로 확인하기 위하여 폼페이를 방문한다. 처음에는 그녀를 베수비오 화산 폭발 때 희생된 어느 여인의 망령으로 착각하지만, 어쨌든 그는 그곳에서 자기가 사랑하는 여인을 다시 만나고, 그 여자도 그를 사랑한다." 요컨대 이 이야기는 무의식이 꿈, 몽상, 비합리적인 행동들을 이용하여 우리로 하여금 자신에게 결핍되어 있는 것을 인식할 수 있게 해준다는 사실을 보여 준다. 옌센의 이 소설은, 특히 연상을 짜나가고 올바른 해석에 도달하는 데 반드시 필요한 요소들을 제공해 줌으로써 주인공의 환상을 능란하게 전개시키고 있다. 노르베르트가 결국 조에에게서 오래 전부터 자기가 원해 왔던 여인을 알아본다는 사실은 정신분석에서의 해석의 원칙을 훌륭하게 예시해 준다. 즉 '맞아떨어지는' 해석, 다시 말해서 주체에게 정서적인 태도와 삶의 방식을 바꾸도록 해주는 해석만이 '올바른' 해석이라는 원칙이다. 사실에 의한 인증(認證) 이외의 다른 진리 기준은 없다.

이 점은 어떠한 독법이든 모든 독법은 실제로 받아들여지는 경우에만 인정될 수 있다는 것을 의미하기 때문에, 비평의 영역에서 극히 중요하다. 제시된 해석들을 독자가 확실한 것으로 받아들일 때, 비평가가 정확하게 보았다는 사실이 그 독법을 통해서 드러난다.[36] 그렇다고 해서 비평가가 텍스트의 무의식적인 의미 '그 자체'를 읽어내는 것은 아니다. 비평가는 부분적이고 제한된 해석들에서 출발하여 논리적인 일관성의 윤곽 하나를 재구성하는 것일 뿐이고, 똑같은 해석들에서 출발하여 그와 전혀 다른 논리적 일관성을 구축해 내거나 최소한 같은 방향으로 그 논리를 좀더 멀리까지 밀고 나가는 것은 얼마든지 가능한 일이다.[37]

모래 장수

《그라디바》를 읽는 자신의 독법에 만족한 프로이트는, 어린 시절의 작가의 가족 생활에 대한 몇 가지 가정들을 확인해 달라고 작가에게 편지를 썼다. 빌헬름 옌센은 틀렸다는 대답을 보내왔다. 분석가가 틀렸다는 사실보다는 그런 식의 부탁을 했다는 사실 자체가 더 중요한데, 후대의 몇몇 비평가들은 거기에서 교훈을 이끌어 내지 못했다. 프로이트 자신도 본보기를 보여 주지는 못했다. 훨씬 뒤에 〈섬뜩함(Das Unheimliche)〉[38]에서 호프만의 《모래 장수》를 가지고 비슷한 연구를 행하면서, 프로이트는 어느 주(註)에서 "아버지와의 관계가 작가의 정서 생활에서 언제나 가장 예민한 부위들 중의 하나였다"고 언급하였다. 작품에는 작가의 무의식의 삶, 무의식의 구조가 남긴 흔적들이나 반향들이 들어 있다고 전제하는, 그러한 인간-작가에 대한 관심이 작품의 정신분석적인 접근을 수십 년 동안 특징지어 왔다. 그렇게 해서 득을 보지는 못할지라도, 예술 애호가는 어쨌든 그 문제에 관심을 갖는 사람으로 여겨졌던 것이다.

그렇지만 호프만의 환상적인 단편 소설에 대한 프로이트의 독서는, 프로이트의 줄거리 요약이 소설에 의미심장한 몇 가지 왜곡을 가하고 있음에도 불구하고(막스 밀네르가 지적하였듯이[39]) 그가 쓴 가장 성공적이고 교훈적인 글 중의 하나이다. 우리 모두가 알고 있는 그 이야기에서 프로이트에게 강한 인상을 준 것은 나타나엘이 지닌 실명에 대한 공포(거세 불안)였고, 또한 자동 인형인 올림피아가 등장하면서 나타나엘이 갖게 되는 '생명 없는 것이 살아서 움직이기'를 바라는 유아적인 소망(두려움)이었다. 무엇보다도 프로이트는 주인공과 친구 로테르, 그리고 약혼녀 클라라와의 관계를 소홀히 다루고 있고, 정신병의 차원도 무시해 버린다.

그 대신 눈의 주제에 대한 그의 분석은 일관성이 있어 보이는데, '모래 장수'가 공격하는 부위가 아이의 눈이라는 점에서 눈의 주제는 아주 중요하다. 프로이트의 분석은 교수가 자기 인형에게 주려고 진짜 안구를 찾는 에피소드, 그리고 광학 기구 판매인뿐만 아니라 나타나엘의 아버지의 친구이자 변호사인 **코펠리우스**와 외판원 **코폴라**의 이름 사이에 존재하는 기표의 효과에도 의거하고 있다……. 프로이트의 이 논문(삶의 환상적 요소와 예술의 환상적 요소라는 두 종류의 환상적 요소를 다루고 있는데)이 **운하임리히**(unheimlich)라는 역설적인 형용사에 대한 순전히 어휘론적인 고찰로 시작되고 있다는 점에서 그 사실은 한층 더 두드러진다. 독일어로 운하임리히는 '길들지 않은, 친숙하지 않은(따라서 불안한)'이라는 의미를 갖는 데 비해, 그 단어의 긍정 형태인 **하임리히**(heimlich)는 '익숙한(따라서 친근한)'과 '은밀한(따라서 불안한)'이라는 두 가지의 상반된 의미를 겸비하고 있다. 단어 그 자체, 단어의 물질적인 외양, 소리나 표기 형태에 대한 이러한 관심은, 특히 문학 연구에 있어서 그 이후로 점점 더 중요하게 취급되었다.

따라서 이 경우에도 우리는 일종의 혼성 텍스트를 마주하고 있는 셈이다. 프로이트는 환상 세계라는 문화 현상을 문제삼으면서, 동시에 자신의 이론적인 논거를 뒷받침하기 위해 이름난 작가 덕분에 유명해진 한 이야기의 해석적 비평을 수행하고 있기 때문이다. 그가 정신분석적인 지식을 위해 문학 텍스트를 이용하고 있다는 것은 분명하다. 그렇지만 그와 동시에, 그는 무의식에 대한 자신의 경험을 활용하여 문학적인 독서가 때로 유용하게 사용할 수도 있을 작품의 양상들을 탐색하고 있다.

그밖의 글들

미학 영역에서의 프로이트의 저작이 앞의 두 텍스트에 국한된 것은 아니다. 조형 예술을 다루고 있는 두 개의 저작이 더 있다. 그 중 첫번째 것(《레오나르도 다 빈치의 유년에 대한 기억》)은 화가의 정신분석적인 전기를 간략하게 다룬 다음——그림들을 완성하는 것이 그에게는 왜 그리도 어려운 일이었는가?——몇몇 그림들, 〈성모상〉, 〈성 안나와 아기 예수〉, 〈모나 리자〉의 미소, 그리고 〈성 세례 요한〉의 남녀 양성적인 모습들을 검토하고 있다. 두번째 글인 〈미켈란젤로의 '모세상'〉에서 예언자 모세의 조상(彫像) 앞에 선 프로이트는, (통상적인 해석과는 달리) 모세가 십계명의 율법판(律法板)을 부수려고 하는 것이 아니라 우상 숭배로 되돌아간 유대인들에 대한 자신의 분노를 억제하느라 애쓰고 있다는 것을 입증하려고 시도하였다.[40]

그는 또한 《베니스의 상인》에 나오는 〈작은 궤(匱)의 선택 동기〉에 대한 논문을 한 편 남겼다. 한 아버지가 자기 딸의 구혼자들에게 '세 개의 궤' 중에서 하나를 선택하라고 요구하는데, 금궤나 은궤를 택하는 사람은 퇴짜를 맞고 평범한 납궤를 택하는 사람이 승리자가 되는 것이다. 그 장면이 셰익스피어의 다른 작품인 《리어 왕》과 비교되고(왕의 상속자인 세 명의 딸이 있는데, 둘은 위선적이고 하나는 정직하다), 《리어 왕》은 《신데렐라》의 세 자매, 그리고 파리스의 심판[41] 마지막으로는 고대의 세 운명의 여신(파르크)에 연결된다……. 외견상 전혀 다른 시나리오들 사이의 공통점을 부각시킴으로써, 프로이트는 보편 문화적인 주제의 해석을 가능케 하였다.

또 다른 논문인 〈정신분석에 의해 드러난 몇 가지 성격 유형〉은, 허구 인물들의 예를 통하여 신경증적인 행동들을 묘사하고 있다. 《리처드 3세》의 글로체스터, 맥베스 부인, 입센의 작품 《로스메르스홀름》에 나오는 레베카는 신경증 환자의 전형적인 예들처럼 보인다. 신경증 환자들의 끝없는 정서적 요구는 아주 어린 시절의 애정 불만족에서 비롯된다.

끝으로 장차 큰 성가(聲價)를 누리게 될 유형의 작업, 다른 모든 관심을 배제한 채 작가의 무의식을 찾아내고 묘사하는 작업을 선구적으로 수행하고 있는 연구물 두 개가 있다. 첫번째 연구물(《괴테의 '시와 진실'에 나타난 어린 시절의 추억》)에서는, 아주 어렸을 때 집 안의 식기들을 창 밖으로 내던진 기억이 있다는 시인의 고백이 어머니가 지나치게 편애하는 어린 남동생을 내쫓아 버리고 싶다는 시인의 소망을 드러낸다. 또 다른 연구물(《도스토예프스키와 아버지의 처형》)에서는, 간질이 친부 살해를 저지를지도 모른다는 공포의 표현이거나(《카라마조프의 형제들》) 도박벽이 그 친부 살해의 욕구를 자기 자신을 향해 돌려 놓기도(《도박꾼》) 한다.

결론적으로 말하자면, 프로이트의 호기심은 자신의 발견이 문학 작품이나 그 주인공들과 관련을 맺을 수 있는 거의 대부분의 방식들을 탐색하도록 그를 이끌어 갔다. 독자나 관객의 숨은 감정들, 예술적인 창조, 예술가의 무의식, 문학의 장르들, 문화 속의 상징적인 주요 형상들——이 모든 것에 프로이트는 관심을 가졌다.

3. 마리 보나파르트와 심리적 전기

에드거 포, 그의 삶과 작품

스승이 생존해 있을 때 그의 격려에 힘입어, 몇몇 선구자들은 스승이 열어 놓은 여러 갈래의 길을 따라 좀더 멀리까지 나아가려고 시도하였다. 그 작업들 중의 많은 것들은 망각 속에 묻혀 버렸다——돈 환이라는 인물을 대상으로 분신(分身)의 주제를 분석한 오토 랑크의 유명한 연구가 그 중 두드러지게 예외적인 경우이다.

핵심 저작인 《에드거 포, 정신분석적인 연구》(1933)로 유명해진 마리 보나파르트 공작부인은 별도로 취급되어야 한다.[42] 그녀는 프로이트의 꿈의 개념에 의거하여, 포의 허구 작품들을 분석 치료에서 얻은 자료처럼 취급하였고, 부분적인 해석을 넘어서서 부모, 특히 어머니의 상(像)을 중심으로 작가의 무의식에 대한 전반적인 재구성을 겨냥하였다. 그 작업은 '살아 있는 죽은 여인,' '풍경-어머니,' '살해당한 어머니'라는 암시적인 명칭의 세 가지 주요 '계열'을 따라서 진행된다. 기력을 잃고 죽어 가는 여인들을 노래한 시인, 불안으로 고통받는 인간들을 그린 화가(《아른하임의 영지》, 《아서 고든 핌》), 《괴기담》의 이야기꾼인 포는 확실히 그런 유형의 독서와 분류에 아주 적합한 작가였다. '분석가'의 감수성은 그의 감수성과 일치될 수 있었고, 그래서 듣기와 글쓰기 사이에 진정한 전이(轉移)가 이루어졌다.

비록 예술에서 효과에 대한 계산과 엄격한 구성을 권고하고 있긴 하지만, 포의 작품은 리비도의 세계가 마음껏 펼쳐지는 일종의 무의식적인 자서전, 비의도적인 동시에 이미지들로 가득한 자서전의 모습을 띠고 있다. 그와 아주 유사한 감수성을 가졌던 보들레르는 꿈과 감정의 그 혼합물(그것의 명료함 자체가 불안을 더욱 가중시키는)이 지닌 현대성에 크게 감동하였다. 어쨌든 프로이트(그 책의 서문을 썼다)도 그 문학적인 재능과 해석의 정교함을 높이 평가한 바 있는 한 여성 독자의 직관은 마땅히 인정해 주어야 한다. 그렇지만 마리 보나파르트의 작업 방식에는 이론의 여지가 있다. 연구의 전반부는 작가의 생애를 재구성하는 데 할애되어 있고, 뒤이어지는 소설과 시에 대한 작업은 생애에 관련된 그 자료에 근거하고 있기 때문이다. 또한 사람의 정신분석가인 쟈닌 샤스게-스미르젤[43]은 작가의 전기에 의지하는 그러한 방식의 한계와 위험을 지적하였고, 텍스트를 내용의 차원으로 축소시켜서 텍스트의 문학적인 특성에 충분히 주의를 기울이지 않는 데서 오는 폐해를 강조하기도 하였다. 어쨌든 마리 보나파르트가 다른 사람들이 빠져든 함정을 용케 피해 갔다는 점만은 많은 사람들이 인정하고 있다.

심리적 전기 연구가들

보나파르트의 '포' 연구가 나오기 직전에, 프로이트의 첫 프랑스인 제자 중의 한 사람인 정신의학자 르네 라포르그에 의해서 《보들레르의 실패》[44]라는 의미심장한(그리고 문학 독자들로서는 약간 염려스러운) 제목의 연구가 발표되었다. 그의 의도는 《악의 꽃》의 시들을 분석하는 데 있기보다는 차라리 시인의 질병을 기술하는 데 있었다. 정신분석가인 안 클랑시에는, 그의 연구가 "작품과 삶을 무차별적으로 이용하여 보들레르의 실패 노이로제를 임상적으로 깊이 있게 묘사하고"[45] 있다고 평가한다.

라포르그는 우선 먼저 진단을 모색한 다음에 '실패'의 원인들에 대한 분석을 시도하는 의사처럼 처신한다. 그의 우선적인 관심사는 작품이 아니라 인간이다. 그에게 있어서 보들레르는 평범한 환자이고, 일정한 형태의 정신 질환(좀더 나은 치료를 위해서 의사들이 그 기제를 알고 싶어하는)을 해명해 줄 수 있는 하나의 증례(症例)이다. 인간 정신의 무의식적인 구조를 기술하기 위해서 프로이트가 이론의 이름으로 행한 작업을, 라포르그는 구체적인 질환에 대한 이해를 목표로 임상의 관점에서 행하려고 한다.

뛰어난 정신의학자인 장 들레의 저작에서도 외견상 유사하지만 약간은 차이가 나는 관심을 발견할 수 있다. 그는 《앙드레 지드의 유년기》[46]를 재구성하려고 시도하였다. 작가의 의식·무의식적인 심리를 조명하는 그의 시도는, 궁극적으로 한 작가에게 있어서 **창조 행위의 조건들**이 과연 무엇인지를 검토하는 것을 목표로 한다. 그래서 작가의 내밀한 고백에서 핵심적인 자양을 이끌어 내는 심리 전기적인 관점이 좀더 정확한 의미의 문학적인 탐구에 기여하게 된다. 그리고 지드 자신이 정신분석에 대한 기본 지식을 갖고 있었기에, 그의 자기-

관찰이 결정적인 도움이 되었다.

들레의 제자인 장 라플랑슈[47]는, "광기에 대해 시인이 우리에게 가르쳐 줄 수 있는 것을 듣는다"는 분명한 목표를 가지고 정신 착란에 빠진 한 작가에게 관심을 가졌다. 그러나 그는 자기 연구를 작가의 동시대인들이나 편지들이 제공하는 증언에 한정시키지 않고 까다로운 서정적 문체의 서한 소설 하나를 철저하게 검토하였다. 그래서 그의 연구를 통해 정신 분열증의 형성에서 아버지가 차지하는 역할이 부각되었을 뿐만 아니라, 《히페리온》에 대한 독법 또한 한층 더 심화될 수 있었다.

그런 방향으로 한 걸음 더 내디딘 정신분석가가 디디에 앙지외[48]이다. 그의 공공연한 야심은 인간과 작품이 서로를 조명하게 함으로써 둘 사이에 일종의 왕복 운동을 확립하는 것이었다. 지드를 마주한 장 들레와는 달리, 앙지외는 개인적으로 자신이 알지 못하는(그리고 그때까지 자서전적인 것은 아무것도 발표한 적이 없는) 한 작가의 소설들을 분석의 자료로 삼는다. 작품에서부터, 강박 구조가 어느 정도 분명하게 드러나는 지점에서부터 출발하여 그 구조를 부각시키는 작업이 행해진다. 그렇게 해서 밝혀진 **창조 작업의 상수(常數)**들은 이제 텍스트들의 무의식적인 풍요로움을 좀더 잘 이해하게 해준다. 횔덜린과 달리 알랭 로브-그리예는 프로이트의 이론들을 (지드보다도 더) 잘 알 뿐 아니라, 이따금 속임수를 쓰거나 잘못된 길로 유인해서 독자를 현혹시키기도 하기 때문에(1984년 《되돌아오는 거울》에서 그는 그 사실을 고백하고 있다) 텍스트의 무의식에 다가가기가 상대적으로 덜 용이하다.

마지막으로, 그런 식의 실제 적용에 대한 총론을 제시한 사람이 문학비평가인 도미니크 페르낭데즈(《심리적 전기 입문》)[49]이다. 제목과는 달리 종합적인 결산 평가가 큰 부분을 차지하는데, 제시된 명제들의 간결함이 퍽 인상적이다. 심리적 전기의 임무는

　"인간과 작품 사이의 상호 작용, 그리고 무의식적인 동기 속에서 파악된 그 둘 사이의 통일성을 연구하는 것이다. [……사실, 첫째로] 작품의 기원에는 인간이 있지만, 그 인간의 본질은 작품을 통해서만 이해될 수 있다. [……둘째로] 인간의 삶 속에서 모든 것은 어떤 의미를 갖는다. [……셋째로] 심리적 전기는 이제 더 이상 '그 인간에 그 작품'이라고 말하지 않고, '그 아이에 그 작품'이라고 말한다." (p.34-38; 강조된 부분은 저자 자신이 강조한 것이다.)

　페르낭데즈의 확신과 그가 펼쳐 보이는 예들(줄리언 그린, 지드, 파스칼, 반 고흐)은 그의 논지 전체에 상당한 설득력을 부여한다. 다만 대수롭지 않아 보이면서도 사실은 아주 중요한 선택인 전제 하나를 우리가 받아들인다는 조건하에서 그렇다. 그 전제는, 문학 비평의 목표는 작가와 텍스트 사이의 관계를 밝히는 데 있다는 것이다. '그 인간에 그 작품'이라는 공식은 유명한 생트-뵈브의 입장을 반복하고 있다. 그 원칙은 인간을 알고 가능한 한 깊이 통찰해야만 **그가 글을 쓴 까닭**(공증인이 되거나 기관장이 되지 않고)**을 이해**할 수 있고, 또한 **그가 쓴 것을 그가 쓴 까닭**(다른 것을 쓰지 않고)**을 이해**할 수 있다는 것이다. 하지만 **그가 쓴 것** 자체는 아마도 기껏해야 탐색 과정의 부산물로서 우연히 이해된다면 모를까, 이해의 대상이 아니다. 마치 당연한 권리처럼 우리는 어떤 시가 왜 걸작이며 그 시가 어떻게 우리를 사로잡고 매혹하는지에 대한 설명을 기대하고 있는 터에, 보들레르가 왜 시인이 되었고 왜 역설적인 '악'의 '꽃들'을 노래했는지를 해명하는 것이 그들에게는 더 중요하다는 식이다…… 생트-뵈브의 감정 이입적인 탐색을 19세기의 심리학이 가능케 해주었던 것들 너머로 확장하는 것, 프로이트의 정신분석이 제공하는 새로운 가능성들을 활용하는 것——바로 그것이 심리적 전기에 주어진 목표이다.
　그런데 바로 정신분석의 관점에서 이내 한 가지 지적이 제기된다. 심리적 전기 연구가들은 무엇 때문에 작품이라는 '객관적' 자료에 온갖 종류의 증언들을 덧붙여 가면서 작가의 '실제 삶'에 관심을 갖는 가? 정신분석가들의 입장에서 볼 때, 정신의 영역에서는 **주체가 자기 내면 속에 재현하는 바 그대로의 삶**, 주체가 경험하는 바 그대로의, 주체가 환상을 품는 바 그대로의 삶만이 의미가 있다. 따라서 일상적 인 실천 속에서 그들은 작가의 실제 삶에 관심을 갖는 그런 식의 질 문들을 삼간다. 분석가의 입장에서 실제로 누가 내 어머니였는지는 전혀 중요하지 않다. 분석가는 내가 그에게 그려 보이는 어머니의 이 미지, 어떤 구실로든 내가 지니고 살아가는 어머니의 이미지만을 고 려에 넣는다.

4. 샤를 모롱의 심리 비평

그런 관점에서 크나큰 진전을 이룬 사람은 샤를 모롱이었다. 앞서 말한 그러한 난점을 인식하고 있었기에, 정확히 프로이트주의적인 시각에서 볼 때 유일하게 고려해야 할 전기적 '현실'은 외부 세계와 호적 속의 현실이 아니라 무의식적인 형성물(작품에서부터 —— 오직 작품에서부터, 그게 아니라면 최소한 우선적으로 작품에서부터 —— 출 발하여 우리가 재구성할 수 있는 바대로의 무의식적인 형성물) 속의 현 실이라는 것을 그는 분명하게 밝혔다. 페르낭데즈는 소위 말하는 객 관적 현실보다 심리적 현실을 우선시하는 그러한 태도를 비판하면 서, 삶과 작품 사이의 '제3항(項)'인 환상은 계속해서 '문제를 뒤로 미룰' 뿐이라고 주장한다. 그렇지만 모롱의 입장이 정신분석의 정신 에 좀더 부합한다.

모롱의 목표는 우리로 하여금 작품들을 좀더 제대로 알게 함으로 써 작품들에 좀더 애착을 갖게, 그것들의 매혹을 좀더 느낄 수 있게 하는 것이다. 그는 텍스트들 속에서 여태까지 간과되어 온 의미들, 자력선들, 상호 관계들을 찾아내고 싶어한다. 작가의 무의식적인 인격이 그 모든 것들의 원천이라는 것은 분명하지만, 그 원천이 **선험적으로** 비평가의 관심을 끄는 것은 아니다. 비평가의 노력은 작품을 대상으로 하기 때문이다.

사실 심리 비평은 두 가지 상이한 접근 방식들 사이의 중간적인 입장을 취하고 있음이 이내 드러난다. 작품(Œuvre)[50] 전체를 대상으로 하는 한 필연적으로 심리 비평은 작가와 잘 구별되지 않는 하나의 총체를 재단하거나 포괄하게 되고, 그런 점에서 모롱의 태도는 앞선 태도들과 유사하다. 그러나 부차적인 자료들 대신에 작품들에 중심을 두는 해석적인 독서 방법을 제안하고 있다는 점에서, 모롱은 작가보다 독자와 텍스트에 더 관심을 갖는 접근법에 다가서고 있다. 핵심 저작인 《강박적인 은유에서 개인적인 신화로》라는 제목 자체에서도 대립적인 두 가지 관심 사이의 그러한 긴장 관계가 드러난다. 말하자면 심리 비평에는 두 개의 주된 관심사가 있는데, 하나는 텍스트들을 통하여 산발적으로 반복되는 이미지들의 그물망이고, 다른 하나는 예술가의 인격을 요약하고 있는 핵심적인 환상의 형성물이다. 그 제목은 또한 비평가의 담론이 텍스트의 현실에서 출발하여 인간의 정신에 가닿으려 한다는 것을 보여 준다. 그래서 두 가지 상이한 강조점이 있을 수 있다: "일단 **작품**의 특성들을 기술하고 나면, 작가의 무의식적인 개성에 접근할 수 있을 것이다." / "중요한 것은 작품들에 대한 연구이므로 일단은 작품들의 연구에 전념하자. 그리고 나서 필요하다면 심리적인 초상(肖像) 형태의 어떤 통일성을 도출해 낼 수 있을 것이다." 하나의 제목이 두 가지로 해석될 수 있는 것이다.

방법적인 '포개기'

정해진 순서를 따라가 보자. 강박적인 은유들이란, 내용과 형식 양면에 걸쳐서——모롱은 언표의 내용뿐만 아니라 글쓰기에도 그 온전한 지위를 부여한다——텍스트의 표면에 나타나는 무의식의 핵들이다. 프로이트가 꿈을 해석하기 위해 꿈이 이야기화되는 과정과 꿈 이야기의 문자 자체에 주의를 기울였던 것처럼, 모롱도 주요 형성물들이 텍스트화되는 과정에 주의를 기울임으로써 그 형성물들을 찾아내고자 한다. 자기의 꿈을 분석하는 환자는 자신이 받는 인상의 강도에 따라서 꿈을 단편들로 분해하고, 괴상망측한 세부 사항이나 얼토당토않은 일에 대해서도 '머릿속에 떠오르는 모든 것'을 이야기하게 되어 있다. 자발적으로든 아니면 분석가의 암시에 따라서든, 환자는 어떤 기호(단어·이미지·장면 전체)를 이성의 통제가 없는 상태에서 자신에게 떠오르는 비슷한 종류의 다른 기호와 **연결짓는다**. 근접성이나 교체 관계에 의한 그 비교가 각 단편의 의미, 그리고 일관성을 지닌 일련의 단편들의 어느 정도 신빙성 있는 의미를 확정할 수 있게 해준다. (전자가 엄격한 의미의 해석이라면, 후자를 우리는 재구성이라고 부른다.)

그런데 문학적인 이야기는 '연상'할 줄 모른다. 꿈과 비슷하긴 하지만 텍스트는 언표들로 이루어진 하나의 완결된 총체이고, 그 자체로서 자족하는, 작가의 논평으로 둘러쌀 필요가 전혀 없는 총체이다. 그 대신 텍스트는 일상적인 언술 속의 언표들보다 더 밀도 있고, 더 치밀하고, 더 풍요로운 언표들로 이루어져 있다. 텍스트의 짜임은 좀더 촘촘하고(직물·직조를 떠올려 주는 **텍스트**라는 은유 자체가 그 점에서 유래하고 있다), 텍스트 안에 이미 연상 작업의 요소들이 들어 있다. 심리적 전기 연구가들이 그러한 연상 작업의 등가물을 '실제' 삶의 사건들 속에서 찾았다면, 심리비평가는 작가의 전작(全作)을 구성하는 다른 작품들에서 도움을 청한다. 바로 이 대목에서 샤를 모롱은 독특한 해법 하나를 제시하였다. 그가 보기에 자신의 방법은 준-과학적인 엄밀성을 보장해 주는 방법이었다. 그는 작품 전체를 통하여 형식이나 내용에 있어 서로 유사한 특징들을 찾아낸 다음, 그 유사성들을 몇 개의 도식들로 분류한다. 그는 그 작업을 텍스트들의 포개기라고 불렀다.

라신의 작품들이 있다고 해보자. 여러 비극들에 등장하는 주요 인물들을 서로 포개어 봄으로써, 우리는 연속되는 두 개의 도식을 찾아낼 수 있다. 우선 《앙드로마크》·《브리타니퀴스》·《베레니스》·《바자제》에서는 자신의 포로인 한 여인에게 이끌린 남자가, 그 남자에 대한 권리가 있고 위험한 여자임이 드러나는 다른 한 여인을 거부(피뤼스-앙드로마크-에르미온/네롱-쥐니-아그리핀/바자제-아탈리드-록산/베레니스의 두 가지 면모 사이의 티튀스)한다. 《미트리다트》에서부터는 자신이 속해 있는 한 여인을 죽음의 위협에 시달리게 만드는, 그리고 과감하게 자기아들들을 벌하는 아버지의 상(像)이 등장한다. 미트리다트-모님-파르나스와 키아파레스/아가멤논-이피제니-에리필/테제-페드르-이폴리트/신과 조아드-아탈리-엘리아생 사이의 관계가 바로 그러하다. 달리 말하면 우선 1) (지워진) 아버지의 자리를 차지하는 대신에 한 여인을 사랑하는, 그래서 어머니-스핑크스로부터 박해를 당하는 오이디푸스가 있고, 그 다음에는 2) 아버지가 가혹해져서 자신이 당하고 있는 (근친상간의) 모욕을 복수하려고 한다. 그 두 개의 도식을 연결지을 수 있게 해주는 것은 라신의 이력, 라신 작품들의 연대기적인 순서, 다시 말해서 전기적인 자료라는 것을 보게 될 터이다.

욕망의 대상인 한 여인을 중심으로 아버지들('늙정이들')과 아들들('젊은 주인공들') 사이의 오이디푸스적인 경쟁 관계를 도출해 낼 때, 그 방법은 희극 장르의 심리 비평에도 유효하게 적용된다. 그렇지만 그렇게 해서 부각된 전체적인 지형(地形)은 문학적이기보다는 인류학적인 흥미의 대상이다. 세대간의 경쟁 관계를 무의식적인 가치들과 연관지음으로써 《수전노》·《피가로의 결혼》, 마리보나 코메디아 델라르테[51]의 작품들을 감상하는 데는 그 도식이 별로 도움이 되지 않기 때문이다.

포개기의 방법이, 훌륭하긴 하지만 조금 염려스럽기도 한 결과를 낳는 영역이 바로 시 작품들의 영역이다. 네르발·보들레르·말라르메·발레리의 단시(短詩)들을 암기하고 있을 정도로 모롱은 그들을 좋아했다. 《강박적인 은유》의 첫 2백 페이지 내내 글에 생기를 불어넣고 있는 그의 섬세함과 능숙함에 필적할 수 있는 사람은 드물었다. 생산적인 비교들, 숨어 있는 연관 관계를 드러내기, 비가시적인 성좌를 잊혀지지 않는 생생함으로 문득 부각시키기…… 어쨌든 결론적으로 교훈을 도출하기에 앞서서 모롱이 요약하고 있는, 내적인 긴장을 언급하고 있는 그 주제들은 퍽 인상적이다.

　　우리는 말라르메에게서 무희의 이미지가 솟아오르는 것을, 그리고 보들레르에게서는 자신의 키메라에 짓눌려 허약해진 존재의 이미지, 네르발에게서는 어머니를 소유하기 위하여 벌이는 분신과의 필사적인 투쟁의 이미지, 마지막으로 발레리에게서는 번민케 하는 잠든 여인의 이미지가 솟아오르는 것을 보았다. [……] 포개기 작업은 그야말로 구조적인 강박 관념들을 드러내 준다. 형상들의 연합 관계가 관념들의 연합 관계를 대체하게 되고, 우리는 이내 어느 정도 중요한 모든 인물들은 심층적인 신화적 형상의 변이형이라는 사실을 깨닫게 된다. (p.194-196)

　　모롱은 통찰력 있는 독자이자 일급의 주석가여서, 그의 글을 읽는 것은 큰 즐거움이다. 인용의 마지막 부분에서 모롱이 이야기하고 있는 '신화적 형상들'에 대해 언급하기 전에, 우리가 제기하고 싶은 단 한 가지 질문은 이것이다. 여기서 우리가 **일종의 무의식과 대면하고 있는 것이 분명한가?** 심리비평가는 포개기를 하고, 그렇게 해서 얻어진 도식을 해석한다. 그는 무의식의 말 그 자체는 전혀 상대하지 않는다. 왜냐하면 그는 자기 자신이 중심에 위치시킨 중심적인 이미지를 가지고 자기 자신의 그물망을 분석하기 때문이다. 이것이 올바른 적용인가? 정신분석가들이 과연 그런 식으로 행하는가? 그것은 해석이라기보다 차라리 일종의 주석(cf. 가톨릭의 교부들)이다.

개인적인 신화

그러나 좀더 선명하게 동전의 다른 한 면을 이루는 것이 있다. '심층적인 신화적 형상'의 개인적인 신화(작가의 무의식의 전체적인 지형(地形)을 요약하는)로의 변형이 그것이다. 모롱의 말을 들어 보자. "개인적인 신화, 그리고 그 신화의 변모들은 무의식적인 인격과 그 인격의 변화의 표현으로 해석된다. [……] 이렇게 작품 연구에서 획득된 결과들은 작가의 삶과의 대조를 통해서 확인된다."(p.32) 이러한 그의 정식(定式)들은 우리를 당혹시킨다. 우선 **무의식적인 인격의 '변화'**라는 생각이 그러하다. 프로이트는 모든 사람의 무의식이 오이디푸스의 시기에 고착된다는 전제, 그리고 무의식은 시간을 알지 못하기 때문에 변화하지도 않는다는 전제 위에 자신의 모든 이론을 구축하였다. 개인적인 삶의 시간을 따라 오직 표면적인 행동들, 불변하는 어떤 욕망의 표면적인 모습들만이 바뀔 뿐이다. 라신의 두 가지 도식들에 어떤 공통의 핵이 존재하는 것이지, 그 사이에 '무의식적인 인격'의 변화가 있었던 것은 아니다. 작품의 실현에 선행하는 어떤 환상의 두 측면을 라신이 차례차례 표현했다고 해야 할 것이다. 뒤따라 제기되는 질문은 이렇다. 그 환상을 하나의 간단한 문장으로, 지나치게 축소 환원될 우려와 지나치게 축소 환원시킬 우려가 동시에 있는 하나의 문장으로 요약할 수 있는가?

그 다음으로는 모롱의 목표가 심리적 전기 연구가들의 목표와 달라 보이지 않는다. 좀더 엄밀하고 좀더 텍스트에 주의를 기울이긴 하지만, 여전히 **작가의 무의식의 초상**——작가의 삶에 대한 지식으로부터가 아니라 작품에서 이끌어 낸——을 좌대 위에 올려 놓으려는 희망에 인도되고 있기 때문이다. 생트-뵈브의 이론을 반박하면서 예술 작품은 일상적인 삶 속의 자아와는 다른 또 다른 자아의 산물이라고 주장한 프루스트의 교훈을 알고 있었기에, 모롱은 예술가와 인간을 구분하려고 애썼다. "그것들은 하나의 인격을 공유하는 두 가지 다른 기능들이다. 어쩔 수 없이 나는 우리에게 익숙하긴 하지만 실제 사용에 있어서는 애매한 작가나 인간이라는 말들 대신에, 창조적 자아와 사회적 자아라는 용어를 사용하려고 한다."(p.227) 그리고 그 두 개의 자아 모두가 주체의 무의식을 압축하고 있는 '신화'에 의해서 영향받고 생기를 부여받는다. 그렇다면 이런 의문이 생긴다. 모롱은 프루스트의 지적이 지닌 파급 효과를 충분히 이해하였는가? 두 개의 자아가 이내 서로 합쳐진다면, 무엇 하러 둘을 구분하는가? 작품과 삶이 하나의 동일한 핵에서 유래한다면, 그 둘을 구분하는 것은 부자연스러워 보인다. 또한 결국은 인간으로 되돌아가게 된다.

　마지막으로는, 작품(개인적인 신화가 드러나 있는)을 사회적 자아가 경험한 삶과 '비교함'으로써 개인적인 신화의 흔적을 '확인'한다는 계획이 남아 있다. 그런 작업이 가능하다고, 다시 말해서 중요한 전기적 자료들을 우리가 소유하고 있고 그 자료에서 출발하여 무의식을 어느 정도 타당하게 재구성해 낼 수 있다고 치자. 그 작업을 통하여 우리가 알 수 있는 것이 과연 무엇인가? 보들레르는 재혼한 자기 어머니를 원망하였고, 네르발은 죽은 어머니를, 베를렌은 과부가 된 어머니를, 위고는 배신당한 불행한 어머니를, 랭보는 소유욕 강한 '마더'를 원망하였다. 그리고 일견해서 정상적인 어머니를 숱한 사람들이 원망하였다. 밖으로부터 포착된 그 사실이 과연 시적인 창조 작업에서의 성공(또는 실패)을 해명해 주는가? 전혀 해결되지 않은 문제가 바로 그것이다. 한 번 더 양보하여, 실질적인 정신분석을 하지 않고도 한 작가의 무의식을 아는 일이 가능하다는 것에 우리가 동의한다고 하더라도 마찬가지이다. 그리고 그런 경우에조차 그것을 과연 진전이라고 할 수 있겠는가?

　그렇지만 근본적인 문제 하나가──모롱이 누구보다도 단호한 행보로 멀리까지 나아갔기 때문에 모든 근본적인 문제들은 그를 중심으로 논의된다──아직 남아 있다. 무엇이건 '확인'하고자 하는 그 욕구는 무얼 의미하는가? 원칙적으로 무의식은 무의식에게 말을 하고, 무의식이 무의식을 들으며, 무의식끼리 주고받는 진실들은 어떤 방식으로도 확인될 수 없고 확인될 필요도 없다. 분석 치료에서는 환자의 심리 상태 변화가 진실을 보증한다. 응용 작업에서 진실의 유일한 척도는, 충분한 전이가 이루어질 경우 해석이 우리에게 강한 인상을 주고 올바름에 대한 내적 확신을 준다는 점이다. 모롱이 말한 '무희'가 《시》의 텍스트 속에 나온다고 하더라도, 그리고 살로메-에로디아드가 사람들이 말하는 그 어떤 여성의 표현이라고 하더라도, 실제 무희들이나 드가의 그림에 나오는 무희들에 대한 스테판 말라르메의 관심은 대수롭지 않은 부차적 현상일 뿐이다.

맹신도 유보도 없이 우리를 사로잡아 버리는 해석, 다시 시작할(다시 읽기) 때마다 순간적으로 일 수 있는 망설임을 이겨내고 의혹을 견뎌낼 수 있는 해석——그것이 올바른 해석이고, 정확함을 인정받을 수 있는 해석이다. 전기적인 어떤 상황이 경우에 따라서는 도움이 될 수도 있고, 좀더 생생한 조명이나 인간적인 공감의 기회가 될 수도 있을 것이다. 그렇지만 어떤 경우에도 그것이 해석의 진실성을 입증해 주지는 못한다.

|||

작가에서 텍스트로

1. 쟁점과 전망

앞장의 논의를 통하여 우리는 또 다른 정신분석적 실천의 모습을 음각으로 새겨 보았는데, 어떤 의미에서 이제 그 기초가 마련되었다고 말할 수 있다.

도식적으로 말하자면, 프로이트는 하나의 이론적인 사항을 확증하기 위해 예술 작품을 이용하는 데 비하여, 심리적 전기 작가들은 예술가의 신경증을 밝히는 데 관심을 쏟거나, 혹은 창조적인 활동의 일반적인 조건들에 대해 연구한다고 할 수 있다. 이들은 작품이 아니라 인간을 겨냥한다. 마리 보나파르트는 직관적으로, 샤를 모롱은 그 나름의 방법을 통하여 어떤 전기적인 무의식을 기술하려 하기보다는 글 쓰는 주체와 쓰여진 텍스트들 사이에 공통된 '환상 세계'를 그리려 했다. 이들 모두에게 우리는 원칙상의 반박을 가할 수 있다. 즉 문학 비평은 그 명칭에 걸맞게 문학사와 구분되기 위해서 작품에 대한 독서를 풍요롭게 해야 한다는 것이다. 이는 창작가의 비밀스러운 영혼에 대해, 다시 말해 **작품과는 별도로 짐작되는, 작가의 인간적 면모**에 대해 조사하는 것으로 문학 비평이 이해되어서는 안 된다는 것을 뜻한다. 사실 분석될 수 있기로는 작가 없는 작품들이나 작가 미상의 작품들(동화,[52] 서사시)도 마찬가지이다. 더구나 앞서 보았듯이, 한 작가의 무의식의 초상화를 그린다는 것은 거의 확실성 없는 일일 뿐 아니라 별로 소용 없는 일이기도 하다. 결국 작가[53]에 대한 어떤

도식을 작품으로부터 끌어냄으로써 그 작품을 역으로 다시 설명하려
한다면, 거기에는 언제나 같은 밀알을 반복해서 빻는 식의 위험이 따
르기 마련이다. 작가를 '정신분석한다'는 생각은 말하는 주체에 귀기
울이는 작업을 축으로 하는 개념 장치를 사용하여, 고통스러워하는
주체를 치료하는 데 익숙해 있던 초기 분석가들의 즉각적인 발상이
었다. 그러나 이제는 마치 작품 자체가 하나의 주체인 것처럼, 그것도
그 목소리에 '귀기울여야' 할 유일한 주체인 것처럼 작품에게 질문을
던져야 할 때이다.

이러한 독서 계획은 1970년대 초엽에 정신분석가, 앙드레 그린[54]과
몇몇 문학비평가들(베르나르 팽고,[55] 장 벨맹-노엘)에 의해 동시에 제
안되었던 **텍스트의 무의식**이라는 개념을 둘러싸고 구체화되었다. 이
개념은 그 내용의 선명함에도 불구하고 원칙상의 반박을 불러일으
켰다. 말하자면 텍스트가 은유가 아닌 다른 방법으로 무의식을 소유
할 수 있는가 하는 것이다. 그리고 신중한 연구의 기초를 은유에 근
거하여 세울 수 있는가 하는 것이다. 그에 따라 **텍스트의 무의식적
인 작용**[56]이라는 좀더 완곡한 표현이 서둘러 제의되었다.

이것이 바로 **텍스트분석**[57]이라는 이름을 내건, '텍스트의 정신분
석'을 위한 방법이 세워진 바탕이다. 더 정확히 말하자면, 이 방법은
단 '하나의 텍스트의 정신분석'을 추구하는 것으로서, 이때 텍스트는
(방대한 소설이든 짧은 시이든) 제목으로부터 출발하여 마침점과 함
께 종결되는, 그리고 맥락이(작가, 다른 작품들) 완전히 배제된, 경계
가 분명한, 닫힌, 일관된 하나의 총체로서 정의된다. 분명히 이것은
극단적인 시도이며, 급진적인 경험이다. 그리고 어쩌면 이것은 하나
의 이상일지도 모른다. '텍스트분석'을 살펴보기 전에 과도적인 형태
로 등장했던 **자전적인 글들**에 바쳐진 다양한 연구들에 대해 잠시 훑
어보기로 하겠다. 그리고 일단 우리의 방법이 하나의 예를 통해 간략
하게 설명되고 나면, **텍스트-독자 관계**의 우위를 역시 원칙으로 하는
다른 독서 실천들에(이론과 방법에 근거를 둔 접근들이라는 뜻이다)

대해 언급할 것이다.

2. 자서전에 대한 연구

이미 사반세기 전에, 세 명의 비평가들에 의해 세 명의 작가들에 대한 다음의 연구들이 꽃을 피웠다. 이들을 소개하자면 1974년 세르주 두브로브스키의 《마들렌의 공간. 프루스트에 있어서의 글쓰기와 환상》, 장-피에르 리샤르의 《프루스트와 감각 세계》, 그리고 1975년 필립 르죈의 《레리스 읽기. 자서전과 언어》이다. (그는 《고백록》에 나타나는 루소의 모습에 대해서도 관심을 기울였다.)

연구된 이들 세 작가는 하나의 공통점을 갖고 있다. 그들의 작품들은——장-자크의 경우에는 후세에 남겨진 수사본들을 말한다——그들의 개인적 삶으로부터 분리되지 않기 때문에, 텍스트에 대해 말한다는 것은 곧 그 작가에 대해 말하는 것이 된다. 자서전이란 주인공·화자·작가가 하나의 동일한 개인으로부터 유래하여 바로 그 개인으로 환원되는 이야기 형태의 글이다. 그런데 이들 세 작가는 다음과 같은 점에서 서로 다르다. 즉 루소는 무의식에 대한 무지 속에서 자신의 내밀한 이야기를 고백한 데 비해, 프루스트는 무의식의 존재에 대해 상당한 수준까지 짐작했으며, 그 반면 레리스는 정신분석적인 치료의 경험이 있었다. 그러나 우리는 그들의 글들이 미처 알아채지도 못하는 사이에, 글로 표현되지 않은 채 침묵을 통하여 말하는 것에 '귀기울임'으로써 그 작가들을 모두 같은 방법으로 읽을 수 있다. 그들의 텍스트는 하나의 거대한 연상망을 이루는데, 그 구성 요소들은 서술의 어떤 기반(여기서는 전기적인 기반)과 글쓰기의 여러 요구들에 의해 정당화된다. 이 연상망들은 정신분석의 '자유 연상'에 문을 열어 줌으로써 텍스트 **속**에서 실현되는 무의식적인 작용에 대해 말하도록 요청한다. 사실 연상되는 요소들을 포착하고 연결하는 작업이 독자의 몫이기는 하지만 말이다.

프루스트는 어머니가 조르주 상드의 소설 《사생아 프랑수아》를 읽어 주는 것을 들으면서, 그가 느끼는 행복이 자신을 거두어 키워 준 여자에게 사랑을 느끼는 이 사생아의 이야기와 무관하지 않을 것이라고 짐작할 수 있었다. 그러나 그 여자의 이름이 마들렌이라는 것에 주목하고, 그토록 짜릿한 감동과 함께 그가 입 안에서 느꼈던 그 유명한 차에 적신 과자[58)]와 이 이름을 연결하는 것은 바로 비평가다. 장-자크는 자신의 탄생이 어머니의 죽음을 야기했다는 것에 대해 회한을 느낄 수는 있었지만, 랑베르시에 양으로부터 볼기를 맞을 때 느낀 행복이 자신이 저지른 그 신생아 시절의 범죄에 대해 벌받기를 바라는 욕망과 그 처벌에 대한 불안을 설명하리라는 것을 상상할 수는 없었다. 레리스가 자신의 《어휘 사전》 속에서 아버지에 대한 항목에 "아버지 —— 끊임없는 파충류 방귀(PÈRE —— perpétuel pet de reptile)"[59)]라고 주석을 붙일 때, 그는 자신의 아버지에 대해 거의 애정이 없으며, 이와 같은 비천한 이미지를 부여함으로써 아버지를 조롱거리로 만든다는 것을 모르지 않는다. 그러나 그가 **파충류**(reptile)라는 말 속에서 남근의 위력을 상징하는 뱀의 존재를 보았을는지는 그리 확실치 않으며, 이 말을 거꾸로 '리-페르(lit-père, 침대-아버지)'라고 읽음으로써 그가 증오하는 자는 바로 자신의 자리를 차지하고 엄마와 함께 누워 있는 아버지라고 결론을 내렸을는지는 더욱 의심스럽다. 그 외 많은 예들을 들 수 있을 것이다.

이 세 비평가들 역시 자기 자신만의 고유한 독창성을 지니고 있다는 것을 염두에 두자.

필립 르죈

먼저 필립 르죈의 말을 들어 보자.

"해석은 비록 그것이 검증되기 어려울 뿐 아니라 일종의 '분석적 소설'을 구성하는 일로 귀착된다 하더라도, 텍스트를 작용케 함으로써 담화가 진행되는 방식, 그리고 그 계책과 균열들, 즉 한 마디로 담화의 전략을 점차적으로 밝혀내는 기능을 가진다. [……] 글쓰기의 경제를 이해한다는 것이 본질적이라는 점을 염두에 두게 되면서, 분석이 심화될수록 해석은 나에게 점점 더 일종의 초보적인 작업대 쌓기처럼 보여졌다."(p.12)

나는 위의 인용문의 마지막 문장에서 담화의 분석이 그의 계획의 중심에 있다는 것과, 하나의 담화에 대한 정신분석적인 연구가 정밀 분석 이전의 준비 단계('작업대 쌓기')로서 먼저 기능한다는 것을 분명하게 지적하는 부분을 강조했다. 여기서 르죈은 자전적 글쓰기의 비밀을 그 현장에서 포착하려 했으며, 그것은 어떻게 자신 이외의 다른 사람들의 관심을 끎으로써 진실하다는 감정과 함께 자신의 삶에 대해 쓸 수 있는가 하는 질문으로 표현되었다. 그 대답은 다음과 같은 확증과 함께 출발한다. 즉 사람들이 자서전을 읽는 것은, 오직 하나의 모델을 재건축함으로써 자기 자신의 자서전을 (머릿속에서든 종이 위에서든) 쓰기 위해서라는(그의 책 p.177-178을 요약한다) 것이다. 그에 따르면 사람들은 자기 자신의 텍스트 속에 자신을 더 잘 투사하려는 속셈으로 타인의 텍스트 속에 자신을 투사한다. 다시 말해, 자서전을 읽는 독자는 단순히 타인에게서 자신의 이미지를 응시하는 수동적인 태도를 떠나 글쓰기 활동을 통하여 자기 자신을 발견하려는 것이다.

세르주 두브로브스키

이와 같은 글 쓰는 독서는 분명히 세르주 두브로브스키의 읽는 글쓰기와는 다르다. 두브로브스키는 자신의 삶을 대상으로 한 '자전적

허구(autofiction)'[60]를 쓴 작가이기도 한데, 그는 '마들렌의 공간'이 "프루스트에게서 글쓰기의 탄생이 서술되는 그 특권적인 장소"와 겹쳐지며, "글쓰기가 떠받쳐지고 펼쳐지는 욕망의 다양한 차원 속에서 그 글쓰기가 본래의 엄청난 순수함으로 떠오르는 순간(책 표지 뒷면)"을 복구한다고 지적한다.

예를 들어 그에 따르면, 그 모든 방대한 회상들을 연달아 불러일으킨 차에 적신 과자의 경험은 "이전의 텍스트 속에서"(프루스트의 《생트-뵈브에 대한 반론》을 말한다. 두브로브스키의 책 p.27 참고) 언급되었던 "수음(手淫)의 경험과 아주 완벽하게 상응한다." 그의 글의 두드러진 특징이라고 할, 단호하고 강렬한 어조로 그는 이렇게 결론을 내린다.

"뛰어난 직관으로, 프루스트는 자신의 '마들렌'으로 하여금 자기 동일성에 대한 상징적인 매체가 되도록 하였다. 먹고 소화하고 만들기——타자를 나로 변환시키는 리듬이 바로 이런 것이며, 타자 속에서 내가 상실되는 리듬 또한 이런 것이다. 가장 '위대한' 작품은 프로이트가 말하는 이 '작은 물건'의 지위를 갖는다. [팔루스를 생각하자……] 이 모두 환상들이다. 확실히. 그러나 환상, 그것은 **나의** 현실이다. 마들렌 속에서 발견되는, 이 작품의 '창작'에 대한 신화적 이야기, 그것은 모든 자아 생성의 모태에 대한 진정한 이야기이다. [……] 말들은 냄새와 맛을 갖는다——물론 은유를 통하여. 그러나 그들의 존재는 은유적이고, 나의 존재도 마찬가지이다. 나의 말들은 나의 냄새와 나의 맛을 지니고, 나의 말들은 내가 이들 속에서 '나'를 느낌에 따라 '나'를 느낀다." (세르주 두브로브스키, 《마들렌의 공간. 프루스트에 있어서의 글쓰기와 환상》, Mercure de France, 1974, pp.177-178.)

좀더 차분해진, 그리고 좀더 총체적인 언어를 통해 그는 다음과 같은 사실이 명백하게 떠오르는 순간을 제시한다. 즉 이 연구를 시작할 때 그가 가졌던 관심이 비평가가 되기를 원하는 몸짓과 문학 작가가 되려는 몸짓에 **동시에** 관련된다는 점이다.

"모든 분석적인 상황은 한 인간 앞에서든 한 작품 앞에서든, 그것 자체에 고유한 전이들을 포함한다. 명백히 본 연구 또한 이 규칙에서 벗어나지 않는다. 이 연구는 우리가 이를 통해 프루스트에게서 발견해 내려고 하는 바로 그 구조 속에서 이루어진다. 그것은 동일시와 ("나는 프루스트이다" —— 화자가 "나는 곧 나의 어머니이다"라고 말하는 것처럼) **살해**를("나 자신이 되기 위해, 나는 비평가로서 프루스트를 죽인다" —— 화자가 "나 자신이 되기 위해, 나는 작가로서 엄마를 죽인다"라고 말하는 것처럼) 통해 실행된다. [……]《잃어버린 시간을 찾아서》는 환상으로부터 분출된다. 그러나 비평은 우리를 그 환상으로부터 빠져 나오도록 하지 않는다. 비평은 우리를 그곳에 정착시킨다 ——그러나 이번에는 전적으로 의식 속에서이다. 결국 분석 과정이 다른 무슨 일을 한 적이 있던가?"(*ibid.*, p.153)

여기서 우리는 이러한 텍스트 이해가 얼마나 깊은 곳까지 뿌리 내릴 수 있는가 하는 것을 보았다. 읽기, 쓰기, 함께 기억을 떠올리기, 무의식의 심연들을 연결하기, 그것은 문학의 의미 그 자체이며, 또한 바로 여기에서 제기되고 있는 문제이다.

장-피에르 리샤르

장-피에르 리샤르는 전혀 다른 언어로써 자신이 "프루스트적인 욕망하기 능력"이라 부르는 것, 다시 말해 물질(예를 들어 음식물)·감각(음악적인 문장)·형태(무지개 빛 분산), 이 세 분야들에 공통된 '감각하기' 방식을 탐구한다. 그는 작가의 초상화를 그리려 하지 않는다. 그는 "한 유형, 즉 [……] 프루스트가 본질이라 부르는 항구적인 동시에 이질적인 그 존재"를(p.217), 즉 관념들의 천국과 우리의 육체적 충동들의 일상을, 다시 말해 감각과 상상력이 연결되는 도정 한가운데서 포착되는 그 존재를, 비평가 자신이 감지하는 작가를 본떠서 글쓰기의 가장 생생한 현장 속에서 나타나게 하기를 원한다.

비평가 자신이 수없이 많은 정교한 '미시 독서'를 주(註)로 떼내어 본문에 겹을 대고 있다. (그럼으로써 그는 본문의 매력을 한층 더 증가시킨다.) 그러니 그의 독특한 방식을 환기시키기 위해, 그의 책의 첫째 주와 마지막 주를 부분적으로 인용하는 것으로 만족하자. 그러니까 모든 것은 앞으로 그 책에 나올 주들에 관한 하나의 주에서 시작한다. 그리고 이 주들은, 그가 말하기를 어떤 이중적인 욕망, 즉

"곳곳에서 묘사를 섬세하게 다듬고, 측면으로 전망을 열고, 이차적인 동기(모티프)들을 인용하고, 담화의 가장자리 실오리들을 풀어 헤쳐서 언제나 지나치게 단선적인 데서 오는 담화의 안정성을, 어쩌면 그 가장자리에서 흔들어 놓으려는, [……그리고] 특히 혜택받은 특정의 동기를 통해 주제(테마)와 환상이 어떤 유기적 결합을 맺는 기회들을 살펴보려는"(p.7-8)

욕망에 상응한다.

그는 이 책의 끄트머리에서, 콩브레의 교회에 메로빙거 왕조의 한 살해된 공주의 시신을 덮고 있는 묘석 속에 어떤 램프가 박혔을 것이라는 전설에 대해 섬세한 해설을 내리고 있다. 여기서 그는 "수정 램프에 의해 조개 껍질 모양이──화석의 흔적처럼──오목하게 패여 있다고 전해 내려오던" 그 무덤에 다음과 같은 사실들을 대담하면서도 신중하게 연결시키고 있다.

"필립 르죈은 [……] 우리의 묘석(墓石) 속에 새겨진 **조개 껍질**(valve)에 성적 의미를 내포하는 다른 사물들이나 형태들을 연결짓는

다. 즉 위베르 로베르의 그림 속에 나타나는, 떨어지는 분수의 물줄기들이 조개 껍질(외음부, vulve)에 연결되고, 그 조그만 마들렌 과자[61]까지도 이 조개 껍질에 연결된다. 실제로 여기서 우리의 '화석'은 매우 풍부하고 아주 감각적인, 조개 껍질들의 프루스트적인 연속을 환기시킬 수 있다."(p.237)

리샤르는 다시 두 가지 점을 주장한다. 첫째, 비평적인 독서에는 결코 끝이 없다는 것이다. 둘째, 비평가는 자신의 모든 재능을 통하여, 그가 느낀 즐거움을 자신의 독자에게 생생하게 전달함으로써 자신의 목소리를 듣지 않고서는 그 텍스트를 읽는 것이 불가능하도록, 다시 말해 독자로 하여금 자신이 읽었던 대로 읽을 수 있도록 하는 데 전력해야 한다는 것이다.[62]

끝으로 나는 각자 구분되는 독창적인 방법으로, 그러나 하나같이 모두 '작가 탐색'으로 들어가는 이들 비평가와 문학작가 '여섯 인물'[63]들이 그들도 모르는 사이에 어느 누구보다도 나에게 나만의 방식으로 독서하도록 부추겨 주었다는 사실을 개인적으로 말하고자 한다. 나는 이들에 대한 독서를 통하여, 우리 자신을 창작의 장으로 전적으로 끌어들이면서도 마치 작가가 없는 것처럼 텍스트들을 읽는 것이 가능하다는 것을 가장 확고하게 믿고, 주장하고, 철저하게 그 신념에 나 자신을 내걸었다.

3. 급진적인 형태: 텍스트분석

이제 나의 작업 방식의 예를 드는 때인 만큼, 나는 지체 없이 나의 입장을 소개해야겠다. 텍스트분석이라고 내가 명명한 것의 발생 과정을 들여다보기 위한 작업으로서, 단지 프루스트의 작품에 나타나는 한 꿈을 독서하면서[64] 내가 가졌던 그 결정적인 경험만을 환기시키기로 하겠다. 나의 독서는 정확히 두 단계에 걸쳐 진행되었다. 우선 나는 《스완의 사랑》에 비교적 가까운 맥락을 떠올림으로써 이 꿈의 표면적인 부조리들을 설명한 다음, 나 자신의 고유한 연상 작업에 의거하여 프로이트의 이론과 그 상징 체계에 의해 여과된 나의 언어와 나의 무의식이 서로 혼합된 상태에서 나에게 다가오는 그대로 이 꿈 이야기를 해석하였다. 나로서는 이러한 두 단계의 해독 작업이 상호 보완적인 것으로 인식되었고, 만족스러운 독서를 실행하기 위해 프루스트도 그의 작품의 총체도 내게는 필요 없는 것처럼 보였다. 그리고 여러 가지 다른 텍스트들에 대한 작업을 되풀이하면서 이러한 독서 형태를 체계화하는 일이[65] 나에게 남았을 뿐이었다.

왜냐하면 정확히 이것은 **텍스트의 독서**를, 그리고 오직 그것만을 제안하는 비평 태도를 문제삼기 때문이다. 물론 나는 문학에 대한 나머지 연구 작업도 필요한 것으로 생각한다. 모든 예술 작품은 어떤 장소에, 어떤 시기에, 어떤 문화에, 어떤 영혼에 뿌리박고 있다. 그것은 하나의 장르에, 하나의 이데올로기에, 하나의 언어에 속한다. 또한 그것은 사회적·철학적·미학적, 혹은 그밖의 다양한 차원을 가지고 있다. 그리고 작품을 이 모든 관점에서 고찰하는 것은 타당한 일이다. 이러한 작업을 중심적인 것으로 여기는가, 아니면 보완적 혹은 보조적인 것으로 여기는가 하는 점은 각자의 선택의 문제일 뿐이며, 어쨌든 작품은 그것의 무의식적인 기층에 관심을 갖는 **정신분석적인 시각의 도움을 받을 수 있다.** 나는 바로 이러한 시각을 분명하게 밝히고, 그 본질을 추출하고 강화시키려고 노력했다.

텍스트란 작자가 출판하는 그대로의 것을 말하며, 그것은 소설적 언표들의 방대한 총체를 가리키거나(《잃어버린 시간을 찾아서》) 한 편의 극작품, 혹은 하나의 모음집에 수록된 여러 단편들이나 시편들을 가리킬 수도 있다. 모든 텍스트는 그것을 자율적으로 존재하게 하는 구상과 집필에 있어서의 단일성을 갖고 있다. 즉 하나의 텍스트는 다른 모든 텍스트들과 무관하게 읽히도록 만들어졌다. 텍스트의 단일성은 조직적이어서 각각의 언표들이 갖는 의미와 자리, 그리고 형태는 그것이 다른 언표들과 함께 구성하는 전체와의 관계 속에서 결정되는데, 각 언표의 가치 또한 이에 따라 매겨진다. 일차적으로(설령 다른 접근 방법들은 여기에서 멈추지 않더라도) 우리는 각각의 텍스트를 **반드시** 그것의 개별성 속에서 읽어야 한다. 나는 보들레르를 읽는 것이 아니라 그 시를 읽는다.

따라서 텍스트분석은 하나의 텍스트에 대한 정신분석적인 독서이며, 그것은 모든 텍스트는 감지되고 묘사될 수 있는 무의식적인 힘들의 영향을 받는다는 첫번째 가정에서 출발한다. 텍스트분석은 "작가에 대해 작품 밖에서 알게 된 사실들을 참조하지 않고, 그의 다른 작품들이 우리에게 가져다 주는 것도 참조하지 않으며, 독자의 고삐 풀린, 어떤 식의 개인적인 특이 반응도 참조하지 않으면서 하나의 욕망의 담화를 재구성하는"(《텍스트의 무의식을 향하여》) 것으로 정의된다. (이러한 정의는 콜로가 평가하듯이 심리적 전기(傳記), 심리 비평, 그리고 애매한 인상주의에 대하여 '부정적으로' 우리의 방법을 위치시킨다.) 작가는 오직 텍스트의 한 요소일 때에만 그 존재가 고려되고, 다른 작품들도 오직 언급되거나 인용되거나 환기되었을 때에만 참조의 대상이 된다. 이때 작가는 등장 인물이나 화자와 다를 바 없으며, 도입된 텍스트들은 배경의 한 형태에 지나지 않는다. 다시 말해, 작가는 그 종이쪽에 불과한 등장 인물들이나 텍스트의 기능들과 문장들에 비해 전혀 그 위상이 다르지 않다. 독자에 대해 말하자면, 우리는 그가 독서하는 동안에 심층적으로 자신을 동원시킨다는 것을 알고 있다. 즉 독자는 텍스트로 하여금 의미 작용하게 함으로써 그 텍스트를 **함께-쓴다.**[66] 그러나 독자가 자신의 그 깊은 내면 속에서 아무리 자유롭게 표류하고 자기 마음대로 헛소리할 수 있다 하더라도, 그가 **비평가의** 역할을 떠맡고 자기 자신의 독서를 타인에게 전달한다고 주장하는 순간부터, 그에게는 자신의 머리에 떠오른 해석들을 정당하고 일관되며 수긍할 만한 것으로 만들 의무가 있다. **문학적인** 글쓰기가 타인

앞에서 강력한 제약을 받게 되며, 이것은 바로 독자에게 부과된다. 우리가 독서 속에서 하나의 텍스트 위에 적어넣는 담화를 타인 앞에서 책임지는 순간부터, 그 텍스트로 하여금 **아무거나 말하게 한다는** 것이 설령 가능하다 할지라도 결코 쉬운 일은 아니다. 훌륭한 비평가는, 어떤 방법의 비평에서든 자신의 작업을 통하여 텍스트의 진실을 밝혀 준다는 느낌을 나누어 갖게 한다. 그리고 이때 텍스트의 진실은 바로 그 텍스트의 **아름다움**이 된다.

어떻게 독서를 구체적으로 실행할 것인가? 우리는 텍스트에 귀기울인다. 우리는 시나리오가 단번에 우리에게 자백하지 않는 것에, 등장인물들이 말하지 않는 것에, 배경이 은폐하고 있는 것에, 수사학적인 문채(文彩)가 위장하고 있는 것에, 혹은 단어나 각운이나 소리가 중얼거리는 것에 귀기울인다. 이렇게 독자가 텍스트와 맺는 일종의 내통 관계는 '자가 전이(auto-transfert)'와 유사하다. 그리고 이 말은 분석가와 분석자 사이에 구분이 없다는 것을 의미한다. 우리는 이와 같은 텍스트와의 내밀한 관계 덕택으로 환상들과 심리 형성 단계들과 형상들이, 다시 말해 정신분석 이론에 의해 열거된 가능한 모든 심리 구성들이 독창적인 모습으로 나타나는 것을 조금씩 감지하거나, 혹은 우리 자체의 내부에서 그것들을 재창조한다. 즉 우리는 그것을 다시 체험한다. 요컨대 우리는 텍스트 속에서 우리 자신을 확인하는 것이 아니라, 텍스트를(텍스트의 무의식적인 역동성을) 그 자체로서 인정한다. 텍스트는 나에게 마술의 거울을 내민다. 나는 그 속에서 나의 모습이 아니라(의식에 의해 금지당하므로) 내가 장악하고 있는 그대로의 텍스트의 모습을 발견한다. 동시에 나는 그 속에 다른 많은 독자들이 또한 들어 있다는 사실을 알고 있다.

마지막으로 강조해야 할 점이 한 가지 있다. 즉 **텍스트분석은 대중의 동의 속에서 그 정당성을 찾는다**는 것이다. 이것은 비평가측에서 자신이 제공하는 분석에 설득력을 부여하기 위해 기울여야 할 노력을 암시한다. 왜냐하면 **비평가와 텍스트의 관계 속에 동원되는 무의**

식이 다시 비평가와 그의 독자 사이에서 '작용할' 것이기 때문이다. 이러한 무의식의 재작동이야말로 우리가 유일하게 요구할 수 있는 유효성을 인정할 수 있게 해준다. 진실의 승인이 바로 거기에 있는 것이다. 나의 독자에게 아무것도 일어나지 않는다면, 나는 나의 시간을 허비했고, 나의 독자에게도 시간 낭비만 초래한 것이 된다. 그러나 내가 계산된 기교로써 나의 독자를 설득했다는 것만으로는 충분치 않다. 더 나아가 그의 무의식까지 동원되어야 하며, 나의 독서에 대한 진술이 그의 내부로 연장되고 확산되어 그의 영혼 전체가 동요되어야 한다. 그러면 그의 영혼은 그 자신의 저항 자체를 통하여 이미지를 재정비하고, 헨리 제임스가 말하는 그 양탄자 속에 그 이미지를 다시 그릴 것이다. 진실된 것의 출현을 여기서 공식적으로 인정하는 것은, 결코 하나의 방정식으로 요약되는 결정적인 언표가 아니다. 그것은 쾌락을 수반하는 어떤 참여로부터 이루어지는 기나긴 해산(解産) 작업이다. 따라서 만약 내가 지금 텍스트분석의 기제의 중심에 독서의 무의식이라는 개념을 놓는다면, 문제의 독서가 텍스트뿐만 아니라 읽혀야 할 그 텍스트에 대한 분석에까지 이어진다는 것을 염두에 두어야 할 것이다. 해석한다는 것, 그것은 자신을 개입시키는 것이다. 자신을 빌려 주는 것이다.

ㄴ. 다른 독서 형태들

1970년 세대라고 부를 수 있을 것들(계속적인 발전을 했거나 그렇지 않은 경우도 있다) 다음에, 대칭적으로 1990년 세대라는 이름으로 다시 묶을 수 있을 비평가들의 영역이 조금씩 자리잡았다. 이 연도는 내가 지금부터 소개할 비평가들에 대한 지지층을 확고히 다지게 해준 저서들이 발표된 해로 평가된다. 그들의 태도는 다양하지만, 그들의 공통된 공식 전제는 작가-텍스트-독자의 삼자 가운데 첫번째 항목이 오직 부차적으로만 영향력을 가질 뿐이라는 것이다.

글로드와 '역-텍스트'

텍스트분석의 급진적인 입장에 대하여, 피에르 글로드는 자유주의 관점을 채택한다. 그는 자신의 책《역-텍스트》속에서 '텍스트의 정신 분석'(p.8)의 노선 속에 명백하게 자신을 위치시키는 한편, 심리 비평 속에서 그에게 소중하게 보이는 것을 보존하기 위한 방법을 모색한 다. 그에게는 "해석을 작가로부터 해방시킨다고 해서, 그 해석을 생 산한 자로부터 완전히 분리시키는 것을 의미하는 것은 아니다."(p.15) 그리고 이것은 어떻게 보면 자명하다고 할 수 있다. 그 다음 그는 "어 떤 특정의 텍스트에 집중하면서도, 경우에 따라서는 작품 전체가 제 공하는 연상보고(聯想寶庫) 속에서 착상을 얻어 오는 것을 허용함으 로써 그 텍스트의 무의식적인 작용을 연구하는 전개 방식"(p.16)을 내세운다. 왜냐하면, 그에 따르면 "독자의 연상 체계들과 작품이 그 에게 제공하는 것들 사이의 대조 과정을 통해 독자가 가정한 해석들 이 최소한의 객관화에 도달할 수 있는지, 그리고 희미하나마 확인(혹 은 공증)될 수 있는지의 여부가 결정되기"(p.22) 때문이다.

요컨대 "텍스트분석이 지나치게 배타적으로 기능하기 때문에" (p.17) 텍스트의 어떤 진실을 소홀히 할 위험으로부터 보호받기(안심 하기) 위해서는, 가능한 모든 징후들에 대해 개방적인 태도를 유지하 는 편이 더 낫다는 것이다. 이와 같은 통합적인 태도는, 앞서 우리가 모롱에 관해 지적했던 모든 위험성들에 대하여 신중하지 못하게 모 험을 걸고 있는데, 나는 글로드가 텍스트분석에 도움이 되는 발언을, 다시 말해 정서(情緒)에 대한 발언을 하지만 않았어도 구태여 그의 독서 과정에 이만큼의 중요성을 부여하지는 않을 것이다. 실제로 그 가 자신의 독서 행위를 명시하기 위해 선택한 단어를 어떻게 정당 화하고 있는가 하는 점을 살펴보자. 그의 독서는

"텍스트와 이것이 생산한 **역-텍스트** 사이의 끊임없는 상호적인 왕복 작업을(안 클랑시에가 이러한 경험에 대해 제한된 의미를 준 것에 반해,[67] 우리는 독서 주체에 관련되는 무의식적인 반응들의 총체를 가리킨다). 전제로 한다. 따라서 텍스트에 대한 주의 깊은 관찰은 [비평가에게] 가장 중요한 것이며, 독자 자신의 반응들[혹은 역-텍스트]에 대한 관찰 또한 마찬가지이다.

정서들은 작품 속에서 생겨나는, 그리고 독서의 주체가 진정으로 의식하지 못하는 사이에 받아들이는 억압된 충동의 징후이다." (피에르 글로드, 《역-텍스트. 문학의 정신분석 시론》, 툴루즈, éd. Ombres, 1990. p.20.)

나는 그가 정서를 고려하는 것에 대해 찬사를 보낸다. 나를 포함하여 일반적으로 비평가가 이 측면을 소홀히 하는 것은 잘못된 일이다. 어쨌든 나는 용어에 대해 사소한 지적을 하겠다. 텍스트는 모든 의미에서 하나의 텍스트이지만, '역-텍스트'는 어떤 경우에 있어서도, 은유를 통해서조차도 텍스트일 수 없다. 다시 말해, 그것은 마땅한 표현법이 없어서 고심하는 감정의 조각들이다. 'contre-texte(역-텍스트)'라는 말보다는, contre-mur(보조벽)이라는 말에서처럼 'contre'가 '이차'라는 의미와 '바로 옆에 기대어'라는 의미를 동시에 내포하는 '재-청취(contre-écoute)'라는 표현을 쓰는 것이 어쩌면 더 나았을지도 모르겠다……

그러나 이 비평가에게서는 정서와 작가가 짝을 이루는 것이 아닌가? 샤토브리앙이 신대륙을 여행했고, 그가 그 사실을 자신의 《아메리카 여행기》에서 이야기하고 있다는 이유로 피에르 글로드는 소설 《아탈라》한 작품에 전적으로 바쳐진 자신의 긴 연구서 《아탈라, 식인적 욕망》속에서 샤토브리앙을 환기시키고 있다. 그가 해설을 붙인 몇 개의 인용문과 함께 나이아가라 폭포 앞에 서 있는 이 망명작가를 소개한 데서 3페이지를 넘기면, 우리는 "그러한 추억들이 작품 《아탈라》속 어디에서도 찾아볼 수는 없지만, 그 폭포의 묘사에 실린 감동의 무게를 고려할 때 어떤 유사한 역할을 하는 것 같다[미시시피강에 대해서 말할 수 있는 비슷한 역할을 가리킨다]"(p.42)는 구절을 읽게 된다. 달리 표현하자면, 그 텍스트를 적시고 있는 정서들은, 오직 작가가 그것들을 현실 속에서 강도 있게 느꼈기 때문에 독자에 의해 명백하게 감지될 수 있다는 것이다. 이것은 글쓰기의 특수성에 거의 중요성을 두지 않는다는 것을 의미하지 않는가? 예술가는 어떤 감동을 상상할 수 있다. 또한 그의 재능의 징조는, 자신부터 포함하여 세상 모든 사람들에게 알려져 있지 않은 정서적인 움직임들을 대중에게 공감하도록, 그리고 특히 그러한 것들을 대중에게 발견하도록 하는 데에 있다고까지 말할 수 있다.

어쨌든 텍스트분석이 주관성의 치명적인 범람으로 치닫는 것은 아닐까(p.18) 우려한 다음——물론 이것은 아무런 보호책이 없을 경우이다——자신의 책 《역-텍스트》의 도입 부분을 일종의 내밀담처럼 결론짓는 이 비평가의 방식은 우리에게 꽤나 깊은 인상을 심어 준다. 그에 따르면, 이 책에 실린 연구들은

"다양성의 기준에 의해 선정되었다. [……] 그러나 이 모음집 전체를 다시 읽는 동안 갑자기 하나의 단일성이 문득 발견되었다. 그것은 불안하면서도 현혹적인, 일련의 어머니의 **원상**(原象; imago)들이 구성하는 일관된 결정체이다. 어머니의 다양한 형상들 주위에 유기적으로 연결되는 무의식적인 형성물들——여성 스핑크스, 고르곤, 에우리디케의 여러 변형들, 니오베 혹은 아트로포스——에 대한 탐구는, 이 연구들에게 너무도 명백한 일관성을 부여한다. 이와 같은 굴성(屈性)은 하나의 징후이다. 다시 말해, 그것은 오(誤)-독(讀)(dé-lire)[68]의 지점을 표시하는 동시에 의미를 창출하고, 이 책의 작가에게 고찰해야 할 재료를 제공한다."(*ibid.*)

이제 우리는 그 비평가 스스로가 의식하고 있고, 그가 처음부터 우리에게 진솔하게 예고하는 모성적 인물과의 특수한 관계에 대해 개방적인 태도를 보이면서 그의 해석들을 읽도록 요청받고 있다. 그 '불안하면서도 현혹적인' 분위기에 많게 혹은 적게 사로잡히게끔 각자가 선택할 것이다. (선택이 정말 가능하다면 말이다.)

위세와 '문학적 임상(臨床)'

장-샤를 위세는 중세 문학을 전공했다. 그는 자신의 전공과 관련하여 1990년 우리의 관심을 끄는 두 권의 저서를 출판했다. 그것은 《중세 문학과 정신분석. 문학적 임상을 위하여》, 그리고 《트리스탄과 피의 글쓰기》이다. 첫번째 책은 대중들에게 잘 알려지지 않은 만큼이나 독특한 자료에서 출발한 독창적인 독서 과정을 실례로서 보여 준다. 두번째 책은 세계 문학에서 가장 유명한 사랑 이야기들 가운데 하나인 트리스탄과 이졸데의 이야기를 다시 가로지른다. 두번째 책의 특징은, 앞의 책과는 반대로 비평가 자신의 입장을 다른 것들과 확연히 구분시킨다는 점이다.

단번에 위세는 심리 비평과 텍스트분석으로부터 등을 돌린다. 그의 관찰에 따르면, 중세는 작가가 누구인지 모를(작가는 종종 알려져 있지 않고, 어쨌든 '음유 시인(jongleur)' [69]은 한 집단의 목소리를 대변했기 때문에 거의 개인화되지 않았다) 뿐 아니라, 텍스트조차(사본들만이 남아서 여러 판본을 제공하는데, 때때로 이들은 상당히 다른 내용을 담고 있다. 뿐만 아니라, 창작은 이미 존재하는 주제들을 재조립하거나 다시 손질하는 정도에 지나지 않는다) 없다. 좀더 광범위하게, 그는 이러한 중세 문학을 마치 예술 작품인 양 부당하게 취급하면서 프로이트의 이론을 '적용' 할 수 있다는 입장을 거부한다. 왜냐하면 예술 작품 속에서, 우리는 오직 자신을 비추어 보려고만 할 것이기 때문이다. 그의 입장은 분명하다. "정신분석은 자기 중심적으로 그 이론적인 개념들의 합당성을 주시하도록 소환된 것이 아니라, 중세 문학에 대한 지식을 털어 놓도록 요청된다."(《트리스탄》, p.7) 그리고 이 문학에 대한 지식은 바로 이 문학의 지식이라는 사실이 밝혀질 것이다. 즉 이것은 중세 문학이 소유하고 있는 지식을 가리키며, 정신분석이 우리에게 이 지식에 대한 접근을 가능케 한다는 것이다.

이 비평가가 보기에 중세의 텍스트들은 굉장한 특권을 누리고 있다. 그것들은 (궁정풍의) 사랑과 (일대일의) 결투라는 두 가지 지평 사이에 사로잡힌, 아무 걱정 없는 한가한 사람들로 구성된 예외적인 사회의 산물이다. 기사들과 우아한 부인들은 아직 제대로 정착되지 않은 언어를 말하며, 이 언어는 우리들의 언어가 더 이상 허락하지 않는 효과들을 가능케 한다.[70] 한편 그들은 각자에게 중요한 진실들을 (서로 숨기면서) 상대에게 말하기 위해 시와 이야기가 혼합된 이 형태 외에 다른 수단을 가지고 있지 않았다. 그 진실들은 우리의 본성에 괴로움을 주는, 그리고 문화가 채우려고 애쓰는 그 균열들에 관련된다——그들의 문학이 우리에게 전달하는 지식이 바로 이런 것이다.

예를 들어 궁정에서의 **섬세한 사랑**(fin'amor)에 따른 성관계는, 두 성(性) 사이에서 뿐 아니라 각각의 성(性) 내부에서도 분할로서 체험된다. 금발의 이졸데는 마르크 왕과 트리스탄 사이에서 둘로 나뉘고, 트리스탄 자신도 이졸데 여왕과 그녀와 같은 이름을 가진 아내, 하얀 손의 이졸데 사이에서 갈라진다. 여자는 나뉘고, 남자는 실제로 '잘린다.' (《문학적 임상》, p.56-63) 위셰는 성행위 · 근친 상간 · 거짓말 · 거울 · 허구와 같은 다른 수수께끼들도 검토하는데, 이들은 상당히 폐쇄적인 문화 생활의 한가운데에 존재했으며, 지금도 여전히 우리들을 괴롭히고 있는 것들이다.

중세 시대에는, 오늘날의 정신분석적인 이론화 작업이 갖는 위치를 거의 문학이 차지했다는 것이 그의 기본적인 생각이다. 그 결과,

"문학의 영역과 정신분석의 영역의 구조적인 상동성은 응용 정신분석에 '문학적 임상'을 대체시키는 것을 가능케 한다. [……] '비평'에서 문학적 '임상'으로의 이동은 [……] 중세 문학과 정신분석의 교차점을 고통의 중심에 위치시키려는 노력의 과정을 특징짓는 것이다. 임상은 우리를 정신분석의 현장으로, 다시 말해 증상을 겉으로 드러내고 말을 금지하는(inter-dit)[71] 그 고통에 귀기울이는 현장으로 우리를 데려온다."(p.22; 필자의 강조)

이 비평가는 사려 깊은 임상가로서 자기 자신을 분석하는 텍스트의 대변자가 되며, 이것은 그의 무의식이 기호들과 혼합된다는 조건에서이다. "중세 텍스트의 수수께끼는 그것을 해석하는 자 쪽에 위치한다. 텍스트 속에서 수수께끼를 찾는 일은 그것을 놓치는 것이나 마찬가지이다."(p.25) 우리가 하는 일이 정확히 자가 분석은 아니다. 그러나 우리의 존재 자체가 우리 자신에게는 바로 질문들이며, 우리는 그 질문들로부터 우리 자신을 해방시키려는 시도로서 타인의 말을 만나러 나아가는 것이다.

정신분석가의 상담실에서 표현되는 고통들과 유사한 어떤 것에 대한 무언의 고백으로서 하나의 문학적 자료를 다루겠다는 것은 우리의 관심을 끌 만한 가치가 있는 생각이다. 사실 이러한 독서들은 우리를 사로잡을 수 있는 확실한 힘을 가지고 있다. 그럼에도 불구하고 여전히 한 가지 질문은 남아 있다. 즉 이 모든 것이 중세 문학과는 아주 잘 들어맞지만, 이러한 자료들을 벗어날 때에는 어떠한가 하는 것이다. 어쨌든 이 비평가가 거의 자전적인 성격의 한 현대 작품 속에서 화자의 가족 소설을 듣는 데 열중할 때,[72] 그의 작업은 섬세한 만큼 설득력 있는 것으로서 텍스트의 정신분석을 선호하는 다른 비평가들의 작업과 아주 닮았다.

바야르와 '정신분석에 적용된 문학'

장-샤를 위세는 약간은 선동적으로 이렇게 쓴다. "정신분석이 문학에 적용되는 것이 문학을 통해 정신분석의 비밀들을 누설하거나 그 개념들의 성능을 인정하도록 하기 위해서라면, 그것은 더 이상 정신분석이 아니다. 문학은 정신분석이 새로운 가치를 얻을 수 있는 원천으로서, 지속적으로 재생산되면서 개념들을 정밀하게 다듬을 수 있도록 한다."(《문학적 임상》, p.21) 이 입장은 라캉을 참조한 데에서 파생된 부대 효과에 불과한 것인데, 피에르 바야르에게 이르러서는 이것이 체계화된 면모를 갖추며 진정한 연구 프로그램으로 발전한다. 이것은 텍스트에 접근하는 양식(樣式)의 문제가 아니며, 방법의 문제는 더더욱 아니다. 그것은 좀더 폭넓은 다른 차원에서 설정된 이해의 노력에 관한 것이다. '정신분석에 적용된 문학'이라는 표현 속에서, 정신분석이란 말은 프로이트에게서 쓰였던 본래의 의미를 갖는다. 즉 그것은 '정신 기제들의 분해'라는 뜻이다. 그러나 그것은 프로이트의 모델(무의식)을 가능한 공식들 가운데 하나로서 포괄하면서, 동시에 다른 심리 모델들이 일반적으로 승인된 합리성의 바깥에서 작용한다면 얼마든지 그것들을 수용하거나 이해할 태세에 있다. 바야르는 역설의 기치 아래에서 작업한다. 이렇게 그는 프로이트가 처음 그러했듯이, 이 분야에서 **교조적 이론**에 맞선다.[73]

어떤 의미에서는, 프로이트가 소포클레스의 비극을 읽으면서 오이디푸스 콤플렉스를 발견하던 순간에 그저 막연하게 예감될 뿐이던, 막 탄생하려던 정신분석이라는 유령에 '문학을 적용'한 것 외에 무슨 다른 일을 했던가? 마찬가지로 우리는 분석적인 개념들을 시간의 흐름과 함께 형성되어 온 상태 그대로 어떤 새로운 텍스트에 적용함으로써, 하나의 독창적인 무의식의 구성을 드러낼 때마다 그 개념들을 더욱 풍부하게 하고, 지금까지 통찰되지 않던 것들을 그들에게 가져다 줄 수 있는 가능성을 새롭게 열지 않는가? 이때 그 개념은 새로운 것을 통찰하게 하는 기회인 동시에 그것의 수혜자인 것이다. 이러한 유형의 해석 틀은 기억력을 가질 수 있다. 이러한 개념적 틀은 구획해야 할 새로운 소재에 적절하게 적응한다. 그리고 우리가 그것을 다시 떼낼 때면, 그것은 원래 모양을 정확하게 되찾지 못한다. 인문과학의 분야들이 사용하는 모든 관찰 수단들이 바로 이러하다. 매번의 사용은 그 분야의 역사에 추가되고, 따라서 그 분야를 수정한다.

이러한 '응용 문학'은 그 최초의 경험을 발판삼아 극단으로 나아간다. 바야르는 이렇게 강조한다.

"프로이트를 원용하는 비평의 진실은 스스로 작품의 진실이라고 주장할 수 없을 것이다. [……] 연구되어야 할 것은 텍스트의 진실이 아니다. 아무리 그 진실이 다양한 형태를 띠고 있다 하더라도, 우리가 찾아야 할 것은 오히려 **이론의 오류**를 폭로하는 순간들이다. 치료에서나 텍스트의 정신분석에서나, 관심은 이론이 기능하는(그것은 언제나 너무도 잘 맞아떨어진다) 순간들로부터 생기는 것이 아니다. 그것은 이론이 기능하지 않는 곳에서, 작품과의 만남이 **탈-이론화**의 기회가 되는 그곳에서 생성된다. 거기서 독서의 주체는 텍스트들의 교차와 지식의 파손을 경험하면서 더욱 정당하게 자기 자신을 쓰려고 시도할 수 있다. [……결국] 불가해(不可解)의 가치들을 복원해야 한다." (피에르 바야르, 〈해석에서 몰이해까지. 텍스트분석과 화용론〉, 《씌어진 육체》 23호, 1987년 9월, p.89-90.)

실례로 그는 프로이디즘의 이론 체계에 몇몇 수정을 가져오는 것부터 시작한다.[74] 이리하여 그는 로맹 가리의 《새벽의 약속》을 읽으면서, 프로이트의 그 유명한 가족 소설에 대응하는 것이 있음을 발견했다. 그는 그러한 정반대의 형태를 '부모의 소설'이라 명명하였으며, 경우에 따라서는 '어머니의 소설'이라고까지 불렀다. 즉 아이가 자신의 탄생 조건들을 다시 쓰는 경우와 달리, 여기서는 로맹 가리의 어머니가 아들의 장래를 환상을 통하여 예견하고, 그 아들은 무의식적으로 규정된 운명의 깊은 영향을 받지 않을 수 없다는 것이다.(《그는 두 번 로맹 가리였다》, p.30-33)

그 다음 피에르 바야르는 《위험한 정사(情事)》에 관한 연구 속에서 '무의식의 수사학'의 한 단면을 연구하는데, 그것의 정교한 특성은 그러한 수사(修辭)를 구사하는 주체가 자신의 수사에 의해 배반당한다는 것이다. 예를 들어 발몽이 투르벨 부인에게 "당신을 사랑합니다"라고 선언할 때, 그는 그녀를 유혹할 목적으로 그녀에게 거짓말한다고 믿는다. 그러나 후에 그는 자신도 모르던 진실을 썼다는 것을 알게 되며, 그 자신이 치명적인 열정의 함정에 빠졌다는 사실을 깨닫게 될 것이다. 이것은 변태와 제어 충동의 새로운 양상들에 대해 고찰하는 계기를 마련했다.(《거짓말쟁이의 역설. 라클로에 관하여》, 1993)

이후에 그는 《프로이트 직전의 모파상》(1994) 속에서 좀더 멀리 나아가, 《르 오를라》의 작가를 프로이트의 라이벌로 놓는다. 그는 이 소설가가 사상가였다면 인간의 영혼에 대해 어떤 이론을 세웠을 것인가라는 질문을 던지면서, 이에 답하려고 노력한다. 그는 특히 그 상상의 이론을 이루는 중심축들이 성(性)보다는 동일성이었을 것이며, 신경증 대신에 정신병이었을 것이라고 지적한다. 말하자면 '너무도 의식적인 것'이 무의식의 자리를 차지했을(여기서는 단순히 '타자'라고 불린다) 것이며, 그것 또한 "차이에 대한 끔찍한 감정을 주었을" 것이라는 이야기다.(p.27)[75]

요컨대 그는 프로이트를 뒤이어 문학이 이론의 거름이라는 것과, 비평이 해야 할 일들 가운데 하나가 싹트기만을 기다리는 씨앗들에게 물 주는 것이라는 점을 보여 줌으로써 이론의 햇볕 아래 문학을 노출시킨다. 그 결과로서 비평은 알려지지 않은, 그리고 종종 시사적(示唆的)인 많은 해석들을 한순간 우리에게 가져다 준다. 우리들 각자가 귀기울이면서 책 읽는 동안, 우리 자신도 미처 알지 못하는 사이에 때로는 일반화될 가치가 있는 개인적인 이론화 작업들을 은밀하게 시도한다는 생각은 고무적이다.

　위에서 살펴본 세 독서 행위들은 하나의 단순한 고유명사 이상으로 그것들을 생각하도록 해주는 하나의 라벨을 가지고 있다. 그러나 정신분석적 독서의 현장에는 비정규군이라 불릴 수 있는 꽤 많은 비평가들이 있다. 이들은 어떤 모델을 지어내지 않고, 여하튼 어떤 방법이나 이론적인 관심을 표명하지 않고 자신의 무의식에 귀기울이면서 중요한 텍스트들[76]을 읽는 데 즐거움을 느끼는 자들[77]이다. 우리가 언급할 기회를 가졌던 비평서들 외에도, 이 장(章)에 관련된 참고문헌 목록에서 잘 알려진 텍스트들에 대한 열두 권의 고무적인 비평서들[78]을 발견할 수 있을 것이다. 이들 중 거의 대부분은 최근에 나를 포함한 몇몇 사람들이 만나서 정신분석적인 독서를 겨냥한 뚜렷한 의도를 가지고 구상한 총서(叢書), 〈Le Texte rêve; 텍스트는 꿈꾼다〉(PUF출판사)에 출판된 것들이다.

실례: 보들레르의 한 쌍의 텍스트

1. 예비 고찰

모범적인 예라는 것은 없다. 그러니 나는 예를 하나 제시함으로써 나쁜 전례를 남기는 위험스런 일을 범하고 있는 셈이다. 예를 제공받는 자가 자칫 예라는 말의 이중적인 가치나 그 이중적인 기능의 희생물이 되어, **검토해야 할 견본**으로 제시된 것을 **모방해야 할 이상적인 것**으로 오해할 수 있기 때문이다. 그런데 어떤 대가를 치르고서도 모방하겠다는 의지는 반복으로 이어지며, 통제되지 않은 기계적인 동작으로, 다시 말해 실패로 귀착되기 마련이다. 우리는 하나의 과정을 자신의 것으로 삼아야 하며, 이를 위해서는 문자가 아니라 정신을 이해해야 한다.

지금부터 우리가 수행하게 될 독서의 대상은 단순하지 않은 만큼 표본이 될 만한 것으로 보인다. 먼저 여기서 우리가 지금부터 '텍스트'라고 부르게 될 것은, 사실 두 편의 시로 구성된다. 또한 우리는 이 시작품들의 여러 이본(異本)들을 가지고 있는데, 이들은 우리에게 많은 시사적인 자료들을 제공한다. 그리고 이러한 자료들 중에 어떤 것들은 보들레르의 전기(傳記)에 속한다. 달리 말하자면 우리는 이들로부터 많은 이점들을 누리게 되겠지만, 이러한 이점들은 우리에게 그만큼 함정이 될 수도 있을 것이다.

a) 동시에 두 개의 텍스트를 독서의 대상으로 삼는다는 것은, 언뜻 보기에 우리가 애초에 한 번에 하나의 작품만을 읽는 것을 원칙으로

내세웠던 입장을 위반하는 것처럼 보인다. 그러나 공통된 제목이나, 그 주제의 유사성으로 말미암아 우리는 이 한 쌍의 시를 하나의 이 중주곡처럼 간주하게 된다. 게다가 프로이트에 따르면, 같은 밤에 꾼 두 개의 꿈은 같은 꿈의 두 순간들로 보아야 하고, 따라서 그런 식으로 해석해야 한다. 문학 작품에 대해서도 마찬가지로 말할 수 있을 것이다. 즉 이 두 편의 시의 경우에 있어서, 두번째 작품은 첫번째의 것을 연장하고 완성한다는 것이다.

b) 전(前)-텍스트[79]의 이본들과 이에 관련된 여타 자료들은 귀중한 것을 제공한다. 우리는 이들 속에서 작가가 망설이던 순간들을 만나 게 되는데, 이러한 것들은 치료가 진행되는 도중에 의혹스럽게(예측할 수는 없지만 뭔가 의미심장하게) 느껴지는 점을 명확히 해주는 연상들이나, 그것의 정확한 표현을 찾아 여러 차례 시도되는 반복적인 노력들과 동등한 가치를 지닌다. 우리는 이와 같은 별도의 첨부 자료들이 텍스트에 속한다고 말할 수 있다——별첨과 소속의 이중성은 역설이기보다 '전치'의 효과인데, 우리는 이러한 별첨 자료들을 원칙적으로 배제해서는 안 된다.

c) 여기서 우리는 심리적 전기 비평을 하려는 것이 아니다. 우리는 보들레르의 무의식을 밝히는 것을 목적으로 하지도 않으려니와, **텍스트의 공간 바깥으로** 정보를 찾아나서지도 않을 것이다. 작가는 자신의 텍스트로부터 얻어질 뿐 외부로부터 도입되지는 않을 것이다. 작가 자신의 리얼리티로 우리를 인도하는 것은 텍스트에 내재하는 바로 그 자신이다. 우리는 텍스트의 환상이 지니는 심리적 진실과, 작가의 삶의 역사적인 사실들 사이에 어떤 관계를 맺으려고 애쓰지 않을 것이다. 그리고 이러한 대수롭지 않은 보조적인 지식이 단지 미미한 의미만을 추가할 뿐이라는 점을 확인하게 될 것이다.

이 두 편의 시에 대한 정신분석적인 독서의 주된 목적이 존재해야 할 곳은 바로 텍스트 속에서 실현되는 무의식적인 작업이며, 비평가의 독서는 다른 독자들이 그 텍스트를 만날 수 있도록 그 텍스트 속에서의 무의식적인 작업을 밝혀내는 데 목적을 둔다는 것을 먼저 명백하게 일러두는 것이 좋을 듯하다. 이러한 입장에서 나는 독서의 여러 순간들을 **시각적으로 구별시키는** 것이 편리하겠다고 판단했다. 즉 **이본들을** 참조해야 할 때에는 이것들을 진하게 쓰고, 작가의 전기를 다루어야 하는 순간에는 다른 글씨체로 쓰거나 각주에서 (역시 다른 글씨로써) 환기시킬 것이다.

2. 텍스트들

[텍스트 A: 운문] 《악의 꽃》, 〈파리의 정경〉, 작품 95

저녁의 어슴푸레

여기 범죄자의 친구, 매혹적인 저녁이
공모자처럼, 늑대 걸음으로, 엉큼성큼 소리 없이 다가온다.
하늘은 커다란 침실처럼 천천히 닫히고,
참을성 없는 사나이는 맹수로 돌변한다.

5 오 저녁, 두 팔 거짓 없이 "오늘 우린 무던히
일했군!" 하고 말할 수 있는 자가
욕망하는 사랑스런 저녁——사나운 고통이
단숨에 삼켜 버리는 정신들, 이마가 무거워지는
집요한 학자며 침대로 돌아가는 허리 구부러진
10 노동자의 무거운 피로를 덜어 주는 저녁이다.
그 반면 대기 속엔 퇴폐적인 마귀들,
일 나가는 사람들처럼 부스스 잠 깨어
공중을 휘저으며 덧창과 차양을 두드린다.

바람에 시달리는 희미한 가스등 불빛들 사이로
15 매음은 거리마다 홍등(紅燈)을 밝히고,
개미총(塚)처럼 이리저리 구멍을 열고,
기습을 노리는 적군(敵軍)처럼
사방으로 비밀스런 통로를 헤쳐 나간다.
그것은 질척한 도시 한복판에서 우글거린다,
20 인간의 먹거리를 가로채는 벌레처럼.
여기저기 끓는 냄비들 훅훅 김 내뿜는 소리, 극장의 날카로운
괴성과 교향악단 코고는 듯한 소리 들려 오는구나.
도박이 더없는 환락이 되는 주막의 식탁들은
똥갈보와 그네들의 한패거리 사기꾼들로 꽉 차고,
25 또한 쉼없는 도둑들, 가차없이
곧 그들의 밤일을 시작하겠지.
며칠 먹고 정부(情婦)들 옷 사주려
문과 금고들을 숨죽여 부수겠지.

너의 내부로 침잠하라, 나의 영혼이여, 이 엄숙한 순간에,
30 그리고 이 으르렁거리는 소란에 귀를 틀어막아라.
지금은 병자들의 고통이 혹독해지는 때!
암울한 밤에 가위 눌려
이젠 그들, 자신의 운명을 마감하고 함께 구렁 속으로 함몰되려 하
니,
병원은 그들의 가쁜 숨결로 가득하구나——다시는
35 저녁 무렵, 난롯가 사랑하는 사람 곁으로
향기로운 수프를 찾아 돌아오지 못할 이, 한둘이 아니겠지.

그뿐인가, 그들 거의가 일찍이 가정의 따스함을
맛본 적 없고, 결코 삶답게 살아 본 적도 없거늘!

Le crépuscule du soir

Voici le soir charmant, ami du criminel;

Il vient comme un complice, à pas de loup; le ciel

Se ferme lentement comme une grande alcôve,

Et l'homme impatient se change en bête fauve.

5 Ô soir, aimable soir, désiré par celui

Dont les bras, sans mentir, peuvent dire: Aujourd'hui

Nous avons travaillé! ——C'est le soir qui soulage

Les esprits que dévore une douleur sauvage,

Le savant obstiné dont le front s'alourdit,

10 Et l'ouvrier courbé qui regagne son lit.

Cependant des démons malsains dans l'atmosphère

S'éveillent lourdement, comme des gens d'affaire,

Et cognent en volant les volets et l'auvent.

À travers les lueurs que tourmente le vent.

15 La Prostitution s'allume dans les rues;

Comme une fourmilière elle ouvre ses issues;

Partout elle se fraye un occulte chemin,

Ainsi que l'ennemi qui tente un coup de main;

Elle remue au sein de la cité de fange

20 Comme un ver qui dérobe à l'Homme ce qu'il mange.

On entend çà et là les cuisines siffler,

Les théâtres glapir, les orchestres ronfler;

Les tables d'hôte, dont le jeu fait les délices,

S'emplissent de catins et d'escrocs, leurs complices,

25 Et les voleurs, qui n'ont ni trêve ni merci,

Vont bientôt commencer leur travail, eux aussi,

Et forcer doucement les portes et les caisses

Pour vivre quelques jours et vêtir leurs maîtresses.

Recueille-toi, mon âme, en ce grave moment,

30 Et ferme ton oreille à ce rugissement.

C'est l'heure où les douleurs des malades s'aigrissent!

La sombre Nuit les prend à la gorge; ils finissent

Leur destinée et vont vers le gouffre commun;

L'hôpital se remplit de leurs soupirs. ——Plus d'un

35 Ne viendra plus chercher la soupe parfumée,

Au coin du feu, le soir, auprès d'une âme aimée.

Encore la plupart n'ont-ils jamais connu

La douceur du foyer et n'ont jamais vécu!

[텍스트 B: 산문시] 《파리의 우울》, 작품 22

저녁의 어슴푸레

날이 저문다. 하루의 노동으로 지친 초라한 영혼에 커다란 평온이 깃든다. 그리고 그들의 생각은 이제 온화하면서도 미묘한 석양의 색채를 띤다.

그러나 수많은 외침들이 불협화음을 구성하면서 하나의 커다란 울부짖음이 되어 산등성이로부터 나의 발코니까지 이른다. 그것은 공간을 가로지르며 음울한 하모니가 된다. 밀쳐 올라오는 조수(潮水)나 깨치는 폭풍우 같은 하모니.

저녁이 되어도 마음을 진정시키지 못하고, 부엉이처럼 밤의 도래를 광란의 마녀 축제의 신호로 생각하는 불운한 자들은 어떤 사람들인가? 이 음산한 울부짖음은 산등성이에 웅크린 음침한 요양원으로부터 우리의 귓전에 이른다. 저녁, 파이프를 입에 물고, 집들이 비쭉비쭉 늘어선 거대한 골짜기의 휴식을 관조하면서——그들의 창문 하나하나는 "여기에 지금 평화가 있습니다. 이곳에 가족의 즐거움이 있습니다!"라고 말하는 듯하다——나는, 저 산 위에서 바람이 불어 올 때, 지옥의 하모니를 흉내낸 이 울음소리에 놀란 나의 생각을 고이 흔들어 달랠 수 있다.

황혼은 미치광이들을 흥분시킨다——나는 황혼이 되면 완전히 미쳐 버리는 두 친구를 기억하고 있다. 그 중 한 친구는 황혼이 되면 우의나 예절의 모든 관계를 무시하고, 야만인처럼 아무나 처음 부딪히는 사람을 가혹하게 대하곤 했다. 그가 한 번은 집사장(執事長)의 머리에 아주 맛있는 닭고기 한 마리를 내던지는 것을 본 적이 있다. 그 닭 속에서 그는 뭔지 모를 어떤 모욕적인 상형 문자를 본다고 생각했던 게다. 오묘한 관능의 예고자인 저녁이 그 친구의 가장 진미로운 음식을 맛보는 즐거움조차 망치는 것이었다.

다른 친구는 상처입은 야심가였는데, 해가 지면서 더욱 신랄해지고 더욱 우울해지고 더욱 짓궂어졌다. 낮에는 관대하고 사교적이던 그가 저녁이 되면서 냉혹해지는 것이다. 그리고 그의 황혼의 광기는 단지 타인에게 뿐 아니라 자신에 대해서도 마찬가지로 격렬하게 발작을 일으켰다. 첫번째 친구는 자신의 아내와 자식조차 알아보지 못할 정도로 미쳐 죽었고, 두번째 친구는 죽을 때까지 어떤 알지 못할 거북함 때문에 불안감을 가슴에 품고 있었다. 내 생각에 모든 공화국과 모든 왕자들이 가능한 모든 영광스런 예우를 그에게 베푼다 해도, 황혼은 상상의 훈장들에 대한 불타는 욕망으로 그를 달아오르게 했을 것이다. 밤은 그들 정신에 어둠을 깔았지만, 나의 영혼에는 빛을 내린다. 같은 원인이 두 개의 반대되는 효과를 낳는 것을 보는 일이 드물지는 않지만, 이 일은 언제나 나에게 위기가 곧 닥칠 것만 같은 불안감과 묘한 의혹스러움을 느끼게 한다.

오 밤이여! 청량한 어둠이여! 그대는 나에게 내면의 축제를 알리는 신호요, 번민으로부터의 해방이오! 그대는 평원의 고독 속에서, 어느 수도(首都)의 포석(布石) 깔린 미로 속에서 벌어지는 별들의 반짝임, 초롱불들의 폭발. 그대는 자유 여신의 불꽃놀이요.

황혼, 그대는 이토록 부드럽고 온화하여라! 승리에 찬, 밤의 압도 아래 태양이 숨져 가듯 지평선에는 아직 힘 없이 끌리는 장밋빛 자락, 석양의 최후의 영광 위에 불투명한 붉은 색채로 얼룩지는 가로등 불 꽃들, 보이지 않는 손이 오리엔트의 오지(奧地)로부터 끌어당기는 무 거운 장막, 이 모든 황혼의 정경은 인생의 엄숙한 시간에 인간의 가슴 속에서 갈등하는 복잡한 감정들을 모방한다.

무희들의 기묘한 의상에 또한 비유할 수 있으리라. 캄캄한 투명 베 일 너머로 눈부시게 화려한 치마의 찬란함이 어렴풋이 엿보이는 듯하 구나, 마치 검은색의 현재 아래에서 감미로운 과거가 꿰뚫고 올라오 듯이. 치마에 흩뿌려진, 금빛 은빛으로 너울거리는 별들은 밤의 깊은 초상(初喪) 아래에서만 불 밝히는 기묘한 상상의 불꽃들을 떠올리게 한다.

Le crépuscule du soir

Le jour tombe. Un grand apaisement se fait dans les pauvres esprits fatigués du labeur de la journée; et leurs pensées prennent maintenant les couleurs tendres et indécises du crépuscule.

Cependant du haut de la montagne arrive à mon balcon, à travers les nues transparentes du soir, un grand hurlement, composé d'une foule de cris discordants, que l'espace transforme en une lugubre harmonie, comme celle de la marée qui monte ou d'une tempête qui s'éveille.

Quels sont les infortunés que le soir ne calme pas, et qui prennent, comme les hiboux, la venue de la nuit pour un signal de sabbat? Cette sinistre ululation nous arrive du noir hospice perché sur la montagne; et, le soir, en fumant et en contemplant le repos de l'immense vallée, hérissée de maisons dont chaque fenêtre dit: "C'est ici la paix maintenant; c'est ici la joie de la famille!" je puis, quand le vent souffle de là-haut, bercer ma pensée tonnée à cette imitation des harmonies de l'enfer.

Le crépuscule excite les fous. ——Je me souviens que j'ai eu deux amis que le crépuscule rendait tout malades. L'un méconnaissait alors tous les rapports d'amitié et de politesse, et maltraitait, comme un sauvage, le premier venu. Je l'ai vu jeter à la tête d'un maître d'hôtel un excellent poulet, dans lequel il croyait voir je ne sais quel insultant hiéroglyphe. Le soir, précurseur des voluptés profondes, lui gâtait les choses les plus succulentes.

L'autre, un ambitieux blessé, devenait, à mesure que le jour baissait, plus aigre, plus sombre, plus taquin. Indulgent et sociable encore pendant la journée, il était impitoyable le soir; et ce n'était pas seulement sur autrui, mais aussi sur lui-même, que s'exerçait rageusement sa manie crépusculeuse.

Le premier est mort fou, incapable de reconnaître sa femme et son enfant; le second porte en lui l'inquiétude d'un malaise perpétuel, et fût-il gratifié de tous les honneurs que peuvent conférer les républiques et les princes, je crois que le crépuscule allumerait encore en lui la brûlante envie de distinctions imaginaires. La nuit, qui mettait ses ténèbres dans leur esprit, fait la lumière dans le mien; et, bien qu'il ne soit pas rare de voir la même cause engendrer deux effets contraires, j'en suis toujours comme intrigué et alarmé.

Ô Nuit! ô rafraîchissantes ténèbres! vous êtes pour moi le signal d'une fête intérieure, vous êtes la délivrance d'une angoisse! Dans la solitude des plaines, dans les labyrinthes pierreux d'une capitale, scintillement des étoiles, explosions des lanternes, vous êtes le feu d'artifice de la déesse Liberté.

Crépuscule, comme vous êtes doux et tendre! Les lueurs roses qui traînent encore à l'horizon comme l'agonie du jour sous l'oppression victorieuse de sa nuit, les feux des candélabres qui font des taches d'un rouge opaque sur les dernières gloires du couchant, les lourdes draperies qu'une main invisible attire des profondeurs de l'Orient, imitent tous les sentiments compliqués qui luttent dans le cœur de l'homme aux heures solennelles de la vie.

On dirait encore une de ces robes étranges de danseuses, où une gaze transparente et sombre laisse entrevoir les splendeurs amorties d'une jupe éclatante, comme sous le noir présent transperce le délicieux passé; et les étoiles vacillantes d'or et d'argent, dont elle est semée, représentent ces feux de la fantaisie qui ne s'allument bien que sous le deuil profond de la Nuit.

3. 개괄적인 독서

모든 해석은 하나의 핵심을 가지고 있다. 그렇다고 해서 우리의 독서에서 가장 중요한 것이 하나의 핵심적인 공식을, 다시 말해 일종의 방정식을 제공하는 데 있지는 않다. 우리의 임무는 텍스트의 여러 지점에서 표출되는 무의식의 동요들을 느끼는(느끼게 하는) 데에 있다. 독서를 통하여 우리가 명백하게 들추어 내게 될 핵심 환상은 단지 하나의 지표가 될 뿐이다. 우리는 독서를 시작하면서 곧바로 그 핵심을 말하거나, 아니면 불확정의 상태에서 진행되는 논증 작업을 거치면서 그것을 조금씩 드러내고 강조할 수도 있는데, 이것은 순전히 선택해야 할 전략적인 사항일 뿐이다. 현재의 경우, 나는 두번째 방식을 택하겠다.

우리의 텍스트가 **표면적으로** 다루고 있는 **일반적인 주제들**은, 짐작할 만한 무의식적인 내용을 그리 선명하게 보여 주지는 않는다. 이 두 시 작품들은 밤이 되는 순간이 일으키는 효과에 대해 말하고 있다. 즉 황혼은 범죄의 순간이며(운문), 광기의 순간[80]이라는(산문) 것이다. 이 두 작품들로부터 두 가지 질문을 예상할 수 있다. 범죄자들이나 마귀들이 일탈적인 성향에 자유롭게 자신을 내맡기는 이 시간은 무엇을 의미하는가? 그리고 해질 무렵이나 땅거미지는 순간에 정신병자들을 자극하고, 불안정한 정신들에게 착란을 일으키는 것은 무엇인가?

첫번째 질문에 대한 대답은, 대략 도둑들이 사랑 때문에, 다시 말해 애인인 창녀를 보석으로 치장해 주기 위해 분주하게 움직인다는 것이다. 두번째 질문에 대한 대답은, 모든 종류의 미치광이들은 다가오는 시간들이 더욱 가중된 고독의 무게를 그들에게 가져다 주기 때문에 그들의 정신적 혼란이 위험스럽게 심화되리라는 것을 경험을 통해 이미 알고 있다는 것이다. 그들은 자신의 존재의 어떤 진실이 자유롭게 표출되기 때문에 자신의 감정이나 기분이 돌변하는 것을 본다. 첫번째 인물은 자신의 측근들을 증오하고, 두번째 인물은 자기 자신을 증오한다. 이렇게 일반적인 생각들은 무의식을 향해 그리 멀리 나아가지 못한다. 그러나 이성이 조금이라도 침묵할 줄 안다면, 무의식은 즉시 목소리를 낼 것이다. 그러니 '근본적인 규칙'으로 되돌아오자. 독서가 진행되면서 불시에 나타나게 될 생각들에 대해 아무런 선입관 없이 귀기울이며 전적으로 자유롭게 연상하자는 뜻이다. 그러면 아마도 무언가 진실된 것이 빛을 볼 기회를 얻을 것이다.

4. 운문시

강간과 절도

첫번째 시를 처음부터 다시 읽으면서, 우리는 애정을 담고 있는 하나의 비유가 폭력이 스며든 두 개의 유사한 은유에 의해 둘러싸여 있다는 사실에 강한 인상을 받게 된다. **범죄자**[81] · **공모자** · **늑대**[82] · **맹수**라는 말들이 침실이라는 말을 둘러싸면서, 말하자면 모순된 분위기를 연출한다. 왜냐하면 **침실**[83]은 침대의 관념에 사랑의 유희를 나누기에 적당한 분위기를 덧붙이기 때문이다. 이 유희는 정확히 뭔지 모를 어떤 규범에 대한 금지와 위반의 색채를 띠는데, 여기에 동물적인 냄새가 덤으로 주어지고 있다.

바로 뒤이어 이러한 이중적인 주제를 연출하는 일련의 단어-이미지들이 다시 나타난다. 먼저 노동자들이 고된 일과(日課) 후에 휴식을 얻게 되는 시간과 장소는 모두 침대에 이어지고, 이것은 첫 손님에게 몸을 팔려는 여자들이 거리에 나서는 시간과 일치한다. 왜냐하면 **매춘**이라는 추상적인 단어가 좁은 골목길이나 막다른 골목의 그늘을 빈번하게 오가는 개미들의 우글거림 속에서 그 반향을 얻는 것처럼, 거리의 가스등에 불 밝히는 장면으로부터 또한 구체적인 반향을 얻기 때문이다. 그리고 인간이든 초자연적인 존재이든간에, 여러 종류의 악당들이 이 순간부터 배회하기 시작한다. 먼저 잠깨는 **마귀들**[84]이 있다. 그 다음 비밀리에 기습을 계획하는 적군이 도사리고 있다. 그에게는 위엄과 용맹이 결여되었다고 할 수 있다. 왜냐하면 아무리 정규군의 병사라 하더라도 **기습**을 꾀하는 자는 악당의 서열로 전락하기 때문이다. 마지막으로 보이지 않는 깊숙한 곳에서 꿈틀거리는 **벌레**의 이미지가 나타난다. 이것은 자신에게 할당된 죄악을 저지르는 동시에 '초혼(招魂)의 주술(呪術)'을 한바탕 벌이게 된다. 이에 대해서는 잠시 후에 좀더 자세히 살펴보기로 하겠다. 이렇듯 **도둑들**의 은밀한 작업은 그것의 최종 목적에 이르기까지 풍부하게 전개되고, **똥갈보**와 **그네들의 한패거리 사기꾼들**을 한데 모으는 파렴치한 짝짓기가 길게 이어져 완성되기에 이른다.

수상한 소리들

첫번째 연상고리는 매춘부와 도둑이 침대 위에서 만나는 장면으로 우리를 안내한다. 두번째 연상고리는 첫번째 연상고리와 얽히면서, 소란이라고까지는 할 수 없지만 어쨌든 텍스트 속에서 저녁 시간의 특징들로 제시되는 다양한 소리들을 환기시켜 준다. 이러한 연상들의 역설적인 측면을 강조하자. 일반적으로 심야의 강도질이 거리 여자들의 배회와 마찬가지로 조심스러움을 (적절하고 유익하기 때문에) 감내하는 한편, 황혼의 일상적인 광경은 하루의 일과로 지친 사람들 어깨 위로 내려앉는 평화를 떠올려 준다. 도입부에서 텍스트 자체도 침묵과 무기력·굼뜸·무거움을 내포하는 용어들 가운데에서 잠시 **사랑스런 저녁**이란 표현을 썼다. 그러나 이번에는 인간들을 타락시키는 데 악착스레 열중하는 마귀들의 죄악 때문에 여러 형태들의 소란들이, 말하자면 '귀청이 터지도록' 들려 온다. 그런데 시각적으로 벌어지는 일과는 달리, 우리에게는 청각을 괴롭히는 공격들을 모면할 수 있는 능력이 없다.

이러한 소란은 특히 암시적인 두 시행들로부터 시작되는데, 여기서 반복적인 청각 영상이 인상적이다.

공중을 휘저으며 덧창과 차양을 두드린다.

바람에 시달리는 희미한 가스등 불빛들 사이로.
Et cognent en volant les volets et l'auvent.
À travers les lueurs que tourmente le vent.

vo-/ov-의 소리의 연속은, 아이들이 폭풍을 흉내내거나 지하의 불안한 입김을 환기시키면서 내지르는 '부우(vouhouh)' 하는 소리를 떠올리게 한다. 이와 같은 환기는 **소란**(30행)[85]과 **가쁜 숨결**(34행)의 인상적인 만남으로 마무리된다. 이때 **가쁜 숨결**은, 이 단어가 환기시키는 청각적인 온화함에도 불구하고, **병원**의 입원실에서 죽어 가는 환자가 **가위에 눌린**(32행) 듯한 고통에 경련하며 내쉬는 단말마의 거친 숨결을 묘사한다.

이렇게 시작과 끝이 환기시키는 불길한 분위기 속에서 우리는 여러 가지 환락에 사로잡힌 도시의 혼란에 전율하게 된다. 그리고 그 환락을 환기시키는 소리의 반향 또한 무시할 수 없다.

여기저기 끓는 냄비들 혹혹 김 내뿜는 소리, 극장의 날카로운
괴성과 교향악단 코고는 듯한 소리 들려 오는구나.
On entend çà et là les cuisines siffler,
Les théâtres glapir, les orchestres ronfler.

동사들이 부인할 수 없는 어떤 불쾌감을 표현함으로써 무언가를 풍자하고 있다. 휴식을 가져오는 침묵이 환기되리라고 기대되던 배경에 중첩되어 나타나는 이와 같은 청각적인 특징들은 어떤 격렬한 감정의 움직임을 표현한다. 즉 청각이 포착한 것들을 증폭시키는 데 여념이 없는 우리의 영혼 속에서 만큼이나 외부 현실 속에서 효력을 발휘하는 어떤 격분한 감정 말이다. 자연의 맹금들의 야만성과(**두드리다, 괴성을 지르다, 혹혹 숨소리를 내뿜다, 으르렁거리다**), 그리고 위협받는 생명의 숨결의 음울한 메아리를(**가쁜 숨을 몰아쉬다**)[86] 혼합한

이 불협화음의 콘서트에서 열정의 혹은 충동의 격렬함을 느끼지 않을 수 없다.

버림, 박탈

이처럼 애매한 정신적·정서적 풍경은, 우리의 눈을 찌르는 듯한 어떤 강렬한 빛의 조명을 조금씩 받게 된다. 많은 경우가 그렇듯이 가장 결정적인 것은 마지막에 등장하는데, 이로써 생성된 효과는 앞선 장면들에 돌이켜 반향된다. 이 밤이 깊어 가는 사이에 죽게 될 자들의 특징을 떠올리기 위해, 이들이 상실하게 될 것에 대해 강조한다는 것은 그다지 독창적인 일이 아니다. 그러나 여기서 이들의 죽음을 에워싸고 있는 정서만큼은 독특한 성격을 띤다. 우선 다음의 구절을 읽어보자.

다시는

저녁 무렵, 난롯가 사랑하는 사람 곁으로
향기로운 수프를 찾아 돌아오지 못할 이, 한둘이 아니겠지.

Plus d'un

Ne viendra plus chercher la soupe parfumée,
Au coin du feu, le soir, auprès d'une âme aimée.

사랑하는 사람(âme aimée)에 각운(-mée, -메)으로 연결된 형용사 **향기로운**(parfumée)과 수프 접시 사이의 어색한 연결에 우리는 반응하지 않을 수 없다. 단어들의 충돌이 우리의 관심을 집중시키면서 그 효과를 한층 더하는 것이다. 그리고 이 단어들의 만남은 한 여인(영혼 이상으로 육체에까지) 곁으로 우리를 곧바로 데려간다. 왜냐하면 여기서 음식 냄새와 요리에 열중하는 사람(여인)의 체취가 담긴

향기를 즐겁게 맡으며 저녁 식사를 기다리는 자의 목소리는 분명 남자의 것이기 때문이다. 그리고 음식은 바로 요리하는 그 여인의 가치를 표현한다. 그 결과 여기서 그려지는 이미지는 단번에 젖을 빨리는 여인, 즉 어머니[87]를 상상하게 한다. 어떤 긴밀한 끈이 맛있는 음식과 사랑을 결합한다. 삶에 있어서 가장 필수적인 이들 두 가지 관능의 화합은 텍스트 속에서 **요리**와 **매춘**의 만남을 통하여 점차적으로 드러난다. 이것은 잠시 후에 '닭고기'에 관하여 이야기될 때 확인될 것이다.

연이어 이 시의 맨 끝에 분리되어 배치된 두 시행은, 이 감동의 순간을 마감하면서 황혼이 지는 시간에 저승으로 내몰리는 위독한 병자들이, 요컨대 **일찍이 가정의 따스함을 맛본 적 없고, 결코 삶답게 살아 본 적도 없는** 고아들이라는 사실을 우리에게 일깨워 준다.

어떻게 고아들의 처지를 우리의 독서 이면에 깔지 않을 수 있겠는가? 어떻게 이 불행한 자들이 애초부터 우리 모두와 마찬가지로, 병원에서의 완만한 죽음과도 같은 인간 실존을 경험했다고 느끼지 않을 수 있겠는가? 이 시는 느낌표와 함께 여리게 숨을 내쉬면서, 어머니의 존재가 결여된 공격적이고 냉혹한 세계를 통과하는 방황의 이미지들로 삶 전체를 요약하는 듯하다…….

이렇듯 우리의 감정은 갖고 싶은, 그러나 이제는 불가능해진 이 저녁 식사의 순간으로부터 음식이 등장했던 첫 장면으로 되돌아가게 된다. 이것은 바로 수프가 끓는 냄비에서 **훅훅 김 내뿜는** 소리가 들리던 **주방**의 광경인데, 우선 보기에는 약간 뜻밖으로 느껴질 수도 있다. 이 소리는 원기를 회복시켜 주는 맛있는 수프를 예상하게 하는 동시에 호기심을 자극할 수 있는, 숨가쁜 호흡이나 헐떡거림과 같은 소리를 연상시킨다. 게다가 이것은 바로 앞 시행(20행)과——이곳으로 되돌아올 것이라고 이미 예고한 바 있다——대조를 이룬다. 인간의 **먹거리를 가로채는 벌레**는 매춘을 특징짓는다. 이것은 상사병에 걸린, 욕망을 채우지 못한 사나이들의 피를 빨면서 가정을 파멸시키는, 극히 평범한 창녀의 이미지를 담고 있다. 인간을 뜻하는 단어 'l'Homme'를 대문자로 쓴 것은 이와 같은 일상적인 삶의 모습을 일반화하는 기능을 가지고 있으며, 이렇게 확증된 사실을 인류의 유한성을 표시하는 사회적·도덕적 법칙으로 만들기까지 한다. 인류를 구성하는 존재들의 절반(남성들)[88]에게 고통을 주는 약점들에 이 법칙을 한정시킨다면 말이다. 그러나 돌이켜보면 마지막 시행들에 대한 기억이 이 시행에 대한 독서에서 되살아날 때, 그리고 **똥갈보들과 사기꾼들** 사이의 결합 덕택으로 그 **벌레는 가로채는**, 그러니까 훔치는(더구나 과일 속의 벌레처럼 **도둑**이 이미 여기 등장하고 있다), 다시 말해 아이에게서 어머니의 젖을 교묘하게 가로채는 비특정의 어떤 인물이 된다. 따라서 이 인물은 아이로부터 오직 그가 삼키기만을 바라는 어머니의 전 존재를 앗아 가는 격이 된다.

일차적인 종합

이처럼 20행의 시구는 다음과 같이 옮겨질 수 있을 것 같다. 즉 누군가(아버지가) 나에게서(아이, 즉 일종의 '**반-남성**'), 나를 자신의 자궁 속에 지닌 다음 그 젖가슴을 나에게 주었던 어머니를 훔치고 있다는 것이다.[89] 그리고 이 절도(강간)는 견디기 힘든 소란 속에서 이루어진다. 우리가 말하려 했던 해석의 핵심은 바로 이런 것이며, 한 마디로 근원 장면 환상이라 할 수 있을 것이다.

달리 말하자면, 백일몽이나 꿈의 형태 속에서 숨어서 엿보는 부모의 정사 장면이 변형되어 재현되었다는 뜻이다. '근원'(독일어 Urszene의 접두사를 우리말로 옮긴 것이다)이라는 말을 통해 잘 알 수 있듯이, 이 장면은 아이가 잉태되던 장면을 가리키는 것으로서 성에 대한 아이의 호기심을 만족시켜 주는 것이기는 하지만, 우선적으로 어머니의 배신을 알리는 것을 목적으로 한다. 말하자면 '어머니가 나만을 사랑한다고 믿었는데 저렇게 다른 남자와 있다니!'라고 아이는 버림받은 듯이 생각한다는 것이다. 이와 동시에 아이는 (부모의 정사 장면을 실제로 목격한다면) 아주 불안한 감정을 자아내는 폭력이나 강간과 같은 격렬한 분위기를 차후에 느끼거나 구성하게 되는데, 이것은 그의 삶에 있어서 하나의 중대한 사건처럼 그의 무의식에 흔적을 남기는 경향이 있다. 즉 그는 어머니의 신음 소리를 실제로 고통을 표현하는 것으로 생각하면서, 아버지가 어머니를 해치고 있다는 사실에 어떤 의심도 품지 않는다. 게다가 이러한 장면은 근본적으로 오이디푸스적이며, 남근기에 접어든 나이에 특징적으로 나타나는 것으로서 앞선 심리 형성 단계로의 퇴행을 초래한다. (혹은 표면적으로 나타낸다.) 왜냐하면 아이는 육체의 구조와 그것의 실제적인 기능에 대해 비교적 무지하기 때문에, 이 장면을 항문 성교로 믿어 버리기 때문이다. 이 광경은 일반적으로 거세의 공포를 부각시키는 효과를 일으키는데, 그것은 아이가 그 장면을 목격하는 도중에 여성에게 남근이 없다는 사실을 확인하기 때문이거나, 혹은 남성의 성기를 그녀 자신의 소유로 보존하면서 무시무시한 **팔루스적인** 어머니가 될 태세를 갖추었다고 상상하기 때문이다.

물론 **벌레**와 아버지 사이에, 그리고 그[인간: l'Homme]가 먹을 것과 어머니 사이에 등가를 매기는 것이나 인간-아이라는 전환만으로는 이러한 해석을 정당화하기에 충분치 않다. 이것들은 해석의 출발점에 불과하다. 아버지(Père: 페르)와 **벌레**(ver: 베르)라는 두 단어 사이에 포착되는 /er: 에르/ 소리의 유사성을 지적하고, 중립적인 표현에 불과한 말[먹을 것]을 모유를 가리키는 우회적인 표현으로 간주함으로써 그 의미를 어머니로 확장한다면, 그리고 성인을 젖먹이로 위치 전도시킨다면 지나친 것일까? (도대체 무슨 권리로 갑작스레 그럴 수 있는 것일까?) 우리들 각자의 무의식은 전적으로 이와 같은 변형을 이룰 수 있는 능력이 있을 뿐 아니라, 이 시의 여러 움직임들과 다양한 진술들을 잇는 의미의 교두보를 연결해 준다. 이 시의 마지막에서 버림받은 자로 지칭되는 존재로부터 그의 삶 전체를 **훔치는**, 침대 속에서 결합된 이들 두 존재, **도둑**과 **창녀**에 대한 언급은 조금씩 한 희생자를 비탄에 잠기도록 내버려둔 채 진행되는 정사 장면을 구성한다.[90]

난롯가에서 우리에게 먹을 것을 주는 한편, 우리를 밖으로 쫓아내는 여인의 이중적인 모습은 아주 은밀하면서도 선명하게 **창녀-어머니**라는 유명한 형상에 의하여 구체화된다. 지금의 경우, 이 이미지는 거리의 족속들을 그린 풍경화를 통해 이미 우리의 내부에 확고하게 자리잡고 있었다. 독서의 '전이'를 통하여, 우리는 텍스트가 제시하는 시나리오 속에서 우리의 아주 어린 시절에 담겨 있는 인물들을 재발견하게 된다는 것을 어렵지 않게 상상할 수 있다. 우리의 정신에 상처를 주었던 충격적인 감동들이나 장면들은 억압된 채로 있으면서, 극히 개인적인 욕망의 장면에서 환상의 형태로 재연되도록 지속적으로 활동한다. 그런데 우리의 무의식이 바로 저 창녀의 이미지 앞에서 그 장면들을 다시 살아 움직이게 한 것이다.

이 시로부터 떠오르는 가장 훌륭한 순간들은——비록 이 모든 순간들이 가장 훌륭한 영감으로부터 비롯한 것은 아닐지라도——상상되고 있는 **장면**의 가장 구체적인 지점에 이르는 순간이라고까지 말할 수 있다. 그리고 바로 이 지점에서 그 장면은 그 속에 담긴 모든 정서적인 반향을 전달함으로써 그 장면을 감지할 수 있도록 한다.

즉 처음 네 행의 시구와 마지막 네 행의 시구는 자신을 제외한 부모 둘 사이에서 벌어지는 일에 직면한 주체의 모호한 감정들을 담고 있다. 그리고 밤중에 주위를 어지럽히는 소리를 구체적으로 표현하는 네 행의 시구는, 악마적인(따라서 상상의) 흥분이 아주 실제적인 성난 폭풍우가 몰아쳐 집을 때린다는(그러니까 안심시키는) 가정(假定)과 어울린다. 이 세 지점에서, 우리의 무의식은 자신이 이해할 수 있는 언어에 의해 진정으로 감동된다——그러나 텍스트가 노동이나 도시·부도덕성, 혹은 가난하게 죽어 가는 불행에 대해 거의 사회학적인 풍경화를 그릴 때는 그렇지 못하다. 이 세 지점의 절정에서 텍스트가 표현하는 말은 감동적이 되고, 우리의 내밀한 몽상 세계를 동요시킨다. 이때 언어 도단의 심연 위로 섬세하게 일렁이는 수면(水面)처럼 시혼이 깨어나는 것이다.

5. 산문시: 구조와 발생

정교해진 이야기 구성

두번째 시는 근본적으로 같은 내용을 말하고 있다. 그러나 이것은 더욱 교묘하면서 더욱 단순하다. 다시 말해 더욱 단순하기 때문에 더욱 교묘하다. 실제로 그 이성적인 틀이나 그 구성의 정밀한 논리는, 이 작품에 아주 산문적인 용이한 이해의 폭을 부여한다. 이것은 이야기(혹은 아주 짧은 이야기)와, 황혼의 효과들에 대한 거의 철학적인 수필의 혼합물이다. 그리고 여기에는 실내 음악과 학교의 작문 연습의 색다른 혼합물을 즐기려는, 신랄한 유머가 곁들여진 어떤 의도가 깔려 있을 가능성이 매우 높다. 우리는 세 개의 주제에 의한 3악장의 협주곡과 아울러, 각각 세 개의 문단으로 짜여진 세 개의 단락들로 구성된 전형적인 논설 작문의 형태를 동시에 파악해야 할 것이다. 이처럼 형태상으로 아주 엄격한 구성은 묘사적이고 서술적인, 그리고 사색적이고 서정적인 어떤 담화의 요소들과 연결된다. 이것을 개괄적으로 살펴보자.

1. 서곡(론): 황혼은 모호하다.
   실제로 해질 무렵에
   a) 평온이 깃든다.
   b) 그러나 음산한 울부짖음이 나의 발코니까지 들려 온다.
   c) 이웃의 요양원으로부터 새어나오는 광란의 마녀 축제가 나를

현혹한다.

    2. 매춘에 대한 논증: 황혼은 광인들을 흥분시킨다.
        a) 저녁이 되면 비사교적으로 돌변하는 **한 친구**가 있었고,
        b) **다른 친구**는 자학적이 된다.
        c) 그들의 끔찍한 운명이 **나의 현혹**을 방해하지는 못한다.

    3. **결론**: 황혼은 나를 불안에 빠뜨린다.
    황혼은 나의 내부에서 감동과 사색을 혼합한다. 황혼이 가져오는
어둠의 신선함은
        a) 나에게 **빛과 자유**의 축제이다.
        b) **빛의 죽음**은 사나이의 가슴처럼 암울하고,
        c) 혹은 무희의 의상처럼 어둡다.
    결국 **과거와 기묘한 상상**은 **밤의 초상**(初喪)을 조명한다.

    이런 도식이 주어졌다면, 그것은 그 도식을 좀더 완전하게 잊어버
리기 위해서이다. 독서가 진행되는 동안 우리가 감지하게 될 내용은
스스로를 표현하기 위해 불가피하게 필요로 하는 일종의 매체처럼,
그리고 마치 그 모든 것을 은닉하고 있는 합리화된 사고의 장막처럼
이 도식을 사용한다. 왜냐하면 이러한 장면 연출은 오랫동안 세심하
게 숙고된 것이기 때문이다.

암시적인 초고들

    사실 이 시가 처음부터 이처럼 균형잡힌 구조를 가졌던 것은 아니
다. 여러 이본(異本)들로부터 이 작품의 발생 과정을 재구성해 보면
다음과 같다.[91] 이들은 1855년(A), 1857년(A′), 1861년(A″), 1862년
(B), 그리고 마지막으로 1864년(C)의 연대기를 구성하는데, 가장 최

후의 것으로부터 우리가 선택한 결정판이 마련되었고 이것은 사후에 출판되었다. 처음의 세 이본들은 다시 한 범주로 묶을 수 있는데, 그것은 이것들이 세부적인 수정만을 보여 줄 뿐이기 때문이다. 네번째의 것은 마지막 세 문단이 첨가됨으로써 아주 두드러지게 보완된 모습을 보여 준다. (어쨌든 이것은 인쇄 단계에 있는 교정본일 뿐 출판되지는 않았다.) 이것은 다시 1864년의 마지막 발표(주간지 《피가로》)를 위해 수정되었으며, 모음집의 출판이 계획되었을 때 또다시 약간 고쳐졌다. 맨 처음의 이본(A)을 읽어보자.

밤의 하강은 나에게 언제나 어떤 내면의 축제를 알리는 신호였고, 불안감으로부터의 해방과 같았다. 숲 속에서나 대도시의 거리에서, 저무는 해와 반짝이는 별빛 혹은 가로등불은 나의 정신을 밝혀 준다.

그러나 나에게는 황혼이 되면 심하게 앓는 두 친구가 있었다. 한 친구는 이맘때가 되면 우의와 예절의 모든 관계를 무시하고 아무나 처음 부딪히는 사람에게 난폭하게 횡포를 부리곤 했다. 한 번은 그가 한 집사장의 머리에 맛있는 닭고기를 내던지는 것을 본 적이 있다. 저녁이 가장 좋은 것들을 망쳐 버리는 것이었다.

다른 친구는 해가 조금씩 저물어 감에 따라 더욱 신랄해지고 더욱 우울해지고 더욱 고약해져 갔다. 낮에는 너그럽던 그가 저녁이 되면 냉혹해지는 것이었다——그리고 그의 황혼의 광기는 단지 타인뿐만 아니라 자신에 대해서도 많은 발작을 일으켰다.

첫번째 친구는 자신의 정부(情婦)와 아들조차 몰라볼 정도로 미쳐 죽었고, 두번째 친구는 어떤 그칠 줄 모르는 불만으로 인한 불안을 가슴에 품고 있다. 나의 정신에 빛을 내리는 어둠이 그들의 정신에는 어둠을 깔았다——그리고 같은 원인이 두 개의 모순되는 효과를 낳는 것을 보는 일이 드물지는 않지만, 이 일은 언제나 나의 호기심을 자극하고 나를 놀라게 한다.

La tombée de la nuit a toujours été pour moi le signal d'une fête intérieure et comme la délivrance d'une angoisse. Dans les bois comme dans les rues d'une grande ville, l'assombrissement du jour et le scintillement des étoiles ou des lanternes éclairent mon esprit.

Mais j'ai eu deux amis que le crépuscule rendait malades. L'un méconnaissait alors tous les rapports d'amitié et de politesse et brutalisait sauvagement le premier venu. Je l'ai vu jeter un excellent poulet à la tête d'un maître d'hôtel. La venue du soir gâtait les meilleures choses.

L'autre, à mesure que le jour baissait, devenait plus aigre, plus sombre, plus taquin. Indulgent pendant la journée, il était impitoyable le soir; ——et ce n'était pas seulement sur autrui, mais sur lui-même que s'exerçait abondamment sa manie crépusculaire.

Le premier est mort fou, incapable de reconnaître sa maîtresse et son fils; le second porte en lui l'inquiétude d'une insatisfaction perpétuelle. L'ombre qui fait la lumière dans mon esprit fait la nuit dans le leur. ——Et, bien qu'il ne soit pas rare de voir la même cause engendrer deux effets contraires, cela m'intrigue et m'étonne toujours.

이와 같이 첫번째 판본의 이야기는 일화의 수준을 거의 넘지 못한다. 이것은 밤이 되는 것이 화자에게는 좋은 일이지만, 균형잡힌 정신의 소유자가 아니었던 그 두 친구들의 최종적인 운명이 보여 준 것처럼 밤은 다른 사람들의 신경을 예민하게 만들고, 성마르고 심술궂게 만든다는 내용이다. 여기서 한 가지 세부 사항이 우리의 관심을 끈다. 이처럼 텍스트에 귀기울이기 작업에 임할 때 세세한 사항들이 얼마나 중요한지는 아무리 반복해도 충분치 않을 것이다. 네번째 문단의 첫번째 문장에서, 최종적인 판본에서는 마치 당연한 듯이 자신의 아내와 자식으로 쓰여지게 될 것이, 여기에서는 자신의 정부와 아들의 형태로 나타나고 있다는 것을 지적할 수 있다. 아내가 혼외(婚外)의 관계에서 고려된다는 것, 다시 말해 사회적으로 인정받는 동반자로서보다 연애의 대상으로서 고려된다는 것은 매우 흥미로운 일이다. 이것은 남자와 여자 사이에 존재하는 관능적이고 육감적인 애정을 강조하는 것이기 때문이다. 한편 **아이**라는 말은 딸을 가리킬 수도 있다는 점에서 비(非)성적인 단어라 할 수 있는데, 여기서 **아들**로 ——바로 시인 자신인 화자처럼—— 명백히 특징지어졌다는 것은 중요하다. 여기에서 다시 어머니와 아들 사이에, 그리고 특히 어머니와 독자(獨子) 사이에 존재하는 특권의 관계를 강조해야 할 것이다. 아들의 입장에서 보면 그는 어머니의 동반자로서 '사랑스런 어린 남편'이 되고, 어머니의 입장에서 보면 이 아들은 얼마만큼은 그녀가 사랑했던 첫번째 남성인 그녀 자신의 아버지의 살아 있는 이미지이다. 어쨌든 어머니-아들의 쌍은, 운문시에 대한 우리의 독서의 줄기에서 한 남성과 한 여성 사이의 애정 관계를 분명하게 환기시키던 그 맥락과 연상되어 등장함으로써 '근원 장면'과 직접적으로 관계를 맺는다. 즉 질투하는 아들이 그를 돌봐 주는——아니 오히려 그를 충분히 돌봐 주지 않는——어른들의 성생활을 감시한다!

리옹에서의 청소년 시절

이 작품의 작시(作詩) 과정에 있어 다른 세부 사항들을 살피자면, 우리는 우리의 관심을 끄는 한 가지 사실을 새로이 지적할 수 있다. 이본 B로 가보자. 앞서 언급한 바와 같이, 이미 여기서 처음 여섯 문단들은 최종적인 판본이 보여 주는 모습을 거의 그대로 담고 있다. (따라서 새삼스레 이것들을 인용할 필요는 없겠다.) 그러나 세번째 문단은 전기적인 요소들을 내포하고 있다는 점에서 흥미롭다. 이 부분을 읽어보자.

［……］ 그 불운한 자들은 어떤 사람들인가? 이 음산한 울부짖음은 앙티카이유의 음침한 요양원으로부터 들려 오고, 저녁 무렵 파이프를 입에 물고, ［……］ 푸르비에르 산으로부터 바람이 불어 올 때, 나는 이 무시무시한 지옥의 메아리에 놀란 나의 생각을 고이 흔들어 달랠 수 있다.

Quels sont les infortunés [etc.] Cette sinistre ululation nous arrive du noir hospice des **Antiquailles**, et le soir, en fumant [etc.] je puis, quand le vent souffle de **Fourvières**, bercer ma pensée étonnée à ce **redoutable écho** de l'enfer.

앙티카이유(Antiquailles 혹은 Antiquaille)의 요양원은, 리용의 푸르비에르 산(montagne de Fourvières; 마지막 's'는 원래 없다)에 위치한 큰 규모의 정신 병원이었다. 그런데 보들레르는 1832년 초부터 1836년 3월까지 리용에서 청소년기를 보냈다. 그의 아버지가 70세 가까워지던 1827년 2월에 죽자, 그의 어머니(1793년 태생)는 1828년 11월에 육군 소령 자크 오피크와 재혼했다. 그리고 3년 후에, 그의 의붓아버지는 중령으로 승진하면서 리용의 기지로 파견되어 4년간의 지방 근무를 마친 다음, 장성(將星)이 되어 파리 사령부에 임명되었다. 이것은 1821년 4월 9일에 태어난 어린 샤를이 11세에서 14세 사이의 청소년기를 리용에서 보냈다는 것을 의미한다. 또한 그가 우리 모두 알고 있듯이, 오이디푸스 콤플렉스의 특유의 불안감을 다시 일깨우는 바로 이 시절을 아직 신혼기에 있는 부모와 함께 보냈다는 것을 의미한다. 작가의 무의식과 그의 몇몇 작품들 속에서 드러날 수 있는 무의식 사이에 존재하는 관계에 관심을 기울이는 자들로서는, 시인이 황혼에 대한 자신의 독특한 반응이라고 생각하던 것을 통하여 자신의 모습을 연출하고 싶어했다고, 다시 말해 연출하고 싶은 욕망에 저항할 수 없었다고 자연스럽게 생각할 것이다. 또한 이들로서는 이러한 충동적인 움직임이 과거의 오이디푸스 콤플렉스가 청소년기에 부활했다는 사실을 보여 주며, 이 작가에게 있어 오이디푸스 갈등의 가장 중요한 형태가 '근원 장면에 대한 원초적 환상'이라 불리는 타협의 형성 속에서 표현되었다고 생각하는 것이 당연하다.

특히 시인에 의해 선택된 다의적인 단어들에 대해 비평가 자신의 무의식이 실행하는 작업을 텍스트 속에서 확인하려는 사람들에게, 이와 같이 외부 현실로부터 오는 정보는 비평가 자신의 직관을 확인하는 수단이 되거나(모롱의 입장이 이런 것일 테다), 혹은 그 정보는 하나의 부수적인 생각으로서 우리 모두와 관련되는 동시에 시인의 영혼에 아주 강렬한 영감을(혹은 열망을?) 불어넣은 어떤 환상과 관계하는 무엇이 텍스트의 무의식적인 핵심 속에 들어 있다는 느낌을 강화하고 보충해 준다.[92]

어쩌면 사람들은 보들레르가 지나치게 상세한 이런 내용들을 포기해 버렸고, 이것은 곧 그것들이 그에게 별로 중요하지 않다는 것을 의미하므로 우리들 또한 그것들을 잊어버리는 편이 낫다고 반박할지도 모르겠다. 그러나 이와 같은 입장을 정당화하기에 앞서, 나타났다가 지워져 버린 두 단어가 그 자체로서 이미 평범하지 않다는 것을 먼저 염두에 두자. 앙티카이유(Antiquailles)라는 단어를 통해 우리는 앞선 세대의 연장자들에게로, 즉 청소년에게는 부모를 가리키는 그 옛 세대로 거슬러 올라가게 된다. 게다가 접미사 '-아이유(-aille)'[93]는 경멸적인 어조마저 느끼게 한다. 푸르비에르(Fourvières)는 'four-voyée(길을 잘못 든, 과오를 범한)'[94]라는 말과 꽤 유사한 소리를 갖는다. 불청객의 품속으로 잘못 들어간 것처럼 어머니를 비난하는 것을 충분히 엿들을 수 있다. 그러나 우리는 무엇보다 독자들 각자가 자신을 들여다보아야 할 시 작품에 요청되는 일반성이 이 고유 명사들에 의해 손상된다고 판단했기 때문에 시인이 이것들을 지워 버렸다고 생각할 수 있다.

어쨌든 무시무시한 지옥의 메아리에 대한 환기는, 냉소적인 반어법을 통해 하모니로 변하면서, 저녁에 들려 오는 마녀 축제 같은 광기 어린 소란이 이것으로부터 혜택을 입는[95] 불행한 자에게 모호한 감정을 일으킨다는 것을 암시하기에 충분하다. 지옥을 인근의 산 위에 위치시키는 것도 마찬가지이다. 인간의 언어 의식에 있어서, 이것이 고대인의 경우든 기독교인의 경우든 지옥은 그 어원(inférieur, 아래의)이 지적하는 바와 같이 지하에 위치한다. 아무튼 우리는 필연적으로 침실이 일반적으로 집의 위층에 배치되어 있다는 사실을 떠올리게 된다.

6. 산문시: 이야기

의미심장한 배경

이 산문시에 따르면, 마녀들이 그들의 스승 벨제뷔트에게 경의를 표하는 장이라고들 말하는 그 음란한 축제에 비교되는 끔찍한 소란들이, 발코니에서 평화롭게 파이프를 피우고 있는 한 남자에게 귀청이 터지도록 들려 온다. 잠시 여기에 주의를 기울이자. 공간 전체를 뒤덮는 죄악의 소란은 **밀쳐 올라오는 조수(潮水)**, 혹은 거칠게 몰아치는 **폭풍우**와 유사하다. 그런데 프랑스어에 있어서 일종의 상투어처럼 쓰이는 표현들로서 '욕망의 밀물(une marée du désir)' 혹은 '감각의 폭풍우(les orages des sens)'가 있는데, 이 표현들의 가치는 언뜻 보기에 묘사적인 비유에 불과한 것처럼 느껴지는 것에 사실은 무게 중심을 둔다. 이처럼 이 소리들의 첫번째 특징은, 이들이 부풀어 오르면서 우리에게 다가오는 것처럼 느껴지고 우리를 휩쓸어 갈 듯이 위협한다는 것이다. 우리는 즉시 이 소리들에 휘말려들게 되고, 곧장 이들의 희생물이 되고 만다.

황혼의 몽상에 잠긴 자가 이 소리들의 정확한 근원에 대해 제기하는 질문은 계속 우리를 혼란에 빠뜨린다. 먼저 그것은 고전어에서 늑대를 특징짓고, 현대어에서 부엉이를 특징짓는 신음하는 듯한 울부짖음과 이 소리들 사이에 표명된 유사성 때문이다. 이 소리들은 듣는 사람에게 어떤 불안감을 불러일으키기에 아주 적합한 울음소리들이다. 먹이를 훔치는 짐승(운문시의 맹수)과 모호한 신음 소리(고통스런 소리인가? 발정기에 짝을 찾는 소리인가?) 사이의 연결이 우리의 주의를 끌지 않을 수 없다. 게다가 밤에 활동하는 사나운 육식성 새들의 울음소리를 가리키는 단어(ululation)는 그 희귀성 때문에 이 말을 신조어로 취급하게 하는데,[96] 이를 통해 모호함을 부각시키는 효과가 발생한다.

특히 여기에서 모호함이 드러난다. 어떤 독자들은 올빼미의 '우우' 하는 소리와 미치광이들의 울부짖음 사이의 유사성 때문에 밤이 되면서 사냥에 나서기 위해 잠에서 깨어나는 **부엉이**의 이미지가 끌어들여졌다고 말할 것이다. 그러나 우리는 이러한 해석의 움직임을 완전히 뒤집어서, 어둠 속에서도 볼 수 있는 둥그런 눈의 사나운 육식 조류를 등장시키도록 무의식이 요구했다고 말할 수 있을 것이다. 더 나아가 바로 그 특유의, 어둠 속에서도 볼 수 있는 시력이 필요했기 때문에 야행성 조류의 전형적인 울음소리를 환유법을 통해 등장시킨 것이라고 말할 수 있을 것이다. 사실 왜 하필이면 여기서 **부엉이**가 나타나겠는가? 그것이 '근원 장면'의 구조와 관련된 극히 단순한 이유에서가 아니라면 말이다. 즉 벌어지고 있는 장면을 목격하는 자로서, 자신이 직접(철저하게 변장된 모습으로) 그 무대에 등장한다고 환상하는 자에게 이 새의 존재는 필요한 것이라는 말이다. 자, 어둠 속에 소리들로 가득한 무대가 저기 있고, 한 아이가 귀기울이고 있다. 만의 하나라도 그가 있는 방 안에서 일이 벌어진다면, 그는 부엉이처럼 눈을 둥그렇게 뜰 것이다——물론 아이가 방문 저편이나 벽 저편에서 벌어지고 있을 정사 장면을 눈앞에 그리면서, 보아서는 안 될 것을 바라볼 수 있게 될 것이라고 상상할 능력도 있다는 것은 말할 필요도 없다.

요컨대 야행성 조류에 대한 언급은 정확히 소리의 가치를 바탕으로 하는 암시적인 이미지로 머물러 있지 않고, 다의적인 은유의 기능(부엉이는 바라보는 자이다)을 완벽하게 수행한다. 그리고 이 새에 대한 언급을 통해 윤곽이 그려지는, 보이지 않는 관찰자의 존재는 우리의 환상을 조인하는 어떤 보충적인 인증으로서 가치를 지닌다. 여기에 또 다른 은유적인 요소를 연결시킬 수 있는데, 그것은 "[……] 이곳에 가족의 즐거움이 있습니다!"라고 말하는 창문들이다. 건물 정면에 뚫린 창문들은 양방향으로 기능한다. 이들은 바깥을 내다볼 수 있게 해주며, 외부의 무례한 시선들과 빛을 스며들게 한다. 창문은 밤의 깊이를 가늠하는 가옥의 눈인 동시에 조명이 새어나오는 곳이며, 거주자들의 내밀한 생활을 훔쳐보는 호기심어린 시선이 빨려드는 곳이기도 하다.[97] 가족의 즐거움이라는 표현이, 저녁의 휴식과 식사를 위해 자식과 부모 사이에 서로 재회하는 기쁨 외에 다른 무엇을 암시할 수 있다는 것을 인정해야 한다.

첫번째 '친구'

배경이 정돈되었으니, 이제 우리는 텍스트를 읽으면서 이 속에서 이야기되고 있는 것들에 관심을 기울일 수 있게 되었다. 그것은 황혼으로부터 완전히 미쳐 버릴 정도로 고통스런 충격을 받은 두 친구의 이야기이다. 그러나 명상을 한다는 것, 그것은 시인이 도시 위로 짙어져 가는 저녁의 광경 앞에서 신선한 바깥 공기를 쐬며 자신의 생각을 고이 흔들어 달래는 것을 의미한다는 데 잠시 주목해야 하겠다. 허구를 이야기하고 있는 화자가, 어쩌면 요람 시절의 감동 속으로까지 그 근원 깊숙이 파고들 수도 있는 추억들을 털어놓는 것에 귀기울일 준비만 되어 있다면, 어떤 단어도 무관하게 들리지 않으며, 어떤 것도 놀랍지 않을 것이다. 아주 쾌적한 품이 우리를 어르며 잠재

우던 시절을, 그리고 가장 행복한 시간이 **지금은** 평화로 요약될 수 있을 그 시절을 대상으로 하는 추억들이 여기에서 문제가 된다. 평온함은 또 하나의 **가족의** 즐거움이며, 이것 역시 전적으로 실제적인 것이다.

우리는 소위 친구라 불리는 자들에 대한 이야기가 가장 내밀하고 가장 오래 된 화자의 이야기를 그 바탕에 깔고 있다는 것을 추측할 수 있다. 먼저 밤이 다가오면서 문자 그대로 식욕을 상실해 버리는 친구를 보자. 왜 그럴까? 그것은 밤이 애정을 표현하는 그 행위를 내포하기 때문인데, 단어에 조금이라도 관심을 기울이면 이것이 아주 명백하게 이야기되고 있다는 사실을 알 수 있다. 저녁에 의해 예고되는 **오묘한 관능**을 단순히 생각하는 것만으로 이미 **가장 진미로운** 음식을 즐기는 쾌락을 **망치게** 하는 무엇이 여기에 내포되어 있기 때문이다. 이것은 우리가 식탁에 앉아 밤의 쾌락에——두말 할 것도 없이 다른 사람들이, 그러니까 저기 저 두 사람이 누리게 될 그 쾌락……——대한 상상에 사로잡힐 때, 입의 즐거움에 더 이상 그만큼의 가치를 부여하지 않게 된다는 것을 의미한다. 좀더 일반적으로 말하면, 여기서 이야기되는 사나이는 하루 일과가 곧 침대에서 마감되리라는 생각을 떠올리게 하는 저녁 시간이 되자 자신의 모든 다정다감한 감정들을 철회하고 사회적인 삶이 요구하는 예절마저 잊어버린다. 그는 맛있는 닭고기로 배를 가득 채우는 대신, 훌륭한 요리를 준비하고 초대했던 손님들이 흩어져 가버리는 것을 보게 된다. 그는 다시 혼자가 될 것이다. 요리(어머니가 그에게 주던 젖?)는 그의 입에서 쓴맛을 돌게 하고, 그는 세상 전체를 원망한다.

그리고 그는 이러한 저녁의 이중 행사를 지휘하는 사람으로서의 모든 외양을 다 갖춘 등장 인물을 어느 누구보다 더 원망한다. 이 인물은 아버지의 이미지를 띤다. 왜냐하면 **집사장**[98]은 식탁 시중을 관장하는 것은 분명한 사실이지만, 짐작컨대 또한 저녁을 계속 즐기기 위해 후속으로 따르는 **쾌락**을 누리게 될 자이기 때문이다.[99] 어떻게

그러한 사실을 짐작할 수 있을까? 아마도 이 질투심에 빠진 자에게
집사장을 공격할 수 있도록 한 구실 때문일 것이다. 사실 그가 집사
장의 **머리에 던지는** 것은, 어쨌든 단순히 맛있게 구워진 죄 없는 닭
요리가 아니다. 그것은 또한 어쩌면 무엇보다 먼저 연애 쪽지를 뜻하
는 **닭고기인 것이다.**[100] 아무튼 이 **모욕적인 상형 문자**가 환기시키는
생각이 바로 이런 것이다. 만약 이런 표현이 없다면, 이 **닭고기**가 바
로 이 미치광이의 머릿속에서 무엇을 의미할 수 있는지 쉽게 상상되
지 않는다. 음미해야 할 맛있는 **닭고기** 아래에 신비로운 사랑의 메시
지인 또 다른 닭고기(연애 쪽지)가 숨겨져 있다. 따라서 사랑하는 여
인의 배신을, 아니면 최소한 그녀를 유혹하려는 시도를 의심해야 하
므로 그 **닭고기**는 바로 **모욕**이다. 이 신중한 인물은 식탁 시중의 의
식(儀式)을 이용하여, 주인공이 당연히 자신의 소유라고 믿고 있던 한
회식자를 겨냥하여 비밀스러운 중매쟁이의 농간을 꾸민다는 가정이
강력하게 제기된다. 더 심각하게, 그 자신이 그녀와 만남을 약속하기
위해 이 기회를 이용하는 정도까지는 아니더라도 말이다. 다시 말해,
그 무례한 녀석은 모든 면에서 서로 가까운 두 존재 사이에 끼어든
다. 그는 내가 자신만만하게 특권을 주장하는 한 여인을 나로부터 떼
놓으려고 한다. 그녀를 가로채는 것은 나의 욕망만큼이나 나의 명예
에 상처가 될 것이다. 어떻게 어머니를 떠올리지 않을 수 있겠는가?

　왜냐하면 이 이야기에 등장하는 **닭고기**는 이본 A에서는 다른 설
명 없이 그저 요리로만 등장했는데, 오직 무의식의 요구를 충족시키
려는 목적에서 차후에 **모욕적인 상형 문자**가 추가됨으로써 수수께끼
같은 분위기를 얻게 되었다는 것이 나의 생각이다. 이것은 지금까지
전적으로 투명한 것처럼 이야기가 진행되어 오던 이 순간에 어떤 수
수께끼가, 즉 어떤 부조리함이 출현하는 것을 용인하기 위해 시인에
게 필요한 꽤 강제적인 요구이다. 왜냐하면 이 친구는 집사장의 얼굴
에 자신의 접시를 뒤엎어 버림으로써 상당히 정신나간 사람의 모습
을 보여 주는데, 그러면 왜 자신을 해석 망상증의 위기에 전적으로

노출된 편집증 환자로 만들면서 자신의 광기를 고조시키겠는가 물어
볼 수 있기 때문이다.

일에는 언제나 양면성이 있기 마련이다. 이 덕택으로 우리는 서둘
러 암시만 하고 지나쳤던 점을 새로이 강조함으로써 이 독서의 보완
적인 해석을 과감하게 시도하려 한다. 즉 비밀의 메시지를 담은 닭고
기가 아마도 이야기의 주인공 자신에게 건네진 것이며, 그는 아버지
를 표상하는 이 인물이 그에게 건넸을 은근한 제의들을 이러한 몸짓
으로 거절했을 뿐이다——더구나 이 인물은 다른 여자의 품으로 가
기 위해 자신을 배신하려는 참이다……. 오이디푸스가 (대립적인 공
식들을 혼합한) 콤플렉스라는 점을 고려하면서, 우리는 결국 현실 속
에서나 환상 속에서 부모의 정사 장면을 목격하는 아이가 어머니와
아버지에 대해 동시에 질투하는 것은 아닌가 생각하기에 이른다. 요
컨대 그는 테베의 왕이자 이오카스테의 육체를 소유한 라이오스의
얼굴에 자신의 진실을 던진, 그러나 동시에 아버지에게 사랑을 고백
한 오이디푸스이다. 그렇다. 그러한 장면 앞에서 도대체 누가 두 번
모욕당하고 두 번 버림받았다고 느끼지 않겠는가? 이러한 충동의
움직임은, 이 텍스트의 시나리오에 대한 우리의 이해를 보완하는 행
운을 가져다 준다.

이야기를 이렇게 이해하려는 유혹은, 첫번째 친구의 최종적인 운명
이 우리를 이 방향으로 이끌어 가는 만큼 더더욱 강력하다. 이 사나
이는 자신의 아내와 자식/자신의 정부(情婦)와 아들조차 알아보지 못
할 정도로 미쳐 죽었다. 그는 화자의 모습을 구현할 뿐만 아니라, 같
은 맥락('압축'의 효과) 속에서 징벌해야 할 라이벌 또한 표상한다
고 말할 수 있지 않을까? 그리고 면상에 접시를 날리는 것보다 더욱
가혹하게 그를 징벌하는 방법은 바로 그를 마치 남성으로서의 성 기
능을 상실한 사람처럼, 독신으로, 자손 없이 죽도록 선고하는 것이다.
무의식의 장면에는 세 인물이 등장한다. 그들 중의 한 사람은, 스탕달
이 어린 시절의 추억들을 회상하던 과정에서 그의 아버지에 대해 말

하면서 이탈리아어로 'terzo incomodo(성가신 제삼자)'라고 부르던 바로 그자이다. 그는 필요 이상의 사람이다. 아이가 당연히 자신의 것이라고 추정하는 자리를 어른이 찬탈할 때, 피해받은 아이는 자신이 제거되기를 바라는데, 예를 들어 정신이상자들 사이에 자신을 가두고 싶어한다. 그러나 이 텍스트가 나타내는 것 가운데 가장 중요한 것은 한편으로는 오직 하나의 주체만이 있고, 다른 한편으로는——대칭의 효과를 통해 **장면**과 성가신 제삼자의 구도가 재현되도록——극도로 하나가 된 한 쌍의 남녀가 있다는 것이다.

달리 표현하자면, 여기서 묘사되고 있는 광경을 문자 그대로 이해해서는 안 되며, 가엾은 미치광이가 표상하는 것은 바로 머리가 돌아 버릴 정도로 혼란을 겪는 아이라는 사실을 이해해야 한다는 전제 속에서 우리가 고려해야 할 것은 타자, 즉 찬탈자는 그 상대되는 여성의 인격 속에서 어떤 진정한 어머니를 소유한다는 사실이다. 바로 여기에 본질적인 것이 있다. 즉 제외된 것에 대해 괴로워하는 나에게, 라이벌은 언제나 내가 그리워하고 내가 모든 것을 나누어 갖기를 원하는 여인과 함께 있다. 예전처럼. 빛을 보기 이전처럼——마치 사랑에 빠지는 것처럼, 그리고 죽어 쓰러지는 것처럼, 지금 스러지고 있는 저 **빛**처럼…….[101]

두번째 '친구'

두번째 친구에 대해 말하자면 그 역시 주체 자신의 한 모습을 보여 주는 것 같은데, 그것은 **상처입은 야심가**의 모습이다. 그는 삶으로부터 많은 것을 기대했지만 운명이 실망시켜 버린 자이다. 게다가 자신의 불행에 대해 자기 자신에게 책임을 묻고, 자신을 불행하게 만드는 데 마치 즐거움이나 느끼는 듯이 집요하게 자신을 괴롭히던 자이다. 간단히 말해 용납할 수 없는 어떤 나르시스적인 상처를 받고, 사랑받도록 만들지 못했다는 이유로 **격렬**하게 자신을 벌하려는 아이의 모습이다.

이후에 그의 운명은 그저 항상 불만에 사로잡혀 있는 정도일 뿐, 겉보기에는 첫번째 친구의 운명보다 덜 잔인한 것처럼 보인다. 그의 유순한 광기는 **상상의 훈장들**[102]을 수여받는 몽상을 황혼 무렵에 펼침으로써 표현될 것이다. 바로 이 공식적인 **의전 행사**야말로 권위에 대한 광기, 다시 말해 과대 망상이라 불리는 그 잘 알려진 광기를 북돋우는 것이 아닌가. 이것은 아이가, 여자아이든 남자아이든 경우에 따라 아버지의 남성적인 위력을 따라가지 못하거나, 어머니의 관능적인 자태를 따라가지 못한다고 믿어 버리면서 갖게 되는 열등감을 상쇄하기 위하여 행하는 절망적인 시도이다. 왜냐하면 부모들은 마치 자식들을 질투라도 하는 것처럼 이들 모두에게 성적인 능력들을 인색하게 갖추어 주었고, 따라서 선망의 영역에 있어서 딸과 아들은 모두 같은 처지에 놓이기 때문이다. 딸은 자신이 소유하지 않고 있다는 것을 알게 된 것을 '욕망하고,'[103] 아들은 어머니의 욕망에 응답할 수 있는 기관을 소유한 아버지를 '선망한다.'

과대 망상에 빠진 자의 궁극적인 희망은 누군가에게 모든 것이 되는 것이며, 사랑하는 대상의 모든 것을 자신의 존재로 대체하는 것이다. 그리고 시인의 그 **다른 친구**를 현실의 여건들에 맞추어 조절되지 않는 자기 중심적인 욕구들로부터 헤어나지 못하는 어린아이처럼 생각하는 것은 정당하다. 밤이 다가오면서(여기서 다시 한 번 반복해야겠다. 이 시간은 다른 친구의 '황혼병'과 마찬가지로 타인들의 밤의 유희가 임박해짐을 의미한다) **더욱 짓궂어진다**고 이야기함으로써, 텍스트는 은밀하게 이와 같은 방향으로 우리의 독서를 유도한다. 여기서 짓궂다는 말은 우리를 다시 어린 시절로 이끈다. 왜냐하면 아이들은 사람들이 자신을 놀리는 것은 좋아하지 않으면서도 자신들은 쾌감을 얻기 위해서 남을 화나게 만들고, '농담'이라는 구실 아래 복수심에서 타인의 마음을 상하게 하기 위해 기꺼이 조롱과 놀림을 주고받기 때문이다.

그리고 내밀한 적이 자신에게 가해지는 공격에 의해 현실 속에서 충격을 받는 것처럼 보이지 않을 때, 주체의 공격성은 언제나 처분 가능한 자기 자신을 향하여 전환되는 것이 자연스럽지 않겠는가? 동시에 사람들은 기도(企圖)된 복수가 실패한 것에 대해 자기 자신을 벌하는 데 쾌감을 느낀다. 바로 이로부터 과대 망상증이 멜랑콜리로 급전하는 것이다. 밤만 되면 슬퍼지는 것은, 보들레르가 잘 이해하였듯이 해가 지는 것을 모든 상실의 표상처럼, 그리고 끊임없이 되풀이되는 실패의 형벌처럼 느낀다는 것을 의미한다. 실패들 가운데 가장 고통스러운 것은, 자기애를 만족시킬 만큼 사랑받도록 할 수 없었다는 것을 인정하는 것이다.

ㄱ. 산문시: 서술

역설적인 반응

이 모든 것은 꽤 놀라운 일관성을 띤다. 이어지는 이야기 또한 우리를 실망시키지 않을 것이다. 여기서 무의식의 고유한 구조가 드러나는 순간을 포착하지만 않는다면, 우리는 **같은 원인이 종종 두 개의 반대되는 효과를 낳을**[104] 수 있다는 철학적인 검증에 제한된 관심만을 기울일 것이다. 이 철학적인 사색과 이 이야기의 무의식적인 구조 사이의 관계는, 마치 이야기를 구성하는 여러 차원들 가운데 하나가 이 이야기 속에 액자 형태로 제공된 것과 같은 양상을 띠고 있다. 왜냐하면 묘하게 **의혹스러우면서** 동시에 **위기가 곧 닥쳐올 것 같은 불안한 화자의 느낌**은, 프로이트의 이론이 그 이해의 열쇠로 제시하는 한 역설(逆說)의 공통된 경험을 정확하게 지적하기 때문이다. 의식의 반응 아래에는 무의식적인 욕망의 주장으로 인한 어떤 도치된 반응이 존재하며, 때로는 이것을 엿볼 수도 있다. 이러한 사실은 우리의 기분을 감싸고 있지만 합리적으로는 이해되지 않는 거북스러움이 무엇인지를 설명해 준다. 인간은 그 심리 기제의 분열된 구성 때문에 자신의 반응들에 있어서, 그리고 이미 자신의 열망들에 있어서 모순된 모습을 보여 준다. 이로부터 **불안한** 감정을 물리치도록 밤에게 보내는 호소는, 우리가 알고 있듯이 무의식적인 방어의 한 기제라는 것이 자명해진다. 심오한 영혼은 불타오르고, 권태와 고통을 경험하면서 이 순간에 그의 주위를 둘러싼 분위기나 장차 그를 기다리고 있을 것에 대한 불안 때문에 긴장하는데, 표면적인 영혼은 전적인 그러나 거짓된 **자유**의 표상 아래에서 **축제** 분위기의 **청량함**을 상상해 낸다.

무의식적인 이중성의 다양한 형태의 증거들이 이 작품 속에 제공되고 있다. **고독**이라는 말로부터 시작해 보자. 이 말은 평원의 텅 빈 공간을 묘사하는 듯이 보이지만, 사실은 정서적인 황폐함을 환기시키는 이미지 앞에서 인간이 느끼는 지배적인 감정을 특징짓는다. 그 반대편에서는 **어느 수도의 포석 깔린 미로**가 복합적인 감정들을 불러일으킨다. (그러나 모순은 표면적일 뿐이다.) 내가 어디에 있는지, 그리고 수많은 복도로 뒤얽힌 미궁으로부터 어떻게 빠져 나갈 수 있을지 알 수 없을 것만 같은 예감, 메마름과 광물성의 차가움, 미지의 무관심한 군중 속에서 살고 있다는 현실의 짓누르는 듯한 확실성. 어떤 혁명도, 그리고 어떤 신(神)도 이렇게 영원토록 우리의 가슴을 죄는 것으로부터 우리를 해방시키지는 못할 것이다.

두번째 증거는 소리들이 감각의 공간으로부터 제거되었다는 사실 속에 있다. 환상이 솟아나려는 움직임을 물리치는 일종의 승리를 보는 셈이다. 그러나 이번에도 역시 외관상으로만 그러할 뿐이다. 왜냐하면 산문시의 첫 문단에서 (운문시에서와 마찬가지로) 강조되었던 소란이 **불꽃놀이**의 광경에 자리를 내주는데, 우리 모두 잘 알고 있듯이 이 놀이는 단순히 빛다발이 아니라 엄청난 폭음을 동반하는 급작스런 빛의 폭발이기 때문이다. 이렇게 소리는 다시 분출된다. 게다가 약간 기이한 표현이 이 사실을 확인시켜 준다. 시가 행진하는 사람들이 들고 다니거나, 혹은 국경일의 축제 기간 동안 도시를 장식하기 위해 설치된 **초롱불**들은 강렬한 광채가 없는 빛을 낸다. 그런데 이 불빛들의 출현을 열광적으로 알리는 단어 폭발은 너무도 부적합한 표현이어서, 이것이 어떤 비밀스런 요구에 복종하는 것은 아닌가 하고 여겨질 정도이다. 아마도 최초의 반항을, 다시 말해 "전제군주들을 처단하라!"라는 구호를 내세우고 군주-아버지를 죽음에 처하는 것을 새로운 건설의 토대로 삼았던 혁명[105]을 기념하는 음악과 노래의 요란스런 소리들을 보완하려는 요구일 것이다. 뿐만 아니라 이야기의 처음의 움직임 속에서 소란들 사이로 황혼의 색깔을 삽입시켰던 것처럼, 여기에서는 빛들 사이로 약간의 소리를 끼워넣는 구성상의 섬세한 균형이 돋보인다. **온화하면서도 미묘한 색깔**은, 텍스트가 말하듯이 **감미롭고 온화한 황혼**을 환기시킨다.

결국 이러한 이중성은, 다시 말해 감정 상태의 위장된 모습은 끝에서 두번째 문단의 전반에 걸쳐서 투명하게 드러난다. 우리가 감상하도록 주어진 외관은 지나치게 행복하고 지나치게 목가적인 언어로 그려지고 있어서, 우리는 이들을 의심하지 않을 수 없다. **부드럽고 온화한**/**장밋빛**/**승리에 찬**/**붉은**/**영광**/**오리엔트**(빛이 탄생하는 것을 보게 될 하늘의 방향)와 같은 표현들은 **인생의 엄숙한 시간**에 갈등하는 인간의 **복잡한 심정**의 한 양태, 그것도 어떤 독특한 양태를 **모방하는** ── 이 단어는 화려한 외양의 허위성을 강조하는 확실한 표현이다 ── 요란한 장식들이다. 그리고 인생의 그 장엄한 시간들은 바로 탄생과 단말마, 삶과 죽음을 문제삼는 그 순간들이다. 숨겨진 것을 들여다보기 위해 표면을 많이 긁으려 할 필요는 없다. 전적으로 반대되는 빼곡한 감정들의 무게를 감지하기 위해서는, 이들 단어들과 함께 엮어지는 다른 단어들이 속삭이는 소리들에 귀기울이는 것으로 충분하다. **힘없이 끌리는**/**단말마**/**압도**/**얼룩들**/**불투명한**/**최후의**/**석양**/**무거운 장막**[106]/**보이지 않는 손**,[107] 피로, 죽음, 질식할 듯이 가쁜

숨결, 불결함, 눈멂, 체념, 짓누름, 위협적인 공모…… 이러한 어휘를
총체적으로 나열할 수 있다. 영혼의 양립적인 상태를 묘사하는 훌륭
한 그림이다.

서정과 열정

　마지막 절(節)에 대해서는 해석을 내리기가 주저된다. 먼저 문단보
다 절이란 말이 더 어울린다는 점을 일러두자. 왜냐하면 우리는 조금
씩 서술적인 담화를 넘어선 장엄한 기도(祈禱)를 듣게 되었고, 마침
내 순수 서정시 속으로 들어오게 되었기 때문이다. 이 절이 얼마나
성공적으로 구성되었는지, 해부용 메스로 자르듯이 강조된 시선을 가
하는 것에 대해 자책감을 느낄 정도이다. 그러니 오직 합리적인 이유
로 설명되는 충격의 진원만을 지적하자. 어떻게 **투명한 베일**이 동시
에 **캄캄할 수 있는가?** 어떻게 찬란함이 동시에 흐릿할 수 있는가? 어
떻게 눈부시게 반짝이는 것이 광택 없는 것과 어울릴 수 있으며, 도
약이 하강과 어울릴 수 있는가? 대답은 선명하게 주어지고 있다. 화
살이 가슴에 꽂히듯이, 약간의 검은색이 그의 마음을 관통하여 올 때
만큼 한 남자의 일생에서 감미로운 순간은 없다는 것이다. 그러나
우리의 입가에 번지는 미소가 불쾌하게 담즙을 올라오게 하는 것이
라면, 그것은 그리 즐거운 미소일 리가 없다.[108] 정확한, 다시 말해 완
전한 문장이 우리에게 그 설명을 제공한다. 감정섞인 색깔들의 혼동
이면에, 캄캄한 것과 행복한 것 아래 상상을 초월하는 장밋빛 과거와
모든 추측을 벗어나는 검은색의 현재가 서로 대립하고 있다. 예전의
어떤 광기어린 융합에 대한 상실을 현재의 고독이 불완전하게 숨기
고 있다. 그 결과 그를 비웃는 잊혀지지 않는 과거의 그 모든 행복 때
문에 현재의 불행은 더욱 커진다.
　그러나 이차적으로 우리의 관심을 끄는 것은 이러한 시적 언어의
은유적인 반향이다. 모든 것이 여성적인 이미지들에, 한 마디로 **여성**

에 집중되어 있다는 것을 부정할 사람은 아무도 없다. 그만큼 인간에게 미치는 황혼의 영향과 물리적인 세계 속에서 갖는 황혼의 현실을 정의하는 묘사들은, 여성성에 바쳐지는 신화적이면서도 극도로 평범한 이미지를 형성하는 데 적합한 품질 형용사들로 이루어졌다. 이 텍스트의 맨 마지막 부분에 있어서, 황혼에 바쳐진 마지막 문단은 자유로부터 **초상**으로 미끄러지는 동시에 **신성**과 **무희**[109]를 연결시키면서 앞선 두 문단의 연속성과 의미를 뒷받침한다.

이렇게 밝음-어두움, 감미로움-신랄함, 어머니-아버지와 같은 석양의 애매한 색깔들의 대비 속에서 **황혼의 안락**[110]이 표현되고 있다. 이것은 이러한 황혼에 대한 느낌이, 우리의 최초의 사랑의 대상에 대한 무의식적인 욕망을 우리에게 경험하게 하는 여인과 분리될 수 없다는 것을 아주 강력하게 말해 주는 것이 아닌가? 황혼은 우리가 겪은 가장 잔인한 경험들 가운데 하나와 동시성(同時性)을 띤다. 여기서 우리는 흥분한 한 쌍의 남녀를 구성하는 개-와-늑대-사이[111]의 모습과 동시에, 어머니의 존재를 간파하게 하는 여신-똥갈보를 다시 만나게 된다. 그리고 이 '근원 장면'의 환상 속에서 우리가 겪은 그 경험은, 우리들의 가장 오묘한 관능을 표현하는 격렬한 색채로 재현되었다. 그 아래 이 시의 도움으로 우리가 느끼게 되는, 그러나 우리의 이성으로는 해명하기 어려운 어떤 무의식적인 감정들의 세계가 존재한다. 남자가 여자를 강간하고, 그 아들로부터 그녀를 빼앗고 그의 자리를 찬탈한다——그럼에도 불구하고 어머니는 일이 진행되는 대로 내버려둔다. 그녀는 마치 공모자인 양 그녀가 무언중에 모든 것을 약속해 주었던 그를 배신한다. 황혼이란 바로 이런 것이라는 이야기이다. 방금 말했던 한 마리의 늑대와 개 사이의 교미라는 독설을 심각하게 받아들이자.

이에 더하여, 그러나 이번에는 앞선 경우보다 더욱 명백하게, 텍스트는 자신의 마술적인 언어로 현대인에 의해 무의식이라고 불리는 것에 대하여 우리에게 말한다. 이렇게 한 걸음 앞서 무의식의 윤곽을 그리려면 분명 천재적인 시인이어야 할 것이다. 무의식이 무엇으로부터 분출되는지 이 마지막 움직임보다 더 잘 암시할 수 있을까?

[……] 마치 검은색의 현재 아래에서 감미로운 과거가 꿰뚫고 올라오듯이. 그리고 [눈부시게 화려하면서도 어두운] 치마에 흩뿌려진 금빛 은빛으로 너울거리는 별들은, 밤의 깊은 초상(初喪) 아래에서만 불밝히는 기묘한 상상의 불꽃들을 떠올리게 한다.
[……] comme sous le noir présent transperce le délicieux passé ; et les étoiles vacillantes d'or et d'argent dont [cette robe éclatante et sombre à la fois] est semée, représentent ces feux de la fantaisie qui ne s'allument bien que sous le deuil profond de la Nuit.

단어 하나하나가 주석을 붙일 가치를 지니고 있다. 먼저 동사 꿰뚫다(transpercer)가 약간은 빗나간 선택이었다는 것을 지적하기로 하겠다. 사실 작가는 단순히 동사 '뚫다(percer)'(꽃이 쌓인 눈을 '뚫고' 올라온다는 표현처럼)를 사용하는 것으로도 만족할 수 있었을 것이기 때문이다. 그러나 우리들 각자는 이 단어 속에서 일종의 방패를 찢는 칼날의 마찰 소리 같은 것이 귓전에 울리는 것을 듣는다. 이제 문장의 구성 요소들 사이에 발생하는 묘한 전도(顚倒) 현상으로 인해 문장 첫머리의 단어 'sous'가 약간 지워져 버리는 경향을 지적하기로 하자. 이 현상 때문에 우리에게 명사군(群) 'le noir présent'이 동사 'transperce'의 주어로 들리고, 원래의 주어인 'le délicieux passé'

는 목적어로 들리게 된다.[112] 우선은 이 문장이 원래 문장의 반대되는 내용을, 다시 말해 그토록 쓰디쓴 진실을 우리에게 말하는 듯하다. 즉 침대 위에서 저들 둘 사이에 벌어지는 일이, 그러니까 이 암울한 환상이 나의 어린 시절의 행복한 추억들을 모두 지워 버린다는 것이다. 그리고 그 다음에서야 이 문장의 정확한 조직이 우리의 귓전에서 다시 정리되면서, 원래 이것이 전달하려는 듯이 보이는 내용이 명백하게 밝혀지게 된다. 즉 오늘의 어떤 암울한 광경도 과거의 찬란함을 지우지는 못하리라는 것이다. 삶의 동요(動搖)[113]는, 그 단어들의 의미와 사물들의 의미 모두가 가리키는 바와 같이 여성의 옷과 반짝이는 축제용 장신구, 그리고 동시에 암흑의 비극적인 **깊이** 속에 그녀를 파묻어 버리는 수의(壽衣)가 된다.

그리고 의상은 다시 '기묘한 상상'에 대한 은유, 다시 말해 '상상하는' 능력에 대한 은유로 장식된다. 이때 동사 '상상하다'가 지니고 있는 네 가지 가치를 모두 이해해야 한다. 즉 감각적인 현실들을 머릿속에 그리기, 창작 작품을 통하여 허구를 만들기, 속이기 위해 혹은 자신을 속이면서까지 철저하게 지어내기, 행복을 몽상하는 데 자신을 내맡기기,[114] 요컨대 이것들은 일체의 심리적 표상 작용들의 현장을 가리킨다. 이러한 표상 작용의 결과물들은 **초상의 슬픔**과 대조되기 때문에 즐거운 표상들이다. 이것들은 극도의 열기, 즉 이 표상들을 수식하는 **불꽃들**이 이들에게 건네 주는 열정을 담고 있다. 비록 불꽃이라는 말이 **별**과 **불밝히다**라는 단어 사이에 위치됨으로써 열기보다는 빛을 더 환기시키지만 말이다. 이러한 이미지들은 **너울거린다**, 다시 말해 기분이 변함에 따라 변덕을 부린다. 결국 **밤하늘**과 **여인**의 옷의 이중적인 영역 속에 놓인 비유적인 표현들의 중첩된 효과를 통해, 이 표상들은 프로이트가 리비도의 군림의 장소로 지칭했던 그 심리적 공간 속에 전적으로 포함된다. 그리고 이 공간은 성적 에너지의 원천이며, 사랑과 죽음의 불가분의 양면성으로 특징지어진다. 기묘한 상상의 불꽃, 그것은 환상을 조명하는 것이 아닌가?

8. 끝없는 것을 끝내기 위해

우리의 독서의 여정은, 오직 우리가 처음 출발했던 지점으로 되돌아올 때 더욱 만족스러운 방법으로 마감할 수 있다. 작품의 발생 과정에서 관찰되는 몇몇 세부 사항들이 우리를 이러한 방향으로 이끈다. 그리고 우리는 적어도 두 가지 사항을 지적할 수 있다.

첫번째 사항은, 텍스트 전반에 걸쳐 우리가 끌어낸 리비도의 움직임과 직접적으로 조화를 이룬다. 이본 B(두번째 문단)에서 저녁의 **투명한 구름**이 표현되고 있는데, 이본 C에서는 위의 표현은 여전히 유지되면서, 동시에 앞서 살펴보았던 **투명한 베일**이 이 이본에 추가된 마지막 세 개의 문단 속에 새로 삽입된다. 그런데 시인은 최종적인 시모음집의 출판을 계획하면서, **구름**이란 표현으로서 애초의 'nuées'를 'nues'로 수정하였다. 여기서 우리는 여성의 야회복(夜會服)을 바라볼 때처럼, '구름'처럼 하늘거리는 망사(網絲) 사이로 여성의 '나신(nu)'의 살갗을 보는 여유로움을 즐기게 된다. 마치 드레스의 투명성과 하늘의 투명성 사이의 연상 속에서 여성성을 한순간 힐끗 보기라도 하는 것 같다. 적어도 성적인 반향을 일으키는 단어를 언제라도 포착하기 위해 도사리고 있는 우리의 무의식에게는 말이다. 황혼의 연무(煙霧) 속에 나신의 여성을 보아야 할 무엇이 있으리라고 상상하지는 말자. 단지 이와 같은 문장 속에서 솟아날 수 있는 내용의 진정한 깊이를 헤아려 보자. 해가 떨어지는 비극적인 순간에 실내복[115] 차림의, 다시 말해 한 남자를 위해 그녀를 더욱 아름답게 만들어 주는 밤의 관능적인 의상의 투명한(transparentes ; 트랑스빠랑트) —— 때맞춰 '-pa-rentes(-빠랑트)'[116]의 메아리가 반복해서 우리의 귓전에 울린다——아지랑이 속으로 자신의 나신을 감싸는 여인의 모습이 떠오른다.

두번째이자 마지막 세부 사항은 다음과 같다. "날이 저문다(Le jour

tombe)"라는 산문시의 첫문장의 표현에 관련된다. 우리는 이본 A에서 시가 다음의 문장으로 시작한다는 것을 기억하고 있다.

> 밤의 하강은 나에게 언제나 어떤 내면의 축제를 알리는 신호였고, 불안감으로부터의 해방과 같았다.
>
> La tombée de la nuit a toujours été pour moi le signal d'une fête intérieure et comme la délivrance d'une angoisse.

이 문장은 이 작품을 처음부터 끝까지 가로지르는 주제를 요약한다. 우리는 **내면의 향연과 불안으로부터의 해방**의 표현을 통하여, 이본 B를 작성하던 당시에 가장 서정적인 시적 움직임이 작품의 마지막에 추가되었고, 이를 통하여 놀랄 만한 감정 표출이 이루어진다는 것을 본 적이 있다. 첫단어들은 극적인 압축과 함께 어떤 의미심장한 변화의 대상이 되었다. 먼저 통사적으로 첫마디는 서술적인 양태를 띠면서 하나의 문장으로 분리된다——"날이 저문다." 그러나 이 변화 속에서 우리는 특히 밤이 하강하는 사건이 **빛**이 사라지는 사건에 자리를 양보한다는 사실을, 그리고 이것이 무의식적인 반향을 불러일으키는 표현들 속에서 이루어진다는 사실을 주목하게 된다.

구어체 프랑스어에서, 밤이 되든 해가 지든간에 이 두 경우에 대해 모두 특별한 효과 없이 동사 '떨어지다(tomber)'를 사용하는 것은 사실이다. 그러나 우리는 이러한 두 경우 사이에 느껴지는 뉘앙스를 지적해야 할 필요가 있다. 한편에서는 마치 분리시키는(보호하는 혹은 불안을 일으키는) 차단막처럼 어둠이 하늘에서 내려오는 것 같은 광경이 있다. 이때 이 동사는 우리의 머리 위에서 종결되는, 위에서 아래로의 움직임을 표현한다. 다른 한편에서는 빛이 조금씩 꺼져 가는 듯한 느낌이 있는데, 이것은 단순히 시각적이지만은 않다. 이때 동사 '**떨어지다**'는, 마치 우리의 환경 전체가 무너지면서 우리를 의지할 데 없이 내버려둘 것처럼 공간 자체가 우리 주위에서 쓰러지는 듯한 느낌을 암시한다. 한편에서는 두터운 외투가 우리를 뒤덮을 것이고 (상투적인 용법이 있다[117]), 다른 한편에서는 삶의 두께가 점차 엷어지고 급기야는 사라지게 될 것이다. 여기에는 감쌈이 있고, 저기에는 꺼짐이 있다. 게다가 우리가 낮 속에 밤이 나타나기를 원한다면, 삶의 정상적인 체제를 재현하는 것처럼 보이는 것은 낮이며, 암흑은 예기치 않던 사건처럼 불쑥 나타난다. 그 반면에 밤을 배경으로 하여 그 위로 빛이 떠 있는 것 같은 느낌을 환기시킨다면, 주된 것은 밤이 된다. 밤은 지구의 표면에 영구적으로 자리잡고 있으면서, 빛에게 자신의 모습을 내보이도록 가까스로 한순간을 허락할 뿐이다.

요컨대 시작부터, 시인이 황혼의 우울함으로부터 빠져 나오지 못한다는 것을 그 스스로 분명하게 표현하고 있는 만큼 우리는 이 사실을 잘 느낄 수 있다. 밤이 우리 위로 내려올 때, 적어도 이것이 우리에게 보금자리는 아닐지라도 피신처 정도는 제공하기 위한 것인지도 모른다는 희망은 있다. 빛과 열기가 사라질 때, 떨어지는 해는 어린 시절부터 겪어 왔던 모든 상실들을 환기시키고, 또 그렇게 존재 전체의 붕괴를 예고한다. 또한 명사 형태의 ‘tombée’가 동사 형태의 ‘tombe’로 대체됨으로써 이러한 감정은 다시 강화된다. 새롭게 선택된 표현, 동사 ‘tombe’는 정확히 명사 ‘tombe(무덤)’의 동음이의어(동음어인 동시에 동철어(同綴語)이다)이다.[118] 이와 같은 연상 작용은 자동적으로 우리의 전의식 속에서 이루어진다. 이때 무의식을 문제삼게 하는 심리적 동요가 일어날 수 있는데, 이러한 작용이 파급하는 효과에 대해 새삼 강조할 필요는 없다. 무덤에 대한 환기는 그 이유가 어떤 것이든간에 중립적이기는 어렵다. 그리고 이것은 텍스트의 맨 마지막 부분에서 **초상(初喪)**이라는 말이 등장하게 될 때 더욱더 강력한 환기력을 갖는다. 초상이라는 단어는 별 의도 없이 등장하는 듯이 보인다. 그러나 애초에 요양원이 지각 없는 가련한 자들로 꽉 차 있듯이, 무덤들로 가득한 공동 묘지가 아주 어렴풋이 순간적으로 나타나면서 그 말은 이미 우리의 내부에 준비되었던 것이다. 비록 우리가 의식하지는 않았지만, 우리는 초상이란 말을 기다렸던 것이다.

밤과 죽음이 연주하는 이 우울한 이중주에 내가 덧붙일 말은 아무것도 없는 것 같다. 어쨌든 이 말 외에는 더 이상 다른 할 말이 없다. 즉 다른 연상 작용들의 메아리가 무한히 확장되는 것을 멈출 결심을 하는 것은 우리에게 달렸다는 뜻이다. 원칙적으로 모든 주석은 끝이 있을 수가 없다. 사실 주석은 일반적인 것과, 우리가 시작하면서 지적했던 지나치게 개인적인 것 사이의 경계에 자리잡는 침묵에 부딪힌다. 각자는 자신의 내부에 가장 내밀하게 존재하는, 전달 불가능한 무엇을 적나라하게 드러내기 위해 독서를 이용할 위험성이 있다는 감정 속에서 침묵할 이유 하나를 발견한다. 엄밀한 의미에서의 전이의 흐름을 터주는 아주 독특한 상황인 치료의 현장이 아니라면 전달하기가 불가능한, 그리고 표현하기에는 외설스러운 그 무엇 말이다……[119]

1) 억압은 '사유'할 수 없는 예기치 않은 내적 자극들——다시 말해서, 제어까지는 아니더라도 이미 설정은 되어 있는 표상들과의 결합을 통하여 안정화시킬 수 없는 자극들——로부터 정신이 스스로를 보호하는 가장 일반적인 방어 기제이자, **방어 기제**의 모델이다. **현실**은 이 자극의 조절을 통하여 우리가 **쾌락**의 자유로운 역동성에 스스로를 내맡기지 못하도록 막는데, 그 과정을 우리는 **결합**이라는 이름으로 지칭한다. (그리하여 정신 에너지의 두 가지 형태가 대립 관계에 놓이게 될 것이다: '자유로운 에너지'/'결합된 에너지')

2) 일상적인 어법에서는, 성적인 원인을 가지며 제어되지 않은 공격성의 형태로 폭발할 수 있다고 여겨지는 정신적 불안의 증상을 보이는 사람을 지칭하는데 이 단어가 사용된다. (적절치 못한 용법이다.)

3) 다시 말해서, 그 내용물은 잠재의식의 형태로 존재할 것이다. 이 참에 무의식 대신에 때로 사용되는 **잠재의식**이라는 단어를——30년대에 유행했던——핀셋으로 집어내어 우리의 어휘 목록에서 제거해 버리자. 그 단어는 **하위의식**이나 **하부의식**과 마찬가지로 의식화되기를 기다리는(우리가 그것을 원하든 두려워하든 상관없이) 전의식적인 현상을 가리킨다.

4) 프랑스어의 경우에는 소문자와 대문자로 개인의 무의식과 보편적 무의식을 구분한다. 우리말에는 대소문자의 구분이 없는 관계로, 좀 무리스럽지만 '보편적 무의식'이라는 용어를 쓰기로 하였다. (역주)

5) 마찬가지로 프로이트의 용어 'Lust'는 흥분과 희열을 상기시켜 주는 프랑스어 'joie(환희)'와 좀더 일치하지만, 우리는 평범하게 'plaisir(쾌락)'이라는 말로 번역하고 있다. 그 반의어인 'Unlust'도 프랑스어의 'déplaisir(불쾌)'라는 단어와는 달리 의기 소침과 욕구 감퇴를 의미한다.

6) 그래서 정신분석에서는 때로 다음과 같은 의미로 **기표**라는 용어를 사용한다: '자신의' 통상적인 기의와 분리되어 사물처럼 취급되는 기호.

7) 프로이트의 몇몇 제자들은, 아이에게 이가 나서 깨물기 식의 보복이 가능해지는 구강기의 후기 국면을 지칭하는 데 '가학적-구강기'라는 명칭을 썼다.

8) 피-가학성이라는 용어는 충동과 성도착증 사이를 연결해 주는 간주체적인 태도들(다시 말해서 개인들 사이의 지배/복종의 관계들) 속에 존재하는 구조적인 상보성을 강조하는 용어이다.

9) 좀더 명확하게 말하자면, 오이디푸스 콤플렉스의 양성적인 공식은 이성의

부모를 욕망하고 동성의 부모에 대해 경쟁심을 갖는 것을 말한다. (역주)

10) 오이디푸스가 대문자로 쓰였을 때 소포클레스의 비극의 인물을 가리키는 데 반해, 소문자로 쓰였을 때에는 오이디푸스 콤플렉스를 가리키며, 이때에는 소유형용사를 덧붙여서 예를 들어 '나의 오이디푸스'라는 표현까지도 쓸 수 있다. (역주)

11) (젊은) 여자가 (자신의 여성성-아름다움을 통해) 자신을 돋보이게 하는(불운하게도) 방법 중의 하나는, 미국의 한 정신분석가에 의해서 명명된 **팔루스-여자**로 자신을 변화시키는 데 있다. 그 문학적인 전형(典型)은 살로메일 텐데, 오로지, 전적으로, 탈주체화시키는 치명적인 욕망의 절대적인 대상이 되어 버린 존재를 말한다.

12) 그러면서 계집아이가 자기 어머니에게 품게 되는 증오는, 아이가 아버지 쪽으로 돌아서서 양성적 오이디푸스로 넘어가는 훌륭한 기회가 된다. 또한 문제의 열등성은 사춘기가 되면서부터 모성의 특권에 의해 보상된다.

13) 환영을 의미하는 후기 라틴어(유령·망령을 뜻하는 그리스어 'phantasma'에서 따온)에서 파생한 이 단어는, 유령이라는 의미로 쓰이다가(14세기) 뒤에는 환각적인 이미지(1832)라는 의미로 사용되었다. 의식적인 환상('낮의 몽상')과 전의식적적인 환상('밤의 꿈'), 그리고 **무의식적 환상**이 있다. 무의식적 환상은 욕망의 형성물들의 핵으로서, 분석을 통해 오직 재구성될 수 있을 뿐이다.

14) 약간 앞질러서 이야기해 보자. 정신분석적인 독서는 해석의 정해진 규약 때문에 '항상 똑같은 (가족) 이야기들만을 찾아낸다'고 비난하는 사람들은, 예술에서는 자신들이 받아들이고 있는 것을 비평에서는 거부하고 있는 셈이다. 왜냐하면 위대한 소설들은 지극히 진부한 초안의 미학적 변주들을 끝없이 우리에게 제공하기 때문이다. 어떤 이야기를 '분석한다'는 것은 이야기로부터 무의식의 도식(사실상 진부한)을 추출하는 작업이 아니라, 그 골격에 살과 형태를 입혀 주고 있는 변주들, 변이형들을 읽어내는 작업이다.

15) 독일어 'Urszene'을 '원초적 장면'이라고 번역하는 것이 일반적인 경향인 것 같다. 아마 접두사 'Ur-' 때문일 것('원초적 환상들(Urphantasien)'처럼)이다. 그러나 이 용어가 아이의 생성의 근원을 표상하는 환상이라는 것을 기억한다면, 먼저 형용사 '원초적'이라는 말이 그리 타당하지 않다는 것을 짐작할 수 있다. 'Urszene'의 접두사 'Ur'는 '근원(의)'로 해석되어야 할 것 같다. (역주)

16) 반원 또는 반구를 지칭하는 라틴어 'sinus'에서 파생한 프랑스어 단어 'sein'의 쓰임새는 때로 우리를 난처하게 만든다. 움푹한 것으로는 낭(囊)(토가(toge)의 주름)을 지칭하였고 그로부터 자궁이라는 의미가 생겨났지만, 돌출한 것으로는 유방을 가리켰고 지금도 여전히 유방이라는 뜻으로 쓰이고 있기 때문이다. 여성성 속에 온전히 새겨진 양가성의 좋은 예라고 생각된다….

17) 환상은 원칙적으로 실현이 불가능하므로 성도착자가 **환상**을 말 그대로

실현하는 것은 아니다. 다만 자신의 뿌리 깊은 환상인 '거세되지 않은' 어머니에 대한 환상을 일시적으로 호도하거나 교묘히 피해 갈 수 있게 해주는 상상의 시나리오를 현실 속에 옮겨 놓는 것일 뿐이다. 거세되지 않은 어머니의 환상에 대해서는 조금 뒤에 이야기하겠다.

18) 정상에 위배되는 것들로는 성적 대상의 대체(수간(獸姦)·소년애·노인애·시간(屍姦)·동성애)나 신체 부위의 대체(펠라티오·쿤닐링구스·항문 성교), 그리고 특별한 부차적 조건들에 대한 절대적인 요구(페티시즘·복장 도착증·피-가학증·관음증·노출증·3인 혼음) 따위를 꼽을 수 있다. 이 모두가 오르가슴에 도달하는 이상(異常) 형태들이다. 그리고 이러한 전통적인 분류 목록은 대개 사법적인 기준에서 비롯된 것이기 때문에 근친상간(근친상간은 특별하고도 비극적인 경우이다)에서부터 '신체 접촉'(대중 교통 수단 속에서의), 음란 전화에 이르는 폭넓은 영역을 망라할 수 있다.

19) '큰(대문자) 타자(Autre)'와 '작은(소문자) 타자(autre)'를 각각 약어로 'A'와 'a'로 부른다. J.-D. 나지오는 자신의 《자크 라캉의 이론에 대한 다섯 편의 강의》(임진수 역, 교문사)에서 다음과 같이 간략하게 정의하고 있다: "큰 타자는 기호 표현의 사슬의 중층 결정에 갖고 있는 힘이 인간적인 형상으로 나타난 것 중의 하나입니다. 반면에 [작은 타자]는 자신의 닮은꼴, 즉 타아(他我, alter ego)를 가리킵니다." 이처럼 '큰 타자'는 상징계의 주체다. 따라서 집단의 언어 체계를 관장하는 아버지의 체제에 속하는 타자다. '크다'는 형용사는 한편으로는 대문자라는 의미를 지니지만, 다른 한편으로는 위대하다는 의미를 갖는다. '작은 타자'는 상상계에 속하는 주체로서 자아와 작용하며, 자아를 대체하기도 하고, 그 반대가 되는 경우도 있다. 다시 말해 상상 속의 어머니의 이미지가 대표적인 '작은 타자'이며, '크다'는 형용사와 대립되는 '작다'는 형용사는 왜소하다는 의미도 내포한다. 작은 타자와의 상상적인, 내밀하고 융합적인 관계를 맺게 하는 매개적인 신체 부분으로서, 입·시선·말·성기(남근/클리토리스-질) 등의 사물들을 '대상, 작은 a'라고 부른다. (역주)

20) 욕망은 항상 두 가지 방식으로 표현될 수 있다. '……로서 존재하기'를 바라거나, '……을 지니고 존재하기'를 바라거나 둘 중의 하나이다. '로서-지니고'라는 절대적인 정식(定式)은 극단적인 경우를 나타내는데, 그 경우에는 자아가 자신의 지표들을 상실할 위험이 따른다.

21) 반대로 '남근 선망'은 계집아이를 **도벽증**과 같은 만회(挽回)의 시도로 이끌어 간다. 도벽증은 남근을 상징하는 소소한 물건들을 돈을 주고 살 수 있는데도 훔치려는 강박이다. (허세나 반사회적인 도발 행위로 상점을 터는 남녀 청소년들의 경우와는 다르다.)

22) 거부(déni)를 **부인**(désaveu)으로 대체하고 있는 셈인데, 부인이라는 단어는 동사 **부인하다**(désavouer)가 뒤따라온다는 점에서 편리한 측면이 있다. 거부

하다(dénier)라는 동사는 거부와 부정(dénégation)이라는 두 가지의 구별되는 과
정을 똑같이 지칭하기 때문이다. 또한 신경증이 무의식 속에 억압하는 것을 외
부 세계로 되돌려보냄으로써(이것이 제외(rejet) 혹은 배제(forclusion)이다), 거부된
것을 착란적인 환각의 형태로 다시 나타나게 만드는 이러한 방어 기제가 정신병
의 핵심에 놓여 있다.

23) 계속해서 프로이트는 심적 현상들을 통합하는, 심적 현상들의 풍부한 결
합을 결정짓는 **삶의 충동**과(그로부터 에로스라는 용어가 등장한다) 그것들의 '해
리(解離; déliaison),' 궁극적으로는 그 소멸을 지향하는 **죽음의 충동**(타나토스)을
대립시키는 또 다른 이원 체계를 세우려고 시도하였다. 그 가설은 일반적으로
생각하기에도 문제가 없지 않고, 또 모든 이론가들에 의해서 받아들여지지도 않
았지만, 실제로 항상 발견되는 자기 파괴 행동과 실패 추구 행동(무의식적으로
일을 그르치기 위해 갖은 애를 쓰는 경우를 말한다: 역주)을 설명해 주는 장점은
있다.

24) 영국의 정신분석가인 위니코트 덕분에 아기의 첫번째 '소유물'(천조각, 곰
인형), 자아도 타자도 아니고 안도 바깥도 아닌 **과도기적인 대상**에 대해서, 그리
고 모든 놀이의 원천인 현실과 환상이 구별되지 않는 유희의 공간에 대해서 우
리는 좀더 잘 알게 되었다.

25) 그러므로 '대상'은 **자아**에 대립하느냐(=바깥의 타자), 문법적 주어로서의
나에 대립하느냐(관계 동사의 목적 보어=사랑/증오의 대상), 또는 사유하고-말하
고-행동하는 **주체**에 대립하느냐(=사물화된 수동적 대상)에 따라서 최소한 세 가
지 의미를 갖는다. 어원적으로 볼 때, '오브제툼(objectum)'은 '저기-앞에 놓여
있는 것'을 의미한다.

26) 당연히 '상징들'이라고는 말할 수 없다. '상징'이라는 애매한 단어는 오
랫동안 **상징 체계**(꽃의 상징 체계나 기독교의 상징 체계라고 말하는 의미에서),
다시 말하면 유추를 기반으로 하여 대개 일정한 자연 현상들에 전통적으로 결
합되어 온 가치들의 체계(붉은 장미=사랑, 정원=낙원)를 가리켜 왔기 때문이다.
그것[상징이라는 용어의 사용]은 무의식이 일종의 보편적이고 생래적인 정신의
언어(langue) —— 이것이 바로 프로이트가 반대한, 융의 그 유명한 '집단 무의식'
이다 —— 라는 것을, 그리고 예컨대 꿈은 꿈꾼 사람의 '연상의 도움을 받아 '해
석'되는 것이 아니라 꿈꾼 사람과는 무관하게 '번역'될 수 있다는 것을 의미하
게 될 것이다. '상징계'라는 용어는, 무의식적인 표상들이 이미지들(정신적인 복
제)처럼 작동할 뿐만 아니라 기호들(자의적인 관습)처럼 작동하기도 한다는 생
각에 기초해 있다. 이런 식의 용어 사용은 민속학자들에게서 유래하였는데, 그
들에게 있어서 그 용어는 말들의 교환 규칙뿐만 아니라 여자들과 재화(財貨)의
교환 규칙까지도 포괄하는 개념이다. 단지 결혼 관례의 문법이 민족에 따라서
차이가 있다면, 심적 대리물은 그것의 관례적인 **의미**(signification)와는 별도로 각

개인마다 다른 **의미**(sens)를 갖게 된다. 그리고 그 개인적인 의미는 심적 대리물들이 언젠가 한 번 결합된 적이 있는, 그러나 검열에 의해서 의식 바깥으로 쫓겨난, 결국 분석 치료 특유의 연상 기법을 통해서 되찾아 낼 수 있는 일정한 사람들이나 사건들에 따라서 달라진다.

27) 아이에게 그 개별 언어를 말함으로써 그것을 가르치기 시작하는 사람이 어머니인 까닭에 보통 '모국어'라는 표현을 쓰지만, 정신분석은 그 언어에서 아버지의 근본적인 역할, 즉 금기들과 금제(禁制)들을 공표하는 역할을 읽어낸다. 공동체는 그 금기들에 근거해 있고 우리는 **상징계**를 통하여 공동체에 참여하며, 공동체는 우리 속에서 상징계가 차지하는 비중을 **사회**(무의식적인 초자아가 그것의 가장 가까운 근사치이다)에 부여한다.

28) 사실 이러한 직접적인 의미 효과는, '이름(nom)'과 '금지(non)'가 동음이의어의 관계에 있는 프랑스어에 고유한 현상이라고 말할 수 있다. (역주)

29) 프랑스어에서는 여성 정관사를 붙여 'la Sphinge'라고 쓰던 것을 16세기 이후로 남성 정관사를 붙여 'le Sphinx'라고 쓰는데, 이는 아마도 '스핑크스(Sphinx)'라는 고유명사 앞에 붙는 '괴물(le monstre)'의 뜻을 함축하는 듯하다. (그리스어로 'Sphinx'는 '질식'을 의미한다.) 스핑크스의 착종된 이미지는 이집트에서 유래하였고, 고양이과 짐승의 그 몸뚱이(사람의 얼굴과 맹금류의 날개를 단)에는 때로는 여성적인, 때로는 남성적인 속성이 부여되었다.

30) 미학적이거나 과학적인 활동들을 제외하면, 집단의 이해라는 승화의 분류 범주는 아주 모호하다. 천성적인 푸주한은 외과 의사와 똑같은 이유, 똑같은 정도로 가학 충동을 '승화'시키고 있는가?

31) 이런 현상의 극단적인 예는 **신체-정신적인** 장애에서 볼 수 있다. 고통의 표현을 문자 그대로 받아들임으로써 무의식이 소위 기능성 질병을 유발할 수 있는 것이다. ('숨이 막힌다'는 표현을 '나는 천식이 있다'로, '가렵다'는 표현을 '내 피부에 염증이 났다'로 받아들이는 식이다.)

32) 오늘날에는 **환자** 대신 **분석자**라는 명칭을 쓰는데, 어쨌든 분석가가 환자와 함께 자기 나름의 분석을 행하는 과정에서 환자에 대한 분석을 행하는 것은 환자 자신이다. 우리는 분석가에 의해서 **분석되는** 것이 아니다. 분석의 경험이 있고, 정해진 시간 동안 우리의 말을 청취하기로 약속한 어떤 사람과 함께 우리가 우리 자신을 분석하는 것이다. 분석가는 우리가 자기 앞에서 아무런 구속 없이 말하는 것 중에서 우리에게 중요하거나 진실한 것을 가리켜 보이는 역할을 한다. 그리고 우리 자신의 분석에 참여하면서, 동시에 분석가 나름의 분석을 진행시켜 나간다.

33) 일상 언어에 속하는 단어이지만 그 정신의학적인 의미는 아주 다르다. 광증은 우울증의 정반대이기 때문이다. 같은 맥락에서 (성적인) '편집광'이라 불리는 것과 강박적인 인물 사이에는 당연히 아무런 관계도 없다.

34) 프로이트에 의하면, 편집증 환자가 단순하면서도 복잡한 문법에 따라 구문들을 만들어 내는 것은 같은 성(性)의 부모에 대한 자신의 욕망을 외면하기 위한 것이다. 한 남자에게 있어서 '나는 그 남자를 사랑한다' 라는 받아들일 수 없는 문장은, 예컨대 '그 남자는 나를 미워한다'(박해)라는 문장이나 '그 여자가 나를 원한다'(연애 망상), '그는 한 여자를 사랑한다/내 아내가 그를 사랑한다'(질투)라는 문장, 나아가서 '나는 나 이외의 아무도 사랑하지 않는다'(과대 망상)라는 문장으로 바뀐다.

35) 비평가가 텍스트 전체에 관심을 가지면서 프로이트의 이론을 원용하는 경우에도 사정은 마찬가지이다. 예컨대 내가 *Gradiva au pied de la lettre*에서, '프로이트의 어깨 너머로' 작품을 다시 읽으면서 텍스트를 그 전체성 속에서 드러내려고 시도한 경우가 그런 예이다.

36) 지나는 길에 역설 한 가지만 지적하자. 비평가가 훌륭하게 작업한 경우는, 독자가 그의 글을 읽으면서 그리 대수로운 것을 해놓지 않았다는 느낌을 받을 때이다. 해석이 당연해 보일수록 그만큼 올바른 해석일 확률이 높아진다. 그렇지만 그 해석을 감지해 내고 표현하기까지, 비평가의 입장에서는 그만큼 더 많은 인내와 감수성·경험이 필요하다.

37) 이 대목에서 **중층 결정**과 **이차적 해석**이라는 두 가지 개념을 정의하는 것이 좋겠다.(*Vocabulaire de la psychanalyse* 참조) 중층 결정은 "하나의 형성물이 다양한 무의식의 요소들과 관련되어 있는 현상을 가리킨다. 무의식의 그 요소들은 상이한 의미 연속체들로 조직될 수 있고, 해석의 일정한 층위에서는 각각의 연속체마다 나름의 일관성을 지닌다." 이차적 해석은 "일관성 있고 완전해 보이는 최초의 해석이 이미 주어졌는데, 또다시 부차적으로 도출되는 해석을 가리킨다. 이차적 해석의 근본적인 존재 이유는 중층 결정에 있다."

38) 이 표현에 가장 근접하는 한국어는 '섬뜩함'인 것 같다. 그러나 '두려운 낯섦'이라고 번역된 경우도 있다. 독일어의 'Das Unheimliche'는 친숙함 속에서 뭔지 모를 낯섦을 느끼면서 묘하게 불안한 감정에 사로잡히는 정서적 움직임을 가리킨다. 프로이트에 따르면 '불안(Angst)'은 대상이 분명하지 않는 모호한 감정으로서, 억압된 것이 회귀해 온다는 위험을 알리는 신호로 정의되는 반면, '두려움(Furcht)'은 그 대상에 훨씬 더 무게가 실린 이성적이고 의식적인 감정이며, '공포(Schreck)'는 위험이 기습적으로 다가옴에 따라 주체가 충분히 준비되지 않은 상태에서 경험하는 감정이다.(《쾌락 원칙을 넘어서》 참조) 물론 이것들은 서로 섞여들 수도 있지만 원칙적으로 구분되어야 하는 성질의 감정들이다. 따라서 'Das Unheimliche'를 한국어로 옮기는 데 사용된 '두려운'이라는 형용사는 적합하지 않은 것 같다. (역주)

39) 《프로이트와 문학의 이해》(1980), 제X장 참조. 또한 *La Fantasmagorie* (1982)에 실린 같은 텍스트의 새로운 독법 참조.

40) 마지막 저작인 《인간 모세와 유일신교》(1939)에서 프로이트는 모세를 다시 다룬다. 그에게 모세는 **아버지**의 상(像)인 동시에 자기 자신의 투사물, 자신의 사명과 타협하지 않는 선구자의 상이기도 했다.

41) 에리스가 '가장 아름다운 여인'의 것이라고 던져 놓은 황금 사과를 두고, 헤라와 아테나 · 아프로디테 사이에 벌어진 다툼의 심판을 맡은 것이 파리스였다. 황금 사과는 아프로디테의 차지가 된다. (역주)

42) 프랑스권에서 한 사람만 더 꼽자면, 샤를 보두앵을 들 수 있다. 그는 특히 에밀 베르하렌(1924) · 빅토르 위고(1943) · 라신(1963)의 작품들에 대한 모범적인 연구물들을 남겼다.

43) *Pour une psychanalyse de l'art et de la créativité*, pp.49-61.

44) Denoël, 1931. 그는 이미 〈Étude sur Jean-Jacques Rousseau〉(*Revue française de psychanalyse*, 1927)를 발표한 바 있었고, 1962년에는 예술가의 재능을 별로 고려하지 않은 *Psychopathologie de l'échec*이라는 시사적인 연구를 발표한다.

45) *Psychanalyse et critique littéraire*, p.48.

46) *La Jeunesse d'André Gide*, Gallimard, 1956(1957). 그 이전에 이미 그는 플로베르와 도스토예프스키를 대상으로 〈Création et névrose〉(*Revue des deux mondes*, 1955)이라는 연구를 발표한 적이 있었다.

47) *Hölderlin et la question du père*(PUF, 1962). *Vocabulaire de la psychanalyse*의 공동 저자이기도 한 그는, 정신분석 이론을 미학적인 영역에 '적용'하는 일에 아주 관심이 많은 오늘날의 정신분석가들 중의 한 사람이다. 치료의 틀 밖으로 나간다는 점을 부각시키기 위하여, 그는 자신의 그러한 작업을 '벽 밖의 정신분석'이라고 지칭한다.

48) 〈Le discours de l'obsessionnel dans les romans de Robbe-Grillet〉, *Les Temps modernes*, 1965. (앙지외가 창조 작업에 대한 정신분석을 누구보다도 멀리까지 밀고 나간 책인 *Le Corps de l'œuvre*에 재수록되었다. 그는 자신의 그 작업을 '정신분석적인 창조 시학(poïétique)'이라 명명한다.) 그 뒤에 그는 *Beckett et le psychanalyste*(Mentha-Archimbaud, 1992)라는 제목의 시사적이고도 흥미진진한 저작을 내놓았다.

49) 〈Incidences de la psychanalyse〉(*Nouvelle revue de psychanalyse*, Gallimard, 제1호, 1970, 봄호).

50) 이 책의 서두에서부터 우리가 말해 온 것을 보완하기 위해서라도 이쯤에서 용어에 대한 정의가 필요하겠다. 작품(œuvre)이라는 단어(프랑스어에서는 여성형, 단 복수로 쓰이는데)는 아주 일반적이기 때문에 별다른 특징도 없고 중요하지도 않다. 그러나 프랑스어의 남성명사 작품(l'œuvre; '모차르트 · 세잔 · 졸라의 전 작품[l'œuvre]')과 어떤 작가의 **어떤** 작품(un ouvrage; 장편 소설 · 단편 소

설·시)이라는 표현 사이에는 용법의 차이가 있다는 것을 지적할 수 있다. 검토할 목적으로 어떤 비평가가 **자신**의 **텍스트**라고 부르는 것은 원칙적으로 [총칭 명사로서의] 작품(l'œuvre)일 수도 있고, [개별적인] 작품(un ouvrage)일 수도 있다. 하지만 **텍스트**라는 단어가 그 자체로서의 연구 대상, 다시 말하면 **책**(livre; 물질적인 측면) 또는 **작품**(œuvre; 정신적인 측면)으로서의 텍스트가 지니는 여러 가지 맥락(역사적·예술적·사회적·이념적)으로부터 어느 정도 분리된(최소한 구별되는) 대상을 가리키기 때문에, 대개의 경우 텍스트는 [개별적인] 작품(unou-vrage)이기가 쉽다.

51) 16-17세기에 이탈리아에서 성행한 희극. (역주)

52) 나의 책 *Les Contes et leurs fantasmes* 속에서 나 자신이 이에 대해 연구한 바 있다.

53) 여기서 잠시 작가를 지칭하는 두 단어, 'l'écrivain'과 'l'auteur'을 구분하여 이해할 기회를 가져 보자. 사실 이 두 단어를 모두 작가로 번역해도 특별한 무리는 없을 것이다. 그러나 전자는 세상 인식과 그에 대한 미학적인 표현에 관심을 기울이고 실천하려는 예술가로서 문학 창작에 종사하는 자를 가리킨다. 우리는 작품 속에서 그의 문체나 글쓰기의 특징을 파악할 수 있다. 후자는 작품을 생산한 자를 대표하는 이름을 상징적으로 가리키는 동시에, 작품에 대한 대중 매체 광고 등의 대외적인 활동을 전개하는 사회성을 띤 실제 인물을 가리킨다. 우리가 흔히 어느 '책'의 '작가(l'auteur)'라고 할 때의 그 인물이다. 그러나 어느 '작품'을 쓴 '작가'(l'auteur 또는 l'écrivain)라는 말이 있는 한편, '작가(l'auteur) 미상'이란 표현도 있다. 이 때문에 'l'écrivain'과 'l'auteur'의 구분을 단순히 '작가'와 '저자'라는 식의 대립으로 옮기는 것이 불가능한 것 같다. 창작가의 삶의 사회성과 개인적인 역사성으로 말미암아 작가(l'auteur)로부터, 정확히 그의 실제 삶으로부터 작품의 문학성을 독립시키고, 그의 창작 활동의 결과물로서 예술적인 형태만을 작가 연구의 대상으로 삼으려는 움직임이 현대 문학 비평의 커다란 흐름을 이루었다. 또한 이런 이유로 독서 과정에서 이루어지는 의미 생산의 문제에 있어서 독자의 주관성이 자연스럽게 부각된다. 잠시 후에 소개될 다른 비평가들에 대한 벨맹-노엘의 논의도 이러한 맥락에 초점이 맞추어져 있다. 그는 이들을 소개하는 데 있어서, 득히 텍스트의 의미 생산에서 비평가의 주관성이 갖는 중요성을 부각시키고, 독서 실천과 이론 사이의 긴장 관계를 중심으로 이루어지고 있는 쟁점에 대한 자신의 입장을 간략하고도 함축적으로 소개한다. (역주)

54) 그의 평론 〈Le Double et l'absent〉(*Critique*, n° 312, mai, 1973) 참고. 이 글은 후에 그의 책 *La Déliaison*에 수록되었다.

55) *Nouvelle revue de psychanalyse*, 14호(1976년 가을)에 실린 그의 글 참고. 이 글은 후에 그의 책 *Comme un chemin en automne*에 수록되었다.

56) 이들 개념에 관해 내가 기여한 것에 대해서는, 나의 책 *Vers l'inconscient du texte*의 문고판(PUF, 〈Quadrige〉, 1996) 마지막에 첨가된 총론을 참고하기 바란다.

57) '텍스트분석'은 장 벨맹-노엘이 자신의 정신분석 문학 비평 방법을 가리키기 위해 지어낸 이름이다. 이 말은 정신분석이라는 말과 대칭적인 구조를 갖고 있으며, 정신분석가가 인간의 심리를 분석하는 것과 같은 자세로 텍스트에 접근하겠다는 입장을 암시한다. 따라서 이 말은 흔히 어떠한 입장에서 어떠한 방법으로 한 작품을 분석한다는 일반적인 의미에서의 텍스트 분석이란 표현과 구별될 필요가 있다. 이 때문에 벨맹-노엘의 용어는 텍스트와 분석이란 두 단어를 붙여서 한 단어처럼 쓰기로 하겠다. (역주)

58) 이 과자의 이름도 마들렌이다. (역주)

59) 레리스가 '아버지' 항목에 붙인 주석에서 같은 소리의 반복을 꾀했다는 것을 관찰할 수 있도록 프랑스어 발음을 한글로 옮겨 적는다: "페르——페르페튀엘 페 드 렙틸." 그리고 'reptile(파충류)'이라는 단어가 이차적으로는 '뱀'을 뜻한다는 것도 염두에 두어야 한다. (역주)

60) *Fils*, Galilée, 1977; *Le Livre brisé*, Grasset, 1989; *L'Après-vivre*, Grasset, 1994; *Laissé pour conte*, Grasset et Fasquelle, 1999 등 다수의 소설 작품들이 있다. (역주)

61) 발브(valve, 조개 껍질)와 뷜브(vulve, 외음부) 사이의 유사한 청각 영상에서 일어나는 연상 작용에 주목하자. 마들렌 과자의 형태는 조개 껍질 모양이다. (역주)

62) 프루스트는 우리의 입장에서 가장 많이 연구된 작가에 속한다. Jean-Louis Baudry의 *Proust, Freud et l'autre*, 그리고 Alain Roger의 *Proust, Les plaisirs et les noms*을 예로 들 수 있다.

63) 여기서 이 책의 작가가 따옴표를 쓴 것은, 이탈리아의 극작가 루이지 피란델로의 작품 《작가를 찾아나선 여섯 인물들》에 빗대어 말하고 있기 때문이다. 이 비유 속에서, 우리는 작품의 하나의 의미 생산을 위해서 결국 작가(l'écrivain)와 비평가가 '함께 작업한다'는 벨맹-노엘의 주장을 읽을 수 있다. (역주)

64) 〈Psychanalyser le rêve de Swann?〉, *Poétique*, nº 8, décembre 1971. 이 글은 후에 *Vers l'inconscient du texte* 속에 다시 수록되었다.

65) 이에 대해서는 안 모렐의 *La Critique*(Hachette, 〈Contours littéraires〉, 1994) 속에서 간략한 소개와 함께 전망되고 있다. 한편 이 독서 방법은 미셸 콜로에게 밀도 있는 논쟁의 대상이 되기도 했다.(〈La textanalyse de Jean Bellemin-Noël〉, *Littérature*, nº 58, 1985) 콜로가 자신의 글을 마치면서, "텍스트와 그것을 쓰는 주체를 잇는 관계들을 고려하는 것이 문학 텍스트들에 대한 정신분석적인 연구를 풍요롭게 할 수 있다"(p.90)는 가설을 명백한 것처럼 주장함에도 불구하고——

그의 관점은 사실 도미니크 페르낭데즈의 관점과 표현을 거의 그대로 반복한 것이다——그의 논지는 나의 선택의 일부를 명시하고 정당화하지 않으면 안 되도록 나를 이끈 아주 유익한 것이었다. 마침내 피에르 바야르의 국가 박사 학위 논문[未刊], *Les Lectures freudiennes du texte littéraire en France. Problèmes de méthode*(Paris VIII대학, 1991)에서 텍스트분석의 토대가 그 근본에 이르기까지 철저하게 검토되었다.

66) 작가는 그가 우리에게 물려 주는 '책(écrit)'과, 우리에게 유일한 영혼으로 존재하는 그 '글쓰기(écriture)'로 변모한다. 이렇게 독자는 부재(不在)의 작가와 협력한다. 읽혀진 작품은 인간이 아닌 담론과 독자가 공동 작업하여 산출된다. 그리고 나는 바로 그 담론 속에 '텍스트의 무의식'이라는 나의 개념을 먼저 위치시켰었다.

67) 글로드는 여기서 이 개념이 나타나는 한 논문(《Qu'est-ce qui fait courir Boris Vian?》, *Boris Vian*, U.G.E., 1977, p.80)을 참조하는데, 안 클랑시에는 이 개념을 치료에서 일어나는 역-전이에 비유했으며, 그 이후 1990년에 이르기까지 그녀는 이 개념을 다시는 사용하지 않는다. 한편 이 개념은 1979년 잔 뱅에 의해서도 사용되었고(*Désir et savoir dans l'œuvre de Flaubert*, Neuchâtel, La Baconnière, p.246), 1984년 피에르 벡에 의해서도 사용되었는데(*Burlesque et obscénité chez les troubadours, Stock*, p.11-20), 그것은 매번 전혀 다른 의미로 쓰였다.

68) 글로드는 우선 자신의 독서에 투여된 주관성을 환기시키기 위해, '헛소리'를 뜻하는 단어 'délire'를 탈격(脫格) 접두사 'dé'와 '읽다'를 뜻하는 동사 'lire'로 분해하는 언어 유희의 효과를 노리고 있다. 이렇게 함으로써 자신의 주관적인 독서가 어쩌면 일종의 헛소리를 담고 있는 오독(誤讀)은 아닐까 하는 냉소어린 여운을 남긴다. 이것은 우리가 보았듯이 이후(1994년)에 발표되는 《아탈라》에 대한 연구서에서 그가 작가를 언급하기에 이르는 배경을 설명해 주기도 한다. (역주)

69) 문자 그대로 재담가(amuseur)를 가리킨다. (참고로 'jongleur'는 현재 서커스에서 손재주를 피우는 광대를 가리킨다: 역주) 이 인물은 여러 성(城)들을 돌아다니며 통상 목록에 속하는 책들을 행상하는 '음유 시인(ménestrel)'이거나, 혹은 일반적으로 궁정에 속하는 '음유 시인(trouveur)'(북부 지방에서는 'trouvère', 남부 지방에서는 'troubadour'라고 불렀다), 달리 말해 작곡가일 수 있다. 궁정 음유 시인을 이렇게 부를 수 있는 것은 동사 'trouver'가 우선 (곡과 가사를) '짓는다'는 것을 의미했고, 바로 여기에서부터 '발견하다'의 뜻으로 'découvrir' 동사와, 마침내 '만나다'를 의미하는 'rencontrer' 동사가 파생되기 때문이다. 이렇듯 어원은 우리에게 일깨워 주는 것이 있다. 그것은 'trope(수사학적 문채)'에서 파생되는 단어, 'tropare'는 무(無)로부터의 창작을 의미하는 것이 아니라 이미 터득된 비결들을 재치 있게 사용하는 것을 가리킨다는 점이다.

70) 이렇게 사랑의 묘약을 마시는 행위는 '토마스 당글르테르'가 지적한 단어들의 반향 속에서 하나의 진실을 캐낼 수 있도록 도와 준다. 그에 의하면 (이 졸데의) **어머니**(la mère: 라 메르)가 마련한 '사랑의 묘약'은 **바다**(la mer: 라 메르) 위에서 마신 **사랑**(l'amer: 라메르)(사랑하기(l'aimer))에 **쓴맛**(amertume: 아메르튐)을 부여한다."(*id.*, p.6)——그 시대의 발음이 동음 반복을 용이케 한다.

71) 여기서 3인칭 단수의 형태로 쓰인 동사 'interdit'가, 다시 '사이에'를 의미하는 접두사 'inter'와 '말하다'를 뜻하는 동사 'dit'로 분해되었다. 위세는 이를 통해 말은 금지되었지만 무의식은 침묵 사이로 말한다는 것을 암시하고자 한다. (역주)

72) ⟨*Mort à crédit*⟩ *de Céline: une naissance payée comptant*, PUF, ⟨Le Texte rêve⟩, 1993.

73) 바야르의 계획에 대한 전체적인 개관은 알랭 루아의 글, ⟨Le pari de la littérature⟩(*Critique*, n° 581, octobre, 1995) 속에서 잘 정리되었다.

74) 이러한 시도가 전적으로 유일한 것은 아니다. 줄리아 크리스테바는 비천함을 주제로 한 평론집(*Pouvoirs de l'horreur*, 1980) 속에서 루이-페르디낭 셀린의 작품과, 부분적으로 앙토냉 아르토와 도스토예프스키의 작품에 기대어 인류학적인 자료들에까지 의뢰하면서 비천함으로 전락된 대상(l'Objet abaissé)이란 의미의 **아브제**(ab-ject)의 개념을 만든다.

75) 1996년 가을, 내가 이 책을 쓰고 있는 동안 또 하나의 책이 명료한 제목과 함께 그의 학문적 여정을 확인시킨다: *Le Hors sujet. Proust et la digression*, Éditions de Minuit.

76) 혹은 언어 체계가 아주 밀도 있게 작용하는 주변적인 텍스트들에 대한 독서도 있다. 미셸 느베르가 레몽 드보스의 텍스트들에게 바친 독서가 그러하다.

77) 예를 들어 폴-로랑 아순은 여성성이나 남녀 한 쌍과 같이 하나의 주제를 중심으로 하여 자신의 독서들을 재편성하며, 막스 밀네르는 시각적인 것과 시선에 대해 관심을 갖는다.

78) 우리는 원서 말미의 참고 문헌 서지를 국내에서 출간된 정신분석 관련 도서의 목록으로 대체하였다. (역주)

79) 이 개념과 '발생론적'(텍스트가 출판되기 이전의 흔적들의 총체에 대해 연구하는) 비평에 대해서는, 나의 연구서 *Le Texte et l'Avant-Texte*(Larousse, coll. ⟨L⟩, 1972)를 참고할 수 있다. 또한 알무트 그레지용에 의해 최근에 이루어진 종합적인 연구서로서, *Éléments de critique génétique. Lire les manuscrits modernes*(PUF, 1994)가 있다.

80) 광기(manie)가 19세기 중반에 의학 용어로서 사용되었을 때에는 "불안, 노여움, 쉽게 분노하는 성향을 동반한 일반적인 정신 착란으로 특징지어지는 정신병"(리트레 사전)을 가리켰다. 시인은 이 단어에 형용사 '황혼의(crépusculeu-

se)'를 덧붙임으로써 시적 효과를 거두려 했다.

81) 이 책의 작가는 보들레르의 시에 나타나는 표현들을 자신의 문장 속에 삽입할 때, 인용 부호를 사용하기보다 이탤릭체를 사용함으로써 그것이 인용의 한 형태임을 시각적으로 보여 주는 동시에 자신의 글의 어조에 변화를 주려고 한다. 이 책에서는 이탤릭체를 태명체로 대체한다. (역주)

82) 무의식이 표현들의 상투적인 효과를 노리지 않는다는 것은 자명한 일이다. 우리의 언어학적인 의식이 은밀한 방문객의 조심스런 발걸음(à pas de loup: 문자 그대로 번역하면 늑대 걸음으로)을 인지할 때, 무의식은 그 늑대를 '본다.' 우리는 이 상용구(à pas de loup)에 적재된 시각적인 차원을 복원시켜야 한다. 물론 동화와 민중의 전설 속에서 수 세기에 걸쳐 늑대가 향유해 온 상징적인 가치는, 그 동물학적인 현실 너머에 있는 늑대와 연결되어야 한다. 또한 **맹수로 돌변한**다라는 구절에서 보름달에 연결된 어떤 광기의 형태를 외연적으로 드러내고, 성적인 폭력을 암시하는 늑대 인간의 이미지를 떠올려야 한다.

83) 'l'alcôve'는 단순히 잠자는 방을 가리키는 것이 아니라, 방 한구석에 침대를 배치해 두기 위해 마련된 작은 밀폐된 공간을 가리킨다. (역주)

84) 마귀는 무엇보다 인간을 음란의 길로 몰고 가는 불길한 힘을 가리킨다. (참조: "몸 속에 마귀가 있다" "정오의 마귀") 17세기까지, 그리고 그 이후에조차도 마녀 사냥꾼들이나 마귀 쫓는 자들(exorcistes)은 여성들의 히스테리가 악마의 탓이라고 믿었다.

85) 1852년의 《악의 꽃》에서는 bouillonnement(들끓음, 격동)이었다가, 1855년도 판본에서는 bourdonnement(붕붕거림, 웅성거림)으로 바뀌었다. 이것들은 유일하게 주목할 만한 차이로서, 소리가 점점 더 신경에 거슬리는 양상을 띤다.

86) cogner, glapir, siffler, rugir; ronfler, râler. 먼저 동사 'glapir'는 찢어지는 듯한 날카로운 소리를 지르는 것으로서 짐승이 울부짖는 소리를 표현하기도 한다. 동사 'siffler'의 경우에는 '휘파람 불다'는 뜻에서 출발하여, 특히 새들이 이와 비슷한 소리를 낼 때 이 표현을 쓴다. 동사 'rugir'의 경우, 본문의 시에서는 명사형 'rugissement'이 사용되었고, '으르렁거리는 소란'으로 번역되었는데, 이것은 원래는 맹수가 으르렁거리는 소리를 표현한다. 동사 'ronfler'의 경우, 벨맹-노엘은 코고는 듯한 소리가 숨져 가는 사람이 내는 가르랑거리는(râler) 소리와 유사하다는 것을 환기시키고 있다. (역주)

87) 물론 시인이 남성으로서 생각하고 말하는 것은 사실이지만, 그가 어머니의 이미지를 환기시키는 순간부터, 이 시를 읽는 독자들은 여성이건 남성이건 모두 그들의 무의식 속에서 까마득한 옛날의 젖먹이 시절로 되돌아간다.

88) 'l'homme'는 '인간'과 '남자'의 뜻을 모두 가지고 있다. (역주)

89) 이 책의 작가는 인간 혹은 남자를 뜻하는 단어 'Homme'를 성인으로서의 남자의 위치에 놓고, 아이를 성인 남성에 대립(anti-)시킴으로써 아버지와 아

이의 대립 관계를 함축적으로 보여 주려 한다. 그리고 프랑스어로 자궁과 젖가슴은 모두 'le sein'이라는 말로 표현된다. (역주)

90) 작가의 무의식이 **그를 따라다니는, 그리고 우리 모두의 무의식을 따라다니는 어떤** 장면의 요소들을 자신의 작품 속에, 자신도 모르는 사이에 거의 눈에 띄지 않게 배치했다면, 독자로서 혹은 비평가로서 우리들이 행한 무의식의 작업은 작가의 무의식이 걸어온 길을 역으로 되밟은 것이라고 할 수 있다. 말하자면 어떤 무의식적인 의미가 탄생한 것이다. 그 의미는 무의식들이 단순히 수확하는 것이 아니라(왜냐하면 독서 출발 당시에 단어-심상들이 아직까지 기표들의 망으로 조립되지 않았고, 따라서 아직 존재하지 않았으므로 무의식에 수용될 준비가 아직 되어 있지 않았기 때문이다), 문자 그대로 무의식들이 그 의미를 존재하게 한다. 즉 무의식들이 그 의미를 태어나게 하고, 백일하에 드러나게 한다. 그 의미는 정체 모를 한 '근원 장면'으로부터 솟아나는데, 우리는 이것을 편의상 작가나 다양한 해석가들에 관하여 모두 '영감'이라는 말로 부른다.

91) 보들레르는 12년에 걸쳐 때로는 잡지에 1편씩, 때로는 임시적인 모음집의 형식으로 50편의 시를 출판했다. 이것들은 그의 사망(1867) 이후, 1869년에 《작은 산문시들》이라는 제목의 모음집으로 엮어졌다. 이 제목은 생전에 그가 사용하던 것이었으며, 그는 《파리의 우울》이라는 제목을 동시에 붙이기도 했다.

92) 경우야 어떻든 이러한 전기적인 요소는 존재한다는 것부터 우선 흥미로운 일일 뿐 아니라, 토론을 유발하는 재미도 제공한다. 나 자신을 문제삼자면, 현재의 교육적인 입장에서 이러한 전기적인 요소를 만나는 것이 불만스럽지 않다. 비록 내가 이 두 시 작품을 읽고 해석하는 순간에 이 전기적인 사실을 필요로 했을 것이라는 확신은 없지만 말이다. 더구나 나는 해석을 끝낸 뒤의 경우만을 생각하면서, 로베르 코프의 박식한 주석이 달린 판본 《작은 산문시들》(éd. José Corti, 1969)을 참조하면서 시인이 리옹에서 살았던 사실을 겨우 알게 되었으니, 나로서는 더욱 만족스러운 셈이다.

93) canaille(나쁜 놈), ferraille(고철), mangeaille(가축의 먹이, 보잘것 없는 음식), valetaille(하인놈들) 같은 단어들이나 criailler(꽥꽥 소리지르다), écrivailler(별 가치 없는 글이나 끼적거리다), traînailler(할 일 없이 얼쩡거리다), discutailler(한가하게 궤변이나 늘어놓다) 등과 같은 동사를 참고로 들 수 있다. (보통 명사로서 antiquaille는 '고물'·'시대에 뒤떨어진 것'을 경멸적으로 의미한다: 역주)

94) '푸르봐이에'라고 발음되며, 여성형으로 표기되었다. (역주)

95) 이 책의 작가 또한 여기서 반어법을 쓰고 있는데, 이것을 이해하기 위해서는 이 시에서 화자가 이 광란의 소리를 하모니로 바꾸면서 놀란 자신의 마음을 "고이 흔들어 달랠 수 있다"고 한 것을 염두에 두어야 한다. 즉 마녀들의 광기어린 축제를 머리에 떠올리면서, 그는 정작 자신이 무의식적으로 연출하고 있는 부모의 정사 장면에 대한 환상으로부터 분리될 수 있기 때문에 역설적으로

그를 안심시킬 수 있다는 뜻이다. (역주)

96) 부엉이의 울음소리를 표현하기 위해서는 주로 'hululement' 혹은 'ulule-ment'을 사용한다. (역주)

97) 프로이트는 한 유명한 꿈의 분석에서(《늑대 인간》의 경우), 대여섯 마리의 흰 늑대들이 나뭇가지에 걸터앉아 창문을 통해 꿈꾸고 있는 환자 자신을 바라보는 장면에 있어서, 창문에 이와 유사한 역할을 아주 설득력 있게 부여한다.

98) '집사장(le maître d'hôtel)'의 가장 중요한 일 가운데 하나가 식사 시중을 총괄하거나 때에 따라서는 직접 하는 것이다. 'le maître'는 장·주인·우두머리를 뜻하며, 'l'hôtel'은 호텔뿐 아니라 개인의 저택도 가리킨다. 이 책의 작가는 'maître'와 'hôtel'의 원래 의미를 복원시키고, 이를 통해 아버지의 이미지를 환기시키려 한다. (역주)

99) 오피크 대령은 어린 샤를에게 먹을 것과 잘 곳을 보장해 주었으므로, 별 무리 없이 청소년에게 가정의 근원지인 집(l'hôtel)의 우두머리(le maître) 역할을 수행하는 인물이 될 수 있었다.

100) 'poulet(닭고기)'의 이같은 의미는 몽테뉴에서 18세기에 이르기까지 문학적인 언어에서 종종 사용되었지만, 오늘날에는 그 용법이 사라졌다. 이 단어가 이러한 의미로 사용된 이유는 명확하지 않다. 몇몇 어휘론자들은 나폴리에서 중매쟁이들이 부인들에게 연애 편지를 전달하기 위해 닭고기나 비둘기 고기를 그녀들의 집 요리사에게 가져왔다는 사실을 통해 설명하려 한다. 퓌르티에르는 이런 종류의 쪽지 귀퉁이를 날개 모양으로 접는 독특한 습관을 그 이유로 내세운다.

101) 이 문장의 의미를 좀더 잘 이해하기 위해 우선 원문을 적는다. "Avant de voir le jour, ce *jour* qui pour l'heure est en train de *tomber* comme on tombe amoureux, et comme on tombe mort……." 먼저 반복해서 나타나는 명사 'jour'와 동사 'tombe(r)'를 주목하자. '빛을 보다(voir le jour)'라는 표현은 '태어나다'를 뜻한다. 태어나기 이전의 세상은 구름 위의 천상의 낙원과도 같은 세상이었다. 이런 의미에서 태양이 지평선 아래로 떨어지는 황혼은 낙원으로부터의 추락의 시간이며, '죽어서 쓰러지는(tomber mort)' 시간이라고 할 수 있다. 그러나 태양이 지평선 아래로 떨어지는 것은 동사 'tomber'를 매개로 하여, 마치 '사랑에 빠지는(tomber amoureux)' (구체적인) 이미지를 또한 연상시킨다. 마치 하나의 탄생이 있기 전에, 그리고 그 탄생이 있기 위해 한 쌍의 남녀의 사랑이 있었듯이 말이다. 이처럼 벨맹-노엘은 동사 'tomber'를 통하여 연상시킬 수 있는 표현들을 한 곳에 모음으로써 지금까지 그가 전개해 온 해석 작업을 요약하려 한다. 그는 이 책의 결론 부분에서 이 동사를 중심으로 더욱 섬세하게 자신의 독서를 마무리할 것이다. (역주)

102) 예를 들어 오피크와 같이 고위 장교의 가정에서 종종 화제의 대상이 될 수밖에 없는, 직업 군인들이 추구하는 훈장이나 계급장을 말한다.

103) 여자아이에게서 가장 중요한 문제는 장차 증오심어린, 그리고 채울 수 없는 탐욕이란 뜻의 '선망(envie)'을, 그 대가를 치를 준비가 되어 있는 긍정적인 '욕망(envie)'으로 변형시키는 것이다. (이 책의 작가는 명사 'envie'가 선망·시기·질투·욕망을 모두 의미할 수 있고, 동사 '부러워하다(envier)'를 동시에 환기할 수 있다는 점을 이용하여, '욕망하다'라는 표현을 위하여 동사 'désirer'를 쓰지 않고 구문 'avoir envie de⋯⋯'를 씀으로써 남자아이가 아버지의 성기를 '부러워(envier)'하고, 여자아이가 그것을 '욕망'하는 이중 구조를 같은 어휘 체계로 설명하는 효과를 추구한다. 이를 통해 작가는 통상적으로 여자아이에게 '남근 선망'이라는 열등감 섞인 욕망의 꼬리표를 일방적으로 붙이는 것을 거부하고, 대부분의 남자아이들의 오이디푸스 콤플렉스에서 보이는 아버지에 대한 선망과 열등감 또한 부각시키려 한다. 이렇게 함으로써 그는 선망의 영역에서 여자아이와 남자아이를 모두 같은 위상에 놓으려 한다: 역주)

104) 이 동사(engendrer; 낳다)의 가치를 헤아려 보자. 이것은 훨씬 더 일상적인 표현인 '생산하다(produire)'에 출생으로 귀착되는 성교(性交)의 이미지를 덧붙인다. '근원 장면'의 맥락 속에서 이러한 사실을 사소한 것으로만 여길 수 있을까?

105) 오피크(Aupick)라는 이름 속에서 "오 피크!(Aux piques!)〔창을 들어라!〕라는 외침의 메아리를 듣고, 루이 카페의 잘린 머리가 거리에 내걸린 장면을 상상하기 위해 구태여 진정한 시인의 귀를 가져야 할 필요가 있을까?

106) '장막(draperie)'은 한편으로는 침대 시트를 환기시키고, 다른 한편으로는 더 잘 보기 위해 열어젖혀야 할 휘장의 이미지를 떠올리게 한다.

107) 밤의 보이지 않는 손=무의식의 은밀한 활동?

108) 아들의 가슴을 에도록 **꿰찌르는 감미로운** 미망인, 보들레르 부인을 여기서 떠올릴 필요가 있을까? 저 타자의 아내로서의 모습으로 인해 그녀 자신에게서 지워져 버린 그 어머니 말이다. 그녀는 새로이 신부의 베일을 쓰고 오피크 중령 부인이 되어 버림으로써 아주 고약한 검은색의 영혼이 된다.

109) 보들레르의 시대에는 무희들이 '자유 분방한' 여자들이라는 평판(대개가 강제적으로 부여되는 것이었다)을 받았다는 사실을 상기시켜야 할까?

110) 보들레르는 형용사 'crépusculaire'의 변이체인 형용사 'crépusculeux'에 애착을 느끼고, 이것을 다른 곳에서도 사용한다. 그것은 아마도 전자(발음: 크레퓌스퀼레르)가 주는 청각 영상이 너무 밝은 데 비하여, 후자(발음: 크레퓌스퀼뢰)는 어두운 느낌을 준다. 한편 쥘 라포르그는 'crépusculâtre'의 형태를 더욱 선호하는데, 이 형용사는 병적인 뉘앙스가 들어 있다.

111) 땅거미가 질 무렵에는 개와 늑대를 구분하기 힘들다는 현실적인 이유로부터, 해질 무렵을 가리키기 위해 '개와 늑대 사이에(entre chien et loup)'라는 표현이 쓰인다. (역주)

112) 첫글자 'sous'를 지워 버린 문장은 다음과 같다. "le noir présent trans-

perce le délicieux passé." 그 뜻은 "검은색의 현재가(le noir présent) 감미로운 과거를(le délicieux passé) 꿰뚫는다(transperce)"이다. 전치사 'sous'의 생략과 함께, 원래는 자동사로서 사용되었던 동사 'transperce'가 타동사로 바뀐다. (역주)

113) 이 책의 작가는 동요라는 말을 'le vacillement'이라는 단어로 쓰고 있다. 이것은 앞으로 이 시에 나타나는 불꽃들의 '너울거리는(vacillant)' 이미지를 연상시키기 위한 준비 작업이다. (역주)

114) 특히 프랑스어에서 '변덕(caprice〔s〕)'과 '기묘(발)한 상상(fantaisie〔s〕)'은 종종, 어쨌든 최근에 이르기까지 일시적인 연애 관계를 가리켰다.

115) 여성의 실내복을 프랑스어로 'déshabillé'라고 하는데, 이것은 동사 '옷을 벗기다'에서 파생된 과거분사형 형용사(뜻: 옷을 벗은)와 같은 형태의 명사이다. (역주)

116) 형용사 '투명한(transparentes; 트랑스빠랑트)'에서, 마지막에 들리는 소리 '-parentes(빠랑트)'는 '부모(parents; 빠랑)'를 연상시킨다. 이 책의 작가는 이렇게 마지막의 인상적인 소리가 독자의 귓전에서 일으키는 청각적인 효과를 끝소리들만 반복하는 메아리에 비유하면서, 이러한 소리들의 연상을 통해 무의식적인 '근원 장면'을 우리에게 은근히 환기시키려 한다. (역주)

117) '뒤덮다'는 동사로서 'recouvrir'를 쓰고 있다. 이 동사는 '……을 완전히 뒤덮다, ……에게 옷을 입히다, ……을 은폐하다 혹은 가리다' 등의 의미로 사용된다. (역주)

118) 명사 'tombée(통베)'는 동사 'tomber(통베)'에서 파생된 것이며, 'tombe(통브)'는 이 동사가 직설법 3인칭 단수로 변화된 형태이다. (역주)

119) 나는 이 분석을 이미 한 번 시도한 적이 있는데, 그 텍스트는 이것보다 훨씬 간단하다. 〈Deux 'Crépuscule du soir' de Baudelaire〉라는 제목으로, 나의 책 *Interlignes. Essais de textanalyse*(P.U. Lille, 1988) 속에 실려 있다.

옮긴이의 말

　이미 꽤 여러 권의 정신분석 입문서가 한국에 소개된 것 같다. 그러나 그것들은 대부분이 도식적인 내용 정리를 담고 있거나, 프로이트에 대한 부분적인 관심들(예를 들어 프로이트의 문학 해석)만을 보여 주는 것들이었다. 불행하게도, 프로이트의 책 한두 권을 읽고 정신분석이 무엇인지를 짐작한다는 것은 불가능한 일이다. 프로이트의 이론을 보다 전격적이고 경제적으로 정리한 책이 우리에게 시급한 실정이었다.

　게다가 우리는 정신분석의 원래의 목적인 치료의 현실적인 공간이 거의 전무한 상황에서, 프로이트에 대한 이해가 선행되지 않은 채, 프로이트에 대한 이론이 바탕이 되지 않고서는 쉽게 접근할 수 없는 라캉에 대한 소개서들을 오히려 적극적으로 수입하였다. 더구나 라캉의 이론은, 그것이 프로이트의 경우와는 달리 실제의 임상 경험을 거의 다루고 있지 않은 이유로(또 우리가 그러한 라캉의 이론을 요약 정리한 입문서만을 접하고 있다는 이유로) 때로는 순수 논리학에 더 가깝다는 인상마저 준다. 이 때문에 우리는 결국 정신분석을 지나치게 관념적으로만 받아들이는 것은 아닌가, 그러니까 정신분석의 본질을 왜곡하는 것은 아닌가 하는 우려와 회의를 가질 수 있다.

　이런 관점에서 이 책은 매우 중요한 의미를 띠는 것 같다. 먼저 이 책의 저자는 복잡하고 미묘한 정신분석 이론을 이해시키기 위해 섬세한 문학적 글쓰기를 통하여 독자의 직관과 정서에 호소하고 있다. 이것은 우리로 하여금 정신분석의 정신에 좀더 가까이 다가갈 수 있게 해준다. 뿐만 아니라, 저자는 정신분석 문학 비평의 대가답게 교육적인 취지에서 하나의 문학 텍스트를 전적으로 정신분석적인 입장에서 아주 세밀하게 분석해 보임으로써, 정신분석적 실천의 정수를 효과적으로 보여 주고 있다. 이 두 가지 사실은 우선 이 책의 특징을 요약하는 것이지만, 동시에 이 책의 번역이 얼마나 어려운 것이었는가를 단적으로 말해 주는 것이기도 하다.

번역상의 어려움은 워낙 방대한 내용을 압축적이고도 정확하게 전달하기 위해 저자에 의해 채택된, 수사학적인 효과를 노린 문학적 글쓰기 방식에서 오는 것만은 아니었다. 가장 먼저 어려움은 용어 선택의 문제에 내재해 있었다. 이러한 작업은 힘든 만큼 두 사람의 공동 작업을 필요로 하는 것이었고, 또 그 때문에 많은 토론을 요구했다. 나와 나의 공역자(共譯者)인 심재중은 먼저 용어를 통일한 다음, 이 책을 두 장(章)씩 나누어서 심재중이 전반부를, 내가 후반부를 맡아서 작업하였다. 다만 전반부에 첨가된 몇몇 이론적인 역주들은 나의 책임으로 돌려야 할 것들이다. 일차 번역이 끝났을 때, 우리는 각자 작업한 것을 서로 교환하여 재검토하면서 서로의 문제점들을 수정하고 보완하는 작업을 거쳐서 문체를 다듬었고, 그 내용을 가능한 한 최대한 정확하게 옮기려고 노력하였다. 그럼에도 불구하고 아마 다시 들여다보면 검토 과정에서 미처 발견하지 못했던 오류들을 뒤늦게 발견할 수도 있을 것이다. 우리는 앞으로 기회가 있을 때마다 이 책에 남아 있을 번역상의 문제점들을 개선해 나갈 것이다. 아무튼 우리가 이 책의 번역에 들인 노력과 정성이, 이 책을 통하여 정신분석을 이해하고자 하는 독자들에게 조금이나마 도움이 되었으면 하는 바람이다. 한국에서 출판된 정신분석에 관계된 저서들의 대략적인 목록을 이 책의 말미에 수록한 것도 바로 그런 취지에서였다.

이 책의 번역이 이만큼의 면모를 갖추게 된 것은 심재중의 참여가 없었더라면 불가능했을 것이다. 바쁜 일과에도 불구하고, 계획에 없었던 이 일을 위하여 노고를 아끼지 않은 그에 대한 나의 고마운 마음을 여기에 표한다.

2001년 2월　최 애 영

국내에서 간행된 정신분석 관련 서적 목록

프로이트, 《정신분석 강의》(상하), 임홍빈 外 역, 열린책들, 1997.

── 《새로운 정신분석 강의》, 임홍빈 外 역, 열린책들, 1996.

── 《꼬마 한스와 도라》, 김재혁 外 역, 열린책들, 1997.

── 《꿈의 해석》(상하), 김인순 역, 열린책들, 1997.

── 《정신분석 운동》, 박성수 역, 열린책들, 1997.

── 《종교의 기원》, 이윤기 역, 열린책들, 1997.

── 《쾌락 원칙을 넘어서》, 박찬부 역, 열린책들, 1997.

── 《억압, 증후, 그리고 불안》, 황보석 역, 열린책들, 1997.

── 《문명 속의 불안》, 김석희 역, 열린책들, 1997.

── 《늑대 인간》, 김명희 역, 열린책들, 1996.

── 《일상 생활의 정신병리학》, 이한우, 열린책들, 1997.

── 《농담과 무의식의 관계》, 임인주 역, 열린책들, 1997.

── 《무의식에 관하여》, 윤희기 역, 열린책들, 1997.

── 《예술과 정신분석》, 정장진 역, 열린책들, 1997.

── 《창조적인 작가와 몽상》, 정장진 역, 열린책들, 1996.

── 《성욕에 관한 세 편의 에세이》, 김정일 역, 열린책들, 1996.

── 외, 《히스테리 연구》, 김미리혜 역, 열린책들, 1997.

── 《나의 이력서》, 한승완 역, 열린책들, 1997.

── 《정신분석 입문》, 구인서 역, 오늘의 책, 1994.

── 《프로이트 성애론》, 정성호 역, 문학세계사, 1997.

── 《프로이트: 꿈의 해석》, 조대경 편역, 서울대학교출판부, 1993.

── 《꿈과 정신분석》, 임진수 역, 계명대학교출판부, 1999년.

김열규 外, 《정신분석과 문학 비평》, 고려원, 1992.

나지오, 《자크 라캉의 이론에 대한 다섯 편의 강의》, 임진수 역, 교문사, 2000.

── 《정신분석의 7가지 개념》, 표원경 역, 백의, 1999.

── 외, 《위대한 7인의 정신분석가》, 이유섭 外 역, 백의, 1999.

딜런 에반스, 《라깡 정신분석 사전》, 김종주 外 역, 인간사랑, 1998.

레온 엘트먼, 《성·꿈·정신분석》, 유범희 역, 민음사, 1995.

리처드 월하임, 《프로이트》, 이종인 역, 시공사, 1999.

마르트 로베르, 《정신분석 혁명》, 이재형 역, 문예출판사, 1997.

막스 밀네르, 《프로이트와 문학의 이해》, 이규현 역, 문학과 지성사, 1997년.

맬컴 보위, 《라캉》, 이종인 역, 시공사, 1999.

박찬부, 《현대 정신분석 비평》, 민음사, 1996.

벤베누토 외, 《라깡의 정신분석 입문》, 김종주 역, 하나의학사, 1999.

브렌너, 《정신분석학》, 이근후 外, 하나의학사, 1987.

셰리 터클, 《라캉과 정신분석 혁명》, 여인석 역, 민음사, 1995.

스태포드 클라크, 《프로이트》, 최창호 역, 푸른숲, 1997.

신윤상, 《한국 문학의 정신분석》, 청록출판사, 1985.

아니카 르메르, 《자크 라캉》, 이미선 역, 문예출판사, 1994.

안느 끌랑시에, 《정신분석학과 문학 비평》, 이준오 역, 숭실대출판부, 1998.

알랭 바니에, 《정신분석의 기본 원리》, 김연권 역, 솔, 1999년.

앤소니 엘리어트, 《정신분석학 입문》, 정문영 역, 한신문화사, 1998.

엘리자베트 라이트, 《정신분석 비평》, 권택영 역, 문예출판사, 1989.

옥타브 마노니, 《프로이트: 라캉학파의 프로이트 읽기》, 변지현 역, 백의, 1996.

월터 코프먼, 《프로이트와 그의 시학》, 김평옥 역, 학일출판사, 1994.

자크 라캉, 《욕망 이론》, 민승기 外 역, 문예출판사, 1994.

잭 스펙터, 《프로이트 예술미학》, 신문수 역, 풀빛, 1998.

장 벨맹-노엘, 《정신분석과 문학》, 이선영 역, 탐구당, 1989.

조두영, 《프로이트와 한국문학》, 일조각, 1999년.

질베르 디아트킨, 《자크 라캉》, 임진수 역, 교문사, 2000.

카렌 호니, 《정신분석의 새로운 이해》, 송용대 外 역, 중앙적성출판사, 1991.

캘빈 S. 홀 《프로이트 심리학 입문》, 황문수 역, 두로, 1994.

톰슨, 《정신분석의 발달》, 이형영 外 역, 하나의학사, 1996.

허창운 外, 《프로이트의 문학 예술 이론》, 민음사, 1997.

《우리 시대의 욕망 읽기: 정신분석과 문화》, 라깡과 현대정신분석학회편, 문예출판사, 1999.

《정신분석의 이해》, 이무석 편, 전남대학교출판부, 1995.

주요 용어 색인

최애영
서울대학교 인문대학 불어불문학과와 동대학원 졸업
프랑스 파리 8대학 문학박사
논문: 〈정신분석의 담화와 정신분석에 대한 담화—데리다의
《정신분석의 저항들》읽기〉, 〈글쓰기와 근원 장면〉 등
현재: 서울대학교, 추계예술대학교 등에서 강의

심재중
서울대학교 인문대학 불어불문학과와 동대학원 졸업(문학박사)
논문: 〈르네 샤르, 역설의 시학〉, 〈시와 기원: 광기의 언저리〉 등
현재: 서울대학교, 서울여자대학교 등에서 강의

현대신서
79

문학 텍스트의 정신분석

초판발행 : 2001년 3월 10일

지은이 : 장 벨맹-노엘
옮긴이 : 최애영 · 심재중
펴낸이 : 辛成大
펴낸곳 : 東文選

제10-64호, 78. 12. 16 등록
110-300 서울 종로구 관훈동 74
전화 : 737-2795
팩스 : 723-4518

편집설계 : 韓智硯

ISBN 89-8038-177-8 94800
ISBN 89-8038-050-X (세트)

42 진보의 미래	D. 르쿠르 / 김영선	근간
43 중세에 살기	J. 르 고프 外 / 최애리	8,000원
44 쾌락의 횡포·상	J. C. 기유보 / 김웅권	근간
45 쾌락의 횡포·하	J. C. 기유보 / 김웅권	근간
46 운디네와 지식의 불	B. 데스파냐 / 김웅권	근간
47 이성의 한가운데에서 — 이성과 신앙	A. 퀴노 / 최은영	6,000원
48 도덕적 명령	FORESEEN 연구소 / 우강택	근간
49 망각의 형태	M. 오제 / 김수경	근간
50 느리게 산다는 것의 의미	P. 쌍소 / 김주경	7,000원
51 나만의 자유를 찾아서	C. 토마스 / 문신원	6,000원
52 음악적 삶의 의미	M. 존스 / 송인영	근간
53 나의 철학 유언	J. 기통 / 권유현	8,000원
54 타르튀프 / 서민귀족	몰리에르 / 덕성여대극예술비교연구회	8,000원
55 판타지 산업	A. 플라워즈 / 박범수	근간
56 이탈리아영화사	L. 스키파노 / 이주현	근간
57 홍수 — 장편소설	J. M. G. 르 클레지오 / 신미경	근간
58 일신교 — 성경과 철학자들	E. 오르티그 / 전광호	6,000원
59 프랑스 시의 이해	A. 바이양 / 김다은 · 이혜지	8,000원
60 종교철학	J. P. 힉 / 김희수	10,000원
61 고요함의 폭력	V. 포레스테 / 박은영	근간
62 소녀, 선생님 그리고 신	E. 노르트호펜 / 안상원	근간
63 미학개론 — 예술철학입문	A. 셰퍼드 / 유호전	10,000원
64 논증 — 담화에서 사고까지	G. 비뇨 / 임기대	6,000원
65 역사 — 성찰된 시간	F. 도스 / 김미겸	근간
66 비교문학개요	F. 클로동 · K. 아다보트링 / 김정란	근간
67 남성지배	P. 부르디외 / 김용숙 · 주경미	9,000원
68 호모사피언스에서 인터렉티브인간으로	FORESEEN 연구소 / 공나리	근간
69 상투어 — 언어 · 담론 · 사회	R. 아모시 · A. H. 피에로 / 조성애	9,000원
70 촛불의 미학	G. 바슐라르 / 이가림	근간
71 푸코 읽기	P. 빌루에 / 나길래	근간
72 문학논술	J. 파프 · D. 로쉬 / 권종분	8,000원
73 한국전통예술개론	沈雨晟	10,000원
74 시학 — 문학형식일반론입문	D. 퐁텐느 / 이용주	근간
75 자유의 순간	P. M. 코헨 / 최하영	근간
76 동물성 — 인간의 위상에 관하여	D. 르스텔 / 김승철	근간
77 랑가쥬 이론 서설	L. 옐름슬레우 / 김용숙 · 김혜련	10,000원
78 잔혹성의 미학	F. 토넬리 / 박형섭	9,000원
79 문학 텍스트의 정신분석	M. J. 벨멩-노엘 / 심재중 · 최애영	9,000원
80 무관심의 절정	J. 보드리야르 / 이은민	근간
81 영원한 황홀	P. 브뤼크네르 / 김웅권	근간
82 노동의 종말에 반하여	D. 슈나페르 / 김교신	근간
83 프랑스영화사	J. -P. 장콜 / 김혜련	근간

84 조와(弔蛙)   金敎臣 / 민혜숙   근간
85 역사적 관점에서 본 시네마   J. -L. 뢰트라 / 곽노경   근간
86 욕망에 대하여   M. 슈벨 / 서민원   근간
87 아인슈타인 최대의 실수   D. 골드스미스 / 박범수   근간

【東文選 文藝新書】

 1 저주받은 詩人들   A. 뻬이르 / 최수철·김종호   개정근간
 2 민속문화론서설   沈雨晟   40,000원
 3 인형극의 기술   A. 훼도토프 / 沈雨晟   8,000원
 4 전위연극론   J. 로스 에반스 / 沈雨晟   12,000원
 5 남사당패연구   沈雨晟   10,000원
 6 현대영미희곡선(전4권)   N. 코워드 外 / 李辰洙   절판
 7 행위예술   L. 골드버그 / 沈雨晟   절판
 8 문예미학   蔡 儀 / 姜慶鎬   절판
 9 神의 起源   何 新 / 洪 熹   16,000원
10 중국예술정신   徐復觀 / 權德周   24,000원
11 中國古代書史   錢存訓 / 金允子   14,000원
12 이미지 — 시각과 미디어   J. 버거 / 편집부   12,000원
13 연극의 역사   P. 하트놀 / 沈雨晟   절판
14 詩 論   朱光潛 / 鄭相泓   9,000원
15 탄트라   A. 무케르지 / 金龜山   10,000원
16 조선민족무용기본   최승희   15,000원
17 몽고문화사   D. 마이달 / 金龜山   8,000원
18 신화 미술 제사   張光直 / 李 徹   10,000원
19 아시아 무용의 인류학   宮尾慈良 / 沈雨晟   절판
20 아시아 민족음악순례   藤井知昭 / 沈雨晟   5,000원
21 華夏美學   李澤厚 / 權 瑚   15,000원
22 道   張立文 / 權 瑚   18,000원
23 朝鮮의 占卜과 豫言   村山智順 / 金禧慶   15,000원
24 원시미술   L. 아담 / 金仁煥   16,000원
25 朝鮮民俗誌   秋葉隆 / 沈雨晟   12,000원
26 神話의 이미지   J. 캠벨 / 扈承喜   근간
27 原始佛敎   中村元 / 鄭泰爀   8,000원
28 朝鮮女俗考   李能和 / 金尙憶   12,000원
29 朝鮮解語花史(조선기생사)   李能和 / 李在崑   25,000원
30 조선창극사   鄭魯湜   7,000원
31 동양회화미학   崔炳植   9,000원
32 性과 결혼의 민족학   和田正平 / 沈雨晟   9,000원
33 農漁俗談辭典   宋在璇   12,000원
34 朝鮮의 鬼神   村山智順 / 金禧慶   12,000원
35 道敎와 中國文化   葛兆光 / 沈揆昊   15,000원
36 禪宗과 中國文化   葛兆光 / 鄭相泓·任炳權   8,000원

37 오페라의 역사	L. 오레이 / 류연희	절판
38 인도종교미술	A. 무케르지 / 崔炳植	14,000원
39 힌두교의 그림언어	안넬리제 外 / 全在星	9,000원
40 중국고대사회	許進雄 / 洪 熹	22,000원
41 중국문화개론	李宗桂 / 李宰碩	15,000원
42 龍鳳文化源流	王大有 / 林東錫	17,000원
43 甲骨學通論	王宇信 / 李宰錫	근간
44 朝鮮巫俗考	李能和 / 李在崑	12,000원
45 미술과 페미니즘	N. 부루드 外 / 扈承喜	9,000원
46 아프리카미술	P. 윌레뜨 / 崔炳植	절판
47 美의 歷程	李澤厚 / 尹壽榮	22,000원
48 曼茶羅의 神들	立川武藏 / 金龜山	절판
49 朝鮮歲時記	洪錫謨 外/李錫浩	30,000원
50 하 상	蘇曉康 外 / 洪 熹	절판
51 武藝圖譜通志 實技解題	正 祖 / 沈雨晟 · 金光錫	15,000원
52 古文字學첫걸음	李學勤 / 河永三	9,000원
53 體育美學	胡小明 / 閔永淑	10,000원
54 아시아 美術의 再發見	崔炳植	9,000원
55 曆과 占의 科學	永田久 / 沈雨晟	8,000원
56 中國小學史	胡奇光 / 李宰碩	20,000원
57 中國甲骨學史	吳浩坤 外 / 梁東淑	근간
58 꿈의 철학	劉文英 / 河永三	22,000원
59 女神들의 인도	立川武藏 / 金龜山	13,000원
60 性의 역사	J. L. 플랑드렝 / 편집부	18,000원
61 쉬르섹슈얼리티	W. 챠드윅 / 편집부	10,000원
62 여성속담사전	宋在璇	18,000원
63 박재서희곡선	朴栽緒	10,000원
64 東北民族源流	孫進己 / 林東錫	13,000원
65 朝鮮巫俗의 硏究(상 · 하)	赤松智城 · 秋葉隆 / 沈雨晟	28,000원
66 中國文學 속의 孤獨感	斯波六郎 / 尹壽榮	8,000원
67 한국사회주의 연극운동사	李康列	8,000원
68 스포츠인류학	K. 블랑챠드 外 / 박기동 外	12,000원
69 리조복식도감	리팔찬	절판
70 娼 婦	A. 꼬르벵 / 李宗旼	22,000원
71 조선민요연구	高晶玉	30,000원
72 楚文化史	張正明	근간
73 시간, 욕망 그리고 공포	A. 꼬르벵	근간
74 本國劍	金光錫	40,000원
75 노트와 반노트	E. 이오네스코 / 박형섭	절판
76 朝鮮美術史硏究	尹喜淳	7,000원
77 拳法要訣	金光錫	10,000원
78 艸衣選集	艸衣意恂 / 林鍾旭	14,000원

79	漢語音韻學講義	董少文 / 林東錫	10,000원
80	이오네스코 연극미학	C. 위베르 / 박형섭	9,000원
81	중국문자훈고학사전	全廣鎭 편역	15,000원
82	상말속담사전	宋在璇	10,000원
83	書法論叢	沈尹默 / 郭魯鳳	8,000원
84	침실의 문화사	P. 디비 / 편집부	9,000원
85	禮의 精神	柳肅 / 洪 熹	10,000원
86	조선공예개관	日本民芸協會 편 / 沈雨晟	30,000원
87	性愛의 社會史	J. 솔레 / 李宗旼	12,000원
88	러시아미술사	A. I. 조토프 / 이건수	16,000원
89	中國書藝論文選	郭魯鳳 選譯	25,000원
90	朝鮮美術史	關野貞 / 沈雨晟	근간
91	美術版 탄트라	P. 로슨 / 편집부	8,000원
92	군달리니	A. 무케르지 / 편집부	9,000원
93	카마수트라	바짜야나 / 鄭泰爀	10,000원
94	중국언어학총론	J. 노먼 / 全廣鎭	18,000원
95	運氣學說	任應秋 / 李宰碩	8,000원
96	동물속담사전	宋在璇	20,000원
97	자본주의의 아비투스	P. 부르디외 / 최종철	6,000원
98	宗敎學入門	F. 막스 뮐러 / 金龜山	10,000원
99	변 화	P. 바츨라빅크 外 / 박인철	10,000원
100	우리나라 민속놀이	沈雨晟	15,000원
101	歌訣(중국역대명언경구집)	李宰碩 편역	20,000원
102	아니마와 아니무스	A. 융 / 박해순	8,000원
103	나, 너, 우리	L. 이리가라이 / 박정오	10,000원
104	베케트연극론	M. 푸크레 / 박형섭	8,000원
105	포르노그래피	A. 드워킨 / 유혜련	12,000원
106	셸 링	M. 하이데거 / 최상욱	12,000원
107	프랑수아 비용	宋 勉	18,000원
108	중국서예 80제	郭魯鳳 편역	16,000원
109	性과 미디어	W. B. 키 / 박해순	12,000원
110	中國正史朝鮮列國傳(전2권)	金聲九 편역	120,000원
111	질병의 기원	T. 매큐언 / 서 일 · 박종연	12,000원
112	과학과 젠더	E. F. 켈러 / 민경숙 · 이현주	10,000원
113	물질문명 · 경제 · 자본주의	F. 브로델 / 이문숙 外	절판
114	이탈리아인 태고의 지혜	G. 비코 / 李源斗	8,000원
115	中國武俠史	陳 山 / 姜鳳求	18,000원
116	공포의 권력	J. 크리스테바 / 서민원	근간
117	주색잡기속담사전	宋在璇	15,000원
118	죽음 앞에 선 인간(상 · 하)	P. 아리에스 / 劉仙子	각권 8,000원
119	철학에 대하여	L. 알튀세르 / 서관모 · 백승욱	12,000원
120	다른 곳	J. 데리다 / 김다은 · 이혜지	10,000원

121	문학비평방법론	D. 베르제 外 / 민혜숙	12,000원
122	자기의 테크놀로지	M. 푸코 / 이회원	12,000원
123	새로운 학문	G. 비코 / 李源斗	22,000원
124	천재와 광기	P. 브르노 / 김응권	13,000원
125	중국은사문화	馬 華·陳正宏 / 강경범·천현경	12,000원
126	푸코와 페미니즘	C. 라마자노글루 外 / 최 영 外	16,000원
127	역사주의	P. 해밀턴 / 임옥희	12,000원
128	中國書藝美學	宋 民 / 郭魯鳳	16,000원
129	죽음의 역사	P. 아리에스 / 이종민	13,000원
130	돈속담사전	宋在璇 편	15,000원
131	동양극장과 연극인들	김영무	15,000원
132	生育神과 性巫術	宋兆麟 / 洪 熹	20,000원
133	미학의 핵심	M. M. 이턴 / 유호전	14,000원
134	전사와 농민	J. 뒤비 / 최생열	18,000원
135	여성의 상태	N. 에니크 / 서민원	22,000원
136	중세의 지식인들	J. 르 고프 / 최애리	18,000원
137	구조주의의 역사(전4권)	F. 도스 / 이봉지 外	각권 13,000원
138	글쓰기의 문제해결전략	L. 플라워 / 원진숙·황정현	20,000원
139	음식속담사전	宋在璇 편	16,000원
140	고전수필개론	權 瑚	16,000원
141	예술의 규칙	P. 부르디외 / 하태환	23,000원
142	사회를 보호해야 한다	M. 푸코 / 박정자	16,000원
143	페미니즘사전	L. 터틀 / 호승희·유혜련	26,000원
144	여성심벌사전	B. G. 워커 / 정소영	근간
145	모데르니테 모데르니테	H. 메쇼닉 / 김다은	20,000원
146	눈물의 역사	A. 벵상뷔포 / 김자경	18,000원
147	모더니티입문	H. 르페브르 / 이종민	24,000원
148	재생산	P. 부르디외 / 이상호	18,000원
149	종교철학의 핵심	W. J. 웨인라이트 / 김희수	18,000원
150	기호와 몽상	A. 시몽 / 박형섭	22,000원
151	융분석비평사전	A. 새뮤얼 外 / 민혜숙	16,000원
152	운보 김기창 예술론연구	최병식	14,000원
153	시적 언어의 혁명	J. 크리스테바 / 김인환	20,000원
154	예술의 위기	Y. 미쇼 / 하태환	15,000원
155	프랑스사회사	G. 뒤프 / 박 단	16,000원
156	중국문예심리학사	劉偉林 / 沈揆昊	30,000원
157	무지카 프라티카	M. 캐넌 / 김혜중	25,000원
158	불교산책	鄭泰爀	20,000원
159	인간과 죽음	E. 모랭 / 김명숙	23,000원
160	地中海(전5권)	F. 브로델 / 李宗旼	근간
161	漢語文字學史	黃德實·陳秉新 / 河永三	24,000원
162	글쓰기와 차이	J. 데리다 / 남수인	28,000원

문학 텍스트의 정신분석

장 벨멩-노엘

최애영 · 심재중 옮김

東文選